Anne-Sophie Jouhanneau

French Kissing in New York

Weitere Titel der Autorin:

Love Paris Dance

ANNE-SOPHIE
JOUHANNEAU

French Kissing in New York

Übersetzung aus dem amerikanischen Englisch
von Katrin Weingran

one

Die Bastei Lübbe AG verfolgt eine nachhaltige Buchproduktion. Wir verwenden Papiere aus nachhaltiger Forstwirtschaft und verzichten darauf, Bücher einzeln in Folie zu verpacken. Wir stellen unsere Bücher in Deutschland und Europa (EU) her und arbeiten mit den Druckereien kontinuierlich an einer positiven Ökobilanz.

Titel der amerikanischen Originalausgabe:
»French Kissing in New York«

Produced by Alloy Entertainment, LLC.

Textredaktion: Julia Przeplaska, Beilngries
Umschlaggestaltung: © SO YEAH DESIGN, Gabi Braun
Umschlagmotiv: © Sinisha Karich / shutterstock.com; Franzi / shutterstock.com; Oaurea / shutterstock.com; Satz: 3w+p GmbH, Rimpar
Gesetzt aus der Adobe Caslon Pro
Druck und Verarbeitung: GGP Media GmbH & Co. KG, Pößneck

Printed in Germany
ISBN 978-3-8466-0208-9

5 4 3 2 1

Sie finden uns im Internet unter one-verlag.de
Bitte beachten Sie auch luebbe.de

Für Aggie, meine Lieblings-New-Yorkerin

Prolog

Der Nacht war es seit jeher bestimmt, irgendwann zu enden, aber das bedeutet nicht, dass ich bereit bin loszulassen.

Ihn loszulassen.

Die langen Reihen der Straßenlaternen flackern kurz auf, ehe sie alle auf einen Schlag erlöschen. Ihr Licht vergeht, nachdem es uns so viele Stunden auf unserem Weg durch die Stadt begleitet hat. Der sanfte Schimmer der Morgenröte legt sich über Paris. Ohne uns abzusprechen, sind Zach und ich auf den *Champ de Mars* zuspaziert, den lang gezogenen, adretten Park, der auf den Eiffelturm zuführt, unter dem wir uns am Abend zuvor das erste Mal begegnet sind. Bis jetzt hatten wir die Bürgersteige beinah ganz für uns, aber ich entdecke ein paar verschlafen dreinschauende Fußgänger, die der frühmorgendliche Dunst umhüllt wie eine Decke. Die Zeichen sind nicht mehr zu übersehen. Paris erwacht, was bedeutet, dass sich unsere Zeit dem Ende zuneigt. Für den Moment jedenfalls.

Als hätte er meine Gedanken gelesen, zieht Zach sein Handy heraus, um nachzugucken, wie spät es ist. Ich beuge mich vor, weil ich es mit eigenen Augen sehen muss: 5.36 Uhr. Die Realität erwidert meinen Blick ungerührt.

»Weniger als eine Stunde«, sage ich, darum bemüht, nicht allzu verzweifelt zu klingen.

Wir erreichen das Ende des Parks – der bis auf die paar Leute, die mit ihrem Hund unterwegs sind, verlassen daliegt – und Zach schlingt seine Arme um mich. Ich vergrabe mich darin, atme seinen ganz persönlichen Duft mit der leichten Note von frisch geschnittenem Gras ein. Sein Kapuzenpulli ist wie ein Kissen, auf dem ich nur zu gern wegdösen würde, auch wenn der Riemen seines Rucksacks an meiner Wange scheuert.

»Du wirst mir fehlen«, flüstert er in mein Ohr. »Nächstes Jahr scheint noch so weit weg zu sein.«

Mein Herz klopft an seiner Brust. Ich weiß, was wir vereinbart haben, doch in mir bricht sich eine ungestüme Hoffnung Bahn. Was, wenn er einen weiteren Tag bliebe? Oder eine weitere Woche? Wir sind es die ganze Nacht lang immer wieder durchgegangen. Mein Sommerkurs am *Le Tablier*, dem angesehensten kulinarischen Institut von ganz Frankreich, ist gerade zu Ende gegangen. Schon bald werde ich mein letztes Schuljahr beginnen; in meiner Heimatstadt in der Nähe von Tours. Währenddessen wird Zach ein Jahr lang als Rucksacktourist um die Welt reisen und die Zeit seines Lebens haben. Paris war sein erster Stopp, gleich wird er in den Zug nach Berlin springen. Klar, dass ich grün vor Neid bin, aber vor allem … ist unser Timing so abartig, dass ich am liebsten laut losschreien würde. Warum nur sind wir uns erst an seinem letzten Abend hier begegnet?

»Du wirst mir auch fehlen«, sage ich. »Wie wäre es,

wenn …« Ich hebe den Blick, um in seine Augen sehen zu können.

Er fährt mit der Hand durch meine dicht gelockten Haare bis hinunter zu meinem Kinn, hebt es an und küsst mich. Ein bittersüßer Schauer durchfährt mich. Wir sind die ganze Nacht wach geblieben, durch die Stadt gewandert, am Triumphbogen vorbei, die schmalen, schiefen Gassen von Saint-Germain entlang und sogar bis hinauf zum Montmartre. Gehalten haben wir nur, um uns zwischendurch etwas zu essen zu kaufen.

Wir haben Pommes mit Ketchup von einem Imbiss gegessen. Uns ein Stück Ziegenkäse und ein Baguette in einem Supermarkt gekauft, der durchgehend aufhat. Dann waren da die Schokoladen-Crêpes, die Zach noch nicht probiert hatte, obwohl er schon seit ein paar Tagen in Paris ist. Zwei Stunden später schmecken seine Lippen immer noch süß.

Eine Nacht wie diese habe ich noch nie erlebt – und in Paris schon gar nicht. Ich lebe zwei Stunden entfernt, in einer Kleinstadt südwestlich von hier. Aber genauso gut könnte sie auf einem anderen Planeten liegen. Dort gibt es diese Art Restaurants und Läden und Cafés nicht; die Musik, die von überallher erklingt; die Menschenmengen, in denen man sich verlieren könnte; das Gefühl, an einem ganz besonderen Ort zu sein. Den ganzen Sommer lang bin ich brav jeden Abend in den Zug nach Hause gestiegen und habe dem Wunderbaren hinterhergetrauert, das ich in Paris zurückließ.

Dies hier war der eine Abend, an dem ich geplant hatte, in Paris zu bleiben, bei meinen Freundinnen im Wohnheim, damit ich bei ihrem Sommerabschlusspicknick dabei sein könnte. Aber ich bin dort nie aufgetaucht.

»Hast du deine Meinung geändert?«, fragt Zach.

Mein Herz schlägt noch schneller, Schlafmangel verbunden mit glühendem Sehnen. »Du etwa?«

»Nein!«, sagen wir beide gleichzeitig, viel zu laut für diesen leisen, frühen Morgen.

Ich gluckse, doch der Ernst der Lage holt mich schnell wieder ein. »Nächstes Jahr um diese Zeit werde ich meinen Schulabschluss haben. Endlich. Dann lass ich die Kleinstadt und mein langweiliges Leben hinter mir.«

Paris ist wunderschön, aufregend, geradezu unglaublich. Aber es ist nicht New York. Kein Ort der Welt ist wie New York.

Es ist mein Traum, dort zu leben, seit ich die Stadt im Alter von zwei Jahren verlassen musste. Der Big Apple ist nicht bloß der Ort, an dem Träume wahr werden, sondern auch der Ort, an dem ich geboren wurde. Der Ort, wo ich hingehöre.

»Wir werden zusammen sein«, füge ich hinzu. »Ganz bestimmt.«

Es ist Schicksal. Das ist alles, was mir dazu einfällt. Manche Menschen träumen davon, an einer renommierten Uni zu studieren, ich dagegen möchte meine Küchenmesser einpacken und mich in ein Leben voller Abenteuer stürzen. Die Art von Leben, das meine Eltern geführt haben, ehe meine Mutter mich nach Frankreich verschleppt hat, um ein Landei aus mir zu machen.

Als Zach mir erzählte, er sei Amerikaner und habe nach seiner Rückkehr einen Job als Koch in einem bekannten New Yorker Restaurant in Aussicht, machte mein

Herz einen Satz. Das konnte kein Zufall sein. Wir waren füreinander bestimmt.

Wir *sind* füreinander bestimmt.

Aber noch ist es ein Jahr, bis wir zusammen sein können. Wir laufen eine Weile schweigend nebeneinander her, und mein Blick fällt auf ein junges Pärchen, das sich auf einer im Dunkeln liegenden Parkbank küsst. Mein Herz wird noch schwerer. Genauso haben wir gestern Abend auch dagesessen. Ich hatte auf einer Bank Platz genommen, um die Aussicht zu bewundern, bevor ich mich auf den Weg zum Picknick machen würde, als Zach sich neben mich setzte. Wir kamen sofort ins Gespräch, ein Gespräch, das wir bis jetzt nicht beendet haben. Vielleicht wird das Pärchen da das ganze nächste Jahr zusammen sein, während ich nur von Zach träumen kann.

»Fernbeziehungen sind schrecklich«, sagt Zach. »Wenn wir das Jahr damit zubringen, uns zu schreiben und …, ach, ich weiß auch nicht …«

»Es würde nicht funktionieren.«

Davon bin ich überzeugt.

Wir sind immer wieder darauf zurückgekommen, und das Ergebnis war stets das gleiche. Ich hatte noch nie eine Fernbeziehung, aber ich habe es bei Freundinnen beobachtet, die verzweifelt versucht haben, den Kontakt zu irgendwelchen Typen zu halten, die sie während einer Skifreizeit in den Alpen oder Strandurlauben an der Côte d'Azur kennengelernt hatten. Sie schrieben sich wochenlang wild hin und her, schmiedeten all diese verrückten Pläne, um zusammen sein zu können, und dann verliefen die Dinge einfach im Sande.

»Wir würden damit nur alles ruinieren. Lass uns lieber

abwarten, bis wir richtig zusammen sein können. Es gibt einen Grund dafür, dass wir uns begegnet sind. Das mit uns kann kein Zufall gewesen sein.«

Er nickt mit ernster Miene. Genau wie ich weiß er, dass uns etwas Besonderes verbindet. »Ja, aber bis dahin …«, sagt er, und seine Stimme bricht.

»Ich werde auf dich warten«, flüstere ich.

»Margot«, erwidert er mit einem tiefen Seufzer.

Es ist, als hätten wir eine gemeinsame Wellenlänge, eine Frequenz, auf der nur wir senden und empfangen. Unsere Trennung wird keine Rolle spielen. Dafür sind wir bereits zu tief miteinander verbunden.

»Erzähl mir noch mal, was du an New York am besten findest«, sage ich, um die Stimmung zu heben.

»Alles. Die Energie, die Leute, das Gefühl, dass alles möglich ist. Das unglaubliche Essen … auch wenn ich weiß, dass die französische Küche genauso fantastisch ist.«

»Die französische Küche *ist* fantastisch«, bestätige ich, obwohl ich da zwiespältige Gefühle hege. »Ich meine, sie ist in Ordnung. Sie ist nicht umsonst so berühmt, nehme ich an. Aber ich habe mein ganzes Leben lang nichts anderes gegessen. Es sind die Gerichte, die meine Mutter in ihrem Restaurant kocht – nur die traditionellsten wohlgemerkt –, und mir kommt das alles inzwischen so … antiquiert vor. So öde?« Ich lache ihn an. »Ich bin bereit, etwas Neues zu probieren.«

Seine Antwort ist ein Kuss. »New York ist einfach unvergleichlich. Du wirst es dermaßen feiern. Ich kann es kaum erwarten, die Stadt mit dir zu teilen.«

Er sprüht förmlich vor Begeisterung, während er von seinen Lieblingsorten berichtet, von seinem Leben dort –

dem Skaten im Central Park, den Indie-Konzerten in Brooklyn, den leckersten Sachen aus dem berühmten Diner, der einst als Filmset diente. Ich kann es kaum erwarten, endlich dort zu sein.

Als wir wieder unter dem Eiffelturm stehen, wo alles begann, wissen Zach und ich, dass die Zeit für den Abschied gekommen ist. Aber keiner von uns bringt es über sich, die Worte auszusprechen, zu akzeptieren, dass wir uns ein ganzes Jahr lang nicht sehen werden. Jeder Herzschlag fühlt sich an wie der Sprung eines Zeigers, der unsere letzten gemeinsamen Sekunden auf dem Ziffernblatt herunterzählt.

Er holt tief Luft. »Und du bist dir sicher, dass du mich nicht auf meiner Reise begleiten möchtest?«

Ich lache. Es wäre so wundervoll, wenn ich einfach alles stehen und liegen lassen und ihm zu den Ruinen von Athen, den Souks von Marrakesch und den Sandstränden von Kroatien folgen könnte. Aber … die Schule. Aber … Maman. Aber … das Geld. Ich bin eine Träumerin, doch selbst ich verfüge über einen Hauch Realitätssinn.

Es wird einfach nicht passieren.

Ich schüttle den Kopf, und er zuckt traurig mit den Schultern. »Hey, ich musste es versuchen.«

Ich hole mein Handy hervor, was Zach mit einem Stirnrunzeln kommentiert. »Ich dachte, wir wollten keine Nummern austauschen?«

Das war, zugegebenermaßen, meine Idee. Nummern auszutauschen oder Instagram-Handles hätte zu Nachrichten geführt, dazu, dass ich Zeugin seiner unglaublichen Abenteuer geworden wäre und mir im Chemieunterricht auf meinem Platz in der letzten Reihe noch mehr leidgetan hätte. Wie jede andere Siebzehnjährige hänge ich ständig am Handy, aber mal ehrlich, Technik und Romantik vertragen sich einfach nicht. Falls Zach und ich tatsächlich zusammenkommen – und das werden wir –, muss es die größte Liebesgeschichte aller Zeiten werden. Eine, von der wir bis ans Ende unserer Tage erzählen werden. Und zwar gemeinsam.

»Tun wir ja auch nicht«, sage ich überzeugter denn je. »Wir müssen nur ein Datum festlegen. Und einen Ort.«

»Wähl du einen Tag aus«, sagt er lächelnd. »Und ich werde da sein und auf dich warten.«

Ich öffne den Kalender, der, wenig überraschend, für den nächsten Sommer noch die freie Auswahl bietet. »Lass uns den ersten August nehmen.«

Nach dem Schulabschluss werde ich noch eine Weile in Mamans Restaurant mithelfen müssen, um Geld für mein großes Abenteuer zu verdienen.

Zach tippt etwas in sein Handy. »Okay. Vierzehn Uhr?«

Ich holte tief Luft. Eine Uhrzeit, ein Jahr in der Zukunft.

»Vierzehn Uhr klingt nicht sehr romantisch. Wie wäre es mit Mitternacht?«

»Du hast recht. Mitternacht soll es sein. Jetzt noch ein Ort.«

Das ist mir zu viel Verantwortung. »Du kennst New York doch viel besser als ich«, erwidere ich. »Solltest du nicht lieber den Ort bestimmen?«

Er denkt kurz darüber nach. »Ich finde, es macht mehr Spaß, wenn du einen auswählst. Was ist die eine Sache, die du sehen möchtest, sobald du angekommen bist?«

Um ehrlich zu sein, ist es nicht bloß eine. Ich möchte einfach alles sehen: das Empire State Building, den Central Park, Chinatown, das Metropolitan Museum, die entzückenden kleinen Straßen des West Village ... »Time Square«, platze ich schließlich heraus.

Zach grinst. »Äh, okay? Aber der Times Square ist riesig und bei Tag und Nacht total überlaufen.«

Ich schließe die Augen und sehe die Neonlichter vor mir, das wilde Treiben, all die Szenen aus Filmen, die den berühmten Platz so wirken lassen, als sei jeder andere Ort im Vergleich dazu völlig unbedeutend. Als sei er der Nabel der Welt. Ich male mir aus, wie Zach mich in die Arme schließt, mich herumwirbelt und mich vor den Augen sämtlicher New Yorker küsst. Es fühlt sich richtig an. »Erster August um Mitternacht unten rechts an der Time Square Tribüne.«

Unser Plan steht. Er ist beschlossene Sache, und Zach sieht mir das wahrscheinlich an, denn er beugt sich zu mir hinunter und küsst mich. Es kribbelt von Kopf bis Fuß. Wir ziehen es wirklich durch.

Er löst sich seufzend von mir. »Was ist, wenn du beschließt, doch nicht nach New York zu kommen? Was ist, wenn du ein tolles Angebot von einem Pariser Restaurant bekommst, und dich entscheidest, dort zu bleiben?«

Ich sehe, dass ihn noch mehr Was-wäre-Wenns umtreiben, also falle ich ihm ins Wort. »Was ist, wenn *du* beschließt, nicht nach New York zurückzukehren? Was ist, wenn du auf deiner Reise ein anderes Mädchen kennenlernst? Was ist, wenn du dir auf dem Weg zum Time Square ein Bein brichst und nie dort ankommst?«

Wir starren uns schweigend an, der Eiffelturm ragt über uns auf.

Dann fahre ich fort: »Die Sache ist die: Ich brenne seit Ewigkeiten darauf, aus meinem Winzdorf im Nirgendwo wegzukommen. Ich brauche die Veränderung so sehr. Während der letzten Wochen ist mir klar geworden, wie sehr ich mich danach sehne, dass mein Leben endlich beginnt. Es ist also ganz und gar unvorstellbar, dass ich nächsten Sommer nicht nach New York komme. Ich werde am ersten August um Mitternacht auf dem Time Square sein, selbst wenn die Welt um mich herum in Flammen aufgehen sollte.«

Zachs Brust hebt und senkt sich, ein strahlendes Lächeln breitet sich auf seinem Gesicht aus. »Das Gleiche gilt für mich.« Er zieht mich an sich. *»Goodbye, Margot.«*

Seine Lippen sind nur einen Hauch von meinen entfernt, erwarten sie. Wenn man das Leben in seiner großartigen Gänze betrachtet, ist ein Jahr nicht mehr als ein Wimpernschlag. Die Art, wie er mich ansieht, mit einem Funkeln in den Augen, gibt mir das Gefühl, alles sei möglich. *»À bientôt«*, erwidere ich. Und weil er mich verständnislos ansieht, füge ich hinzu: »Bis bald. Sehr bald.«

Er küsst mich, und damit ist unser Schicksal besiegelt.

Erstes Kapitel

Ein Jahr später

Seit ich denken kann, ist das hier mein Traum gewesen, trotzdem kann ich kaum glauben, was gerade passiert. Ich bin in New York. Wo ich ab sofort leben werde. Es ist wahr. Es ist seltsam. Es ist … einfach unglaublich!

Das Flughafen-Terminal sieht aus wie ein Einkaufszentrum in Stadtgröße, in dem sich Läden von Luxusmarken und Coffeeshops dicht an dicht reihen. Und Menschen, so viele Menschen. Mehr Menschen, so scheint mir, als ich in meinem ganzen Leben gesehen habe. Aus meinen Kopfhörern dringt der Taylor-Swift-Song, den ich für genau diesen Moment ausgewählt habe. Die temporeiche Melodie überdeckt das Geräuschwirrwarr des Terminals. *Willkommen in New York! Es hat auf dich gewartet!*

Nicht so sehr, wie ich auf New York gewartet habe.

Als ich durch den Zoll bin und Ausschau nach dem Schild halte, das mir den Weg zur Gepäckausgabe weisen wird, bleibt mein Herz plötzlich stehen. Am Ende des Gepäckbandes wartet ein großer Kerl mit blonden Haaren, breiten Schultern und schlanken Beinen. Ich erkenne ihn augenblicklich als den Einen. Den Einen, an den ich ununterbrochen gedacht habe, den Einen, der mir jede Nacht im Traum begegnet, den wahren und einzigen Zach.

Wir sind schon in zwei Tagen verabredet, und nach dem langen Flug bin ich verschwitzt, meine Haut ist ausgetrocknet, und mein Atem riecht nach ekligem Mikrowellenessen. So hatte ich mir unser Wiedersehen nicht ausgemalt, aber ich habe keine Wahl. Zach ist hier. Und so …

Ich schlängle mich zwischen den anderen Passagieren bis zu ihm durch, setze mein strahlendstes Lächeln auf und tippe ihm auf die Schulter, bevor ich es mir anders überlegen kann. Er dreht sich um. Ich starre ihn an, während mein Gehirn noch mit Begreifen beschäftigt ist. Das hier ist nicht Zach. Er sieht ihm nicht mal ähnlich. Aus der Nähe betrachtet ist er nicht einmal blond. Es war alles nur in meinem Kopf. Insgeheim verfluche ich den Jetlag.

»Äh, ja?« Der Typ klingt genervt.

Jetzt muss ich etwas sagen. »Hi! Weißt du, wann unsere Koffer kommen? Mein Dad wartet auf mich.«

Der Typ reißt die Augen auf und deutet, ohne zu antworten, auf den Bildschirm über dem Gepäckband. Denjenigen, auf den alle immer wieder gucken und auf dem zu lesen ist, dass unser Gepäck in genau vier Minuten eintreffen wird.

»Perfekt!«, sage ich extra fröhlich. Dabei würde ich am liebsten im Erdboden versinken. »Ich werde ihm sofort schreiben!«

Mit brennenden Wangen weiche ich wieder ein Stück zurück. Wie viele Minuten haben zwei Tage?

Alles ist vergessen, als ich Papas und Miguels strahlende Gesichter direkt hinter den automatischen Türen des Terminal-Ausgangs entdecke. Papa reißt die Arme mit einer Bewegung in die Luft, die wohl eine Welle darstellen soll, aber eher an die aufblasbaren Riesenpuppen erinnert, die im amerikanischen Fernsehen manchmal vor den Autohäusern von Gebrauchtwagenhändlern flattern.

Sobald ich bei ihm bin, tauschen wir *la bise* – ein Küsschen auf jede Wange, wie es die französische Art ist. Dann zieht er mich in eine amerikanische Umarmung. Das hat er mir in meiner Kindheit stets gepredigt: Wenn man mit zwei Kulturen aufwächst, bekommt man das Beste aus beiden Welten. Manchmal bedeutet es eine doppelt so gute Sache, wie ein Käsetoast auf einem Baguette. Oder *tarte aux pommes* mit Boden obendrauf, was natürlich nichts anderes als Apple Pie ist.

Papas Lebensgefährte, ich meine sein *Verlobter*, Miguel, umarmt und küsst mich. Er lernt schnell.

Papa hat den Großteil seines Lebens in Manhattan verbracht. Er reist mehrmals im Jahr nach Paris, wo der Hauptsitz seiner Firma ist, eines Weinvertriebs, und er verbringt fast seinen ganzen Urlaub bei uns in Frankreich. Ein paarmal war Miguel sogar dabei. Ich hatte nie die Gelegenheit, die beiden in New York zu besuchen … bis jetzt.

Miguel reicht mir eine Pappschachtel, auf der *DOUGH* steht, ein New Yorker Laden, der sich auf Teigwaren, Pizza und Süßes spezialisiert hat. »Dein Vater wollte dich mit Ballons begrüßen«, sagt er mit einem Blick auf die, die um uns herum in der Luft schweben, »aber ich hatte eine bessere Idee.«

Ich habe die Schachtel kaum geöffnet, als mir auch

schon das Wasser im Mund zusammenläuft. Sechs gigantische Donuts wetteifern um meine Gunst, alle mit unterschiedlicher Glasur. Und mit gigantisch meine ich, dass jeder von ihnen praktisch so groß wie mein Gesicht ist. Ich bin nicht mal sicher, wie die Dinger in meinen Mund passen sollen, aber ich bin mehr als bereit, es zu versuchen.

»Ich weiß, es sind keine *Croissants*«, fährt Miguel fort. Papa verdreht die Augen, als hätten sie die Donut-versus-Croissant-Debatte schon viele Male geführt. »Aber das ist ja der Sinn dabei. *Bienvenue*, Margot! Du bist erst dann eine waschechte Amerikanerin, wenn du ständig Essen mit dir herumschleppst.«

Ich lache. »Herausforderung angenommen.«

Mein Magen grummelt, also schnappe ich mir den Donut, der mich am meisten anlacht, und beiße hinein. Er ist mit einer knallrosa Glasur überzogen. Die Konsistenz ist unglaublich, er ist fest, aber nicht trocken; locker, knuspert aber dank der Zuckerschicht im Mund. Überrascht nehme ich einen Hauch von Hibiskus wahr. Mit einem Biss schmecke ich den Sommer, voller Genuss und Leichtigkeit. Ich bin hin und weg.

»Eine kurze Frage«, sage ich an Papa gewandt. »Würde es dir etwas ausmachen, wenn Miguel ab sofort mein Lieblings-Dad wäre?«

Als meine Pläne, nach New York zu ziehen, konkreter wurden, war klar, dass ich bei meinem Vater und seinem Freund leben würde, während ich nach einer Wohnung suchte. Aber ich hatte nicht damit gerechnet, dass sie nach vier Jahren Beziehung verlobt sein würden, wenn ich dort ankäme. Jetzt ist Miguel mein zukünftiger Stiefvater und die Hochzeit nur noch drei Monate entfernt. Einen besseren Start in mein Leben in der großen Stadt hätte ich mir nicht wünschen können.

Papa zieht eine Grimasse. »Entschuldige mal, *ma fille*, darf ich dich daran erinnern, wer deine Maman überzeugt hat, dich bei uns leben zu lassen?«

»Guter Punkt«, räume ich ein. Dann beiße ich ein weiteres Mal in den Donut, während Papa den Griff meines Koffers packt.

Mit der donutfreien Hand ziehe ich mein Handy aus der Hosentasche und lese noch einmal die Nachricht, die nach der Landung auf mich gewartet hat.

> Bien arrivée? J'espère que tu ne vas pas te perdre dans l'aeroport. C'est vraiment grand.
>
> Bist du gut gelandet? Ich hoffe, du verläufst dich nicht. Der Flughafen ist ganz schön groß.

Bäh. Ich rege mich schon wieder auf, obwohl ich vor einer Minute tatsächlich noch das Gefühl hatte, ich könnte mich verlaufen. Selbstverständlich werde ich ihr das nicht verraten. Ich möchte ihrer langen Liste von Gründen, warum ich das hier niemals hätte tun sollen, kein weiteres Argument hinzufügen. So eine große Stadt! So rücksichtslos. Und laut! Wahrscheinlich einfach zu viel für ein Mädchen vom Land wie mich. Maman hat nicht vor mir zu verbergen versucht, dass sie meinen Umzug nach New York für eine schreckliche Idee hält.

Aber ich war fest entschlossen. Während der letzten Monate, als das Schuljahr auf sein Ende zuging, habe ich meinen Lebenslauf an unzählige Restaurants geschickt – und von keinem etwas gehört, als Papa erwähnte, er habe einen Artikel über ein neues Restaurant namens *Nutrio* gelesen, geführt von dem bekannten Chefkoch Franklin Boyd. Stellt euch meine Überraschung vor, als ich herausfand, dass Maman während ihrer New Yorker Zeit mit ihm zusammengearbeitet hat und sie sogar befreundet waren.

Ich habe sie gebeten, ihm eine E-Mail zu schreiben, aber sie hat sich mit Händen und Füßen dagegen gewehrt. Sie hatte so viele Ausreden. *Wir haben seit Jahren kein Wort miteinander gewechselt. Ich kann mir wirklich nicht vorstellen, dass das der richtige Job für dich ist. Margot, vertrau mir, es wird dir nicht gefallen, in einem New Yorker Restaurant zu arbeiten.* Sie betonte unablässig, wie anders das Restaurantgeschäft in der großen Stadt wäre. Es war zum Wahnsinnigwerden.

Natürlich ist es nicht wie in Frankreich. Genau deshalb bin ich ja hier. Maman kocht die immer gleiche Auswahl an typisch französischen Gerichten in einem Restaurant, in dem es noch genauso aussieht wie in meiner Kindheit. Ich weiß, dass sie liebt, was sie tut, aber ich will mehr. Ich will etwas anderes.

Erst als mein Flug gebucht war und Maman merkte, dass ich meinen Plan tatsächlich in die Tat umsetzen würde, willigte sie ein, ihren früheren Freund zu kontaktieren. Seine Antwort kam nicht nur rasch, sondern ließ mich auch Luftsprünge vor Freude machen.

> *Bien sûr*, Nadia! Ich werde Margots Kontaktdaten an Raven weitergeben, meine Souschefin, und sie wird sich bei ihr melden, wenn etwas frei wird, was dauernd passiert. Und Margot kann sich gern melden, wenn sie erst mal in New York ist.

Ist das nicht toll? Ich habe auch danach Bewerbungen verschickt, aber in meinem Herzen wusste ich, dass dies meine neue Küche sein würde. Ich habe alles nachgelesen, was ich über das *Nutrio* finden konnte, und es scheint ein wundervoller Laden zu sein. Es ist ein modernes vegetarisches Restaurant im Flatiron Distrikt, hat gerade eine fantastische Besprechung in der New York Times bekommen und liegt in fußläufiger Entfernung zu Papas Appartement. In meiner Vorstellung arbeite ich bereits dort. Am Montag werde ich mich bei der Souschefin melden. Mein fabelhaftes New Yorker Leben hat fast begonnen!

Miguel folgt uns aus dem Terminal. »Und, Bella – das ist sein Spitzname für mich –, ich bin nicht sicher, ob ich schon bereit dazu bin, ein Dad zu sein.«

Ich setze mein strengstes Gesicht auf. »Okay, also keine Donuts für dich?«

Draußen ist die Luft stickig. Schwül. Drückend auf eine Weise, die mich sofort das Gewicht meiner Kleidung spüren lässt, Jeans und T-Shirt. Damit hatte ich nicht gerechnet.

Ein paar Augenblicke später quetschen wir drei uns auf die Rückbank eines gelben Taxis. Ich sitze mit der Donutschachtel auf dem Schoß in der Mitte. Den mit Hibiskus habe ich aufgegessen, aber ich möchte noch einen.

Vielleicht wäre der mit dem klassischen weißen Zuckerguss geeignet, den Weg für weitere Geschmacksrichtungen freizumachen. Miguel wirft den Donuts sehnsüchtige Blicke zu, und ich drehe die Schachtel zu ihm, damit er sich einen nehmen kann. Kommt schon, wir wissen doch alle, warum er sie gekauft hat! Es ist das Gleiche, wenn ich einen Geburtstagskuchen für meinen besten Freund Julien backe. Er ist für ihn, aber genauso für mich.

In Amerika ist alles größer, heißt es. Aber ich weiß nicht, ob ich wirklich verstanden hatte, was damit gemeint ist, bis unser Taxi auf eine verstopfte Straße biegt, die mehr Spuren hat als ich zählen kann. Ich balle die Hände zu Fäusten, während der Fahrer ständig die Spur wechselt, um uns ein paar Sekunden schneller ans Ziel zu bringen.

»Wie waren die letzten Tage zu Hause?«, fragt Papa schuldbewusst. Er weiß nur zu gut, wie unglücklich Maman über meinen Umzug nach New York ist.

»Du kennst Maman ja«, sage ich und verdrehe die Augen. »Sie ist nicht der Typ, der Gefühle zeigt, aber sie hält damit auch nicht wirklich hinter dem Berg.«

Er lacht verlegen, was wiederum Schuldgefühle bei mir auslöst.

»Mach dir keine Sorgen um sie. Ich bin jetzt hier, und sie wird lernen müssen, damit klarzukommen.«

»Ich weiß, aber sie hatte so große Probleme damit …«

»Dass ich meinen Plan durchziehe. Ja, ich weiß. Aber ich bin jetzt achtzehn. Und es ist das, was ich will. Ich hätte auch ohne deine Hilfe meinen Weg hierher gefunden.«

Meine Eltern waren nie ein Paar, aber sie lieben sich sehr. Nur eben nicht auf die romantische Art. Es begann, als Maman nach ihrem Abschluss am Kulinarischen Institut in Paris nach New York zog. Wer ist also die Heuchlerin? Es dauerte nicht lange, bis sie andere Franzosen im Big Apple kennengelernt hatte – anscheinend findet man sie in dieser Stadt an jeder Straßenecke –, Papa eingeschlossen, der hier aufgewachsen ist. Seine Eltern sind Franzosen, aber sie leben schon seit dreißig Jahren in den Staaten und haben zwei Söhne. Papa ist auf der Upper East Side aufgewachsen, hat zu Hause Französisch gesprochen und in der Schule Englisch. Er hatte eigentlich immer vorgehabt, nach Frankreich zu gehen, aber als er direkt nach dem Collegeabschluss einen Job fand, blieb er da.

Maman hatte im Gegenzug ihre Zwanziger damit verbracht, jeden nur erdenklichen Job auszuprobieren, bevor sie sich endlich dazu entschloss, ihre Leidenschaft für gutes Essen zum Beruf zu machen. Meine Eltern freundeten sich, ein paar Monate nachdem sie hierhergezogen war, an und wurden schnell unzertrennlich. Ich habe Geschichten von wilden Partys und Last-Minute-Reisen in die Hamptons oder nach Chicago gehört, wo Papas Bruder lebt.

Aus Monaten wurden Jahre. Maman hatte keine ernste Beziehung, wollte aber ein Kind. Papa hatte sich auch schon immer eines gewünscht. Schließlich einigten sie sich darauf, gemeinsam eines zu haben. Ich denke von mir nicht gern als Pipettenbaby, also habe ich nie nachgefragt, wie ein schwuler Mann und eine heterosexuelle Frau es angestellt haben, *moi* zu zeugen. Es war also nicht unbedingt die große Liebe, aber dafür habe ich schon von klein auf gewusst, dass ich ein absolutes Wunschkind bin. Es war meinen Eltern total egal, dass sie nicht der Standardfamilie entsprachen.

Ehe Papa erneut etwas über Maman sagen kann, wechsle ich das Thema. »An meinem letzten Abend habe ich mit Freunden gefeiert, darunter Julien und ein paar andere. Sie haben mir ein Fotoalbum mit Bildern von uns allen geschenkt, und wir haben stundenlang Karaoke gesungen. Es war so übel, dass es schon wieder gut war.«

»Jetzt bist du endlich hier«, sagt Papa mit einem erleichterten Lächeln.

»Und uns steht der Zach-Tag bevor«, ergänzt Miguel.

O ja, wir sind genau diese Art von Familie! Wir teilen nicht unbedingt alles miteinander, erzählen uns aber vieles, besonders wenn es was Pikantes ist. Zum Beispiel, wie ich eines Abends diesem Typen in Paris begegnet bin und einen Pakt mit ihm geschlossen habe, ihn ein Jahr später in New York zu treffen. Maman ist komplett ausgerastet, als sie herausgefunden hat, dass ich die ganze Nacht mit einem Fremden unterwegs gewesen bin, aber, hey, ich bin unversehrt zu ihr zurückgekehrt. Ich war noch so high von den Endorphinen, die Zach in mir zum Leben erweckt hatte, dass mir der Monat Stubenarrest, den ich dafür aufgebrummt bekam, völlig egal war.

Ich seufze übertrieben tief. »Ich bin nervös.«

Papa wirft mir einen Seitenblick zu. »Ist es nervöse Vorfreude, weil du ihn so bald sehen wirst, oder Angst, wegen dem, was vielleicht passieren oder auch nicht passieren wird?«

Ich muss nur kurz überlegen. Jene Nacht, die Zach und ich hatten, das Versprechen, das wir einander gaben, das alles war echt. Ich spürte es damals bis in die Knochen, und das vergangene Jahr hat daran nichts geändert. Ich bin bereit für die Liebe. Die Art von Liebe, die dein Leben auf den Kopf stellt. Die Ich-kann-nicht-ohne-dich-leben-Liebe. Die große romantische Liebe. Es gab in jener Nacht diesen einen Moment, als Zach mir tief in die Augen sah und sagte, *bis jetzt* sei er noch nie verliebt gewesen. Ich weiß immer noch, wie meine Beine bei dieser Andeutung fast unter mir nachgaben.

»Nervöse Vorfreude«, antworte ich. Ich checke die Uhrzeit auf meinem Handy. »Tatsächlich sind es jetzt nur noch anderthalb Tage.«

Miguel stößt zwischen zwei Bissen von seinem Donut ein Lachen aus. »Wagt es ja nicht, uns bei unserer Hochzeit die Show zu stehlen.«

»Das kann ich nicht versprechen«, entgegne ich mit einem frechen Grinsen.

»Sieh mal«, sagt Papa.

Wir fahren über eine Brücke, die Williamsburg Brücke, wie er erklärt, und die Stadt wird sichtbar. Ich entdecke das Empire State Building zuerst. Der bekannteste Wolkenkratzer der berühmtesten Skyline der Welt. Bald darauf fahren wir an cremefarbenen Gebäuden und solchen aus rotem Backstein vorbei. Die meisten haben eine außen angebrachte Metalltreppe, die vom Dach bis ins Erdgeschoss führt. Feuertreppen, wie Miguel erklärt. Autos, Taxis, Busse und Fahrräder umgeben uns. Und so viele Menschen! Die Bürgersteige wimmeln von ihnen. Alle gehen im gleichen Tempo, wie Lachse, die sich stromaufwärts kämpfen.

Mir schnürt sich die Kehle zu, so ergriffen bin ich.

Ich. Bin. Hier.

Endlich!

»Anfangs kann das alles ein bisschen viel für einen

sein«, sagt Papa. »Toto, du bist nicht mehr in Touraine«, sagt er mit einem Augenzwinkern. Touraine ist die Region, aus der Maman stammt. Und ich auch. Er hat recht. Das hier ist sehr weit von den sanften Hügeln und dem ruhigen Leben entfernt, das ich bisher geführt habe.

»Ich liebe es«, sage ich. »Immer her mit dem Trubel, den Menschenmengen und der Aufregung. Genau deswegen bin ich hier.«

Die Stadt, die niemals schläft, wo alle Lichter heller strahlen und Träume wahr werden. Wie der, in einem der angesagtesten neuen Restaurants zu kochen. Mit Zach an meiner Seite. Für immer. Es fühlt sich bereits so an, als gehörte ich hierher in diese Stadt, die mir so viel zu bieten hat: endlose Möglichkeiten und Abenteuer. Und natürlich Liebe.

Mein Leben hat endlich begonnen.

Kapitel Zwei

Etwas stimmt ganz und gar nicht mit der Wohnung meines Vaters. Oder besser gesagt, mit seiner Küche. Lasst uns mit dem Kühlschrank beginnen. Es ist ein riesiges Ding aus Metall, hat die Größe eines Kleinwagens und zwei Türen. Drei, wenn man den Tiefkühler mitzählt, zu dem ein Eiswürfelmacher gehört. Wo wir gerade von den Türen sprechen, sie sind so schwer, dass ich mich mit einer Hand gegen die Wand stemmen muss, um genug Kraft aufzubringen, eine davon aufzuziehen. Die Gummidichtung gibt ein lautes Schmatzen von sich, so sehr widersetzt sie sich mir. Als es mir endlich gelungen ist, die Tür zu öffnen, muss ich entdecken, dass dieses Monster von einem Kühlschrank tragischer-, komischer- und empörenderweise … leer ist. Also fast.

Gestern Abend hat Papa mich kurz durch das Appartement geführt. Es liegt im fünften und obersten Stock eines Hauses ohne Aufzug im West Village. Eine ganze Wand besteht aus bodentiefen Fenstern mit Blick auf die umliegenden Gebäude. Sie sind so nah, dass man den Nachbarn in die Wohnungen gucken kann. Der Wohnzimmerbereich ist gemütlich eingerichtet, mit einer Sofalandschaft aus dunkelblauem Samt und Gegenwartskunst in Weiß- und Beigetönen an den Wänden. Die Küche verfügt über eine kompakte Küchenzeile und ist zum Essbereich hin offen. Die zwei Schlafzimmer befinden sich am anderen Ende des Appartements, jedes verfügt über ein eigenes fensterloses Badezimmer.

Nach dem Flug war ich so müde, dass ich nach einer ausgiebigen Dusche nur noch das Nachthemd aus dem Koffer gekramt und mich um neun ins Bett gelegt habe. In Frankreich war es da immerhin schon drei Uhr morgens. Ich weiß nicht mal, was die beiden zu Abend gegessen haben. Vielleicht waren sie noch voll von den Donuts, so wie ich. Ich bin zwischendurch ein paarmal aufgewacht und habe mich gefragt, wo der ganze Lärm herkommt. Die Autos. Die Sirenen. Die Leute, die auf der Straße kreischten. New York ist nicht leise.

Als ich meine Augen endgültig öffnete, fiel Licht durch die dünnen Vorhänge herein. Ich stand ganz langsam auf, weil mir etwas schwindelig war. Mein Mund war völlig ausgetrocknet, und ich hatte wahnsinnigen Hunger. Also schlich ich auf Zehenspitzen in die Küche, trank zwei Gläser Wasser und suchte nach etwas Essbarem beziehungsweise nach etwas, aus dem ich etwas Essbares zaubern könnte. Mein erstes Frühstück in New York sollte etwas Besonderes sein.

Nachdem ich die Küchenschränke ausgiebig durchsucht habe, bin ich noch entmutigter. Ich gebe dem Kühlschrank eine zweite Chance. Darin stehen eine fast leere Milchtüte, eine ausgedrückte Ketchupflasche und Sojasauce. Das Einzige, was man als Nahrung bezeichnen könnte, sind die sechs Eier in ihrem Pappkarton. Aber wer isst schon Eier zum Frühstück? Schon klar. *Schon klar.* Amerikaner machen das. Wenn es ums Frühstück geht, habe ich nichts Amerikanisches an mir. Es muss unbedingt süß sein, etwas anderes kommt nicht infrage. Und auch ein rein süßes Frühstück bietet einem unzählige Möglichkeiten. Die naheliegendste ist natürlich eine *tartine.* Man halbiert ein langes Stück Baguette, streicht reichlich Butter auf beide Hälften und eine Marmelade seiner Wahl obenauf. Also kommt mir nicht mit diesem Toastbrotquatsch.

Baguettes werden frisch gegessen, direkt aus der Bäckerei und im besten Fall noch warm.

Dann gibt es da die Croissants, ein Klassiker unter den Klassikern, einer, der sich schon durch den Wiedererkennungswert seines Namens von allen *viennoiseries* abhebt. Weitere brotähnliche Backwaren sind *pains au chocolat, pains aux raisins, brioche* und selbst das *pain au lait.* Alle können und sollten in eine dampfende Schüssel schwarzen Kaffees oder heißer Schokolade getunkt werden. Und ja, die Flüssigkeit wird euer Kinn herunterlaufen, während ihr das durchtränkte Stück Gebäck verschlingt. Nur so weiß man, dass man es richtig gemacht hat.

Ich träume immer noch von Frühstücksvarianten, als ich höre, wie sich die Wohnungstür öffnet. Einen Moment später taucht Papa hinter der Küchenanrichte auf. Er trägt seine Sportsachen, die ergrauten Haare sind schweißnass und seine Wangen gerötet.

Er wirft einen Blick auf die Uhr hinter sich. Es ist 10.33 Uhr. »Du bist ja auf!«

»Du hast nichts zu essen.« Mein anklagender Ton ist Absicht.

»Ich hatte so eine Ahnung, dass du das sagen würdest.«

Er öffnet den Reißverschluss seiner Sporttasche und zieht eine fettige weiße Papiertüte daraus hervor. »Etwas von zu Hause«, sagt er lächelnd. »Für den Fall, dass du bereits Heimweh hast.«

»Hab ich nicht«, entgegne ich. Ich reiße ihm die Tüte aus der Hand. Der Buttergeruch verrät den Inhalt, noch bevor ich einen Blick hineingeworfen habe: Croissants. Die goldene, luftige, blättrige Sorte. Die Sorte, die glücklich macht. »Das hier ist jetzt mein Zuhause. Ich möchte Bagels probieren. Und Cronuts. Und diese geeisten Kaffeespezialitäten, die in so riesigen Bechern verkauft werden, dass man wahrscheinlich den ganzen Tag auf Toilette rennt, wenn man eine davon getrunken hat.

Papa runzelt die Stirn. »Aber du liebst Croissants doch. Du behauptest immer, dass kein Frühstück sich mit dem französischen messen könne.«

Darum geht es zwar gerade nicht, aber es wäre ein Verbrechen, die Croissants verderben zu lassen. Was bleibt mir also anderes übrig? Natürlich schnappe ich mir eins und beiße hinein. Und zu meiner Überraschung schmelzen die Blätterteigschichten auf meiner Zunge genau wie zu Hause. Mann, sind die gut!

»Nicht schlecht, oder? Das sollte dich bei Kräften halten, bis Luz eintrifft.«

Ich kreische mit vollem Mund. Luz ist nicht bloß Miguels Nichte, sie ist meine Seelenschwester, eine Kombi aus Familienmitglied und enger Freundin. Es spielt überhaupt keine Rolle, dass wir uns im wahren Leben noch nie begegnet sind. Bis heute.

»Ich muss mich fertig machen!«

Ich renne zurück in mein Zimmer, meine nackten Füße rutschen auf dem glänzenden Parkett beinah aus.

Nachdem er sechs Monate mit ihm zusammen gewesen war, reiste Papa mit Miguel nach Miami. Er nannte es »etwas Sonne tanken«, aber wir wussten alle, worum es dabei eigentlich ging. Er würde die Familie kennenlernen: Miguels Eltern, seine Schwester Amelia und deren Tochter Luz, die ein Jahr älter ist als ich. Miguel, Papa, Amelia, Luz, Maman und ich facetimeten eines Tages alle. Es war ein virtuelles Treffen der Liebsten. Luz und ich tauschen uns seitdem ununterbrochen aus, sei es per Videochat oder via Instagram. Wir stehen uns so nah, wie sich zwei Menschen überhaupt stehen können – selbst wenn sie ein Ozean trennt. Als sie mir erzählte, sie würde Design an der Parsons studieren – inzwischen macht sie das schon seit einem Jahr –, war es ein weiterer Grund für mich, nach New York zu ziehen. Nicht, dass ich einen gebraucht hätte.

»*Tu es ici!*«, kreischt sie lachend, sobald sie die Wohnung betreten hat. Sie klingt fröhlich und überschäumend, typisch Luz eben. »Du bist tatsächlich hier!«

»*Estoy aqui!*«, rufe ich und springe von der Couch, um sie zu begrüßen. »Du bist hier. Wir sind beide hier!«

Ich hatte sechs Jahre Spanisch in der Schule und Luz vier Jahre Französisch. Daher peppen wir unsere Unterhaltungen ab und zu mit *un poquito de español* oder *un peu de français* auf. Wir versichern uns ständig, dass wir unsere Sprachkenntnisse noch verbessern wollen, fallen aber jedes Mal ins Englische zurück.

Ich werfe mich in ihre Arme, und wir hüpfen aneinandergeklammert und wild kreischend auf und ab. Miguel und Papa haben sich auf die andere Seite des Raumes verzogen und beobachten das Ganze lieber aus sicherer Entfernung.

Nachdem wir uns voneinander gelöst haben, mustere ich sie genauer. Sie ist größer als erwartet, dabei aber immer noch etwas kleiner als ich, und ihre Haare schimmern in echt noch stärker. Sie ist außerdem noch sonnengebräunter als bei unserem letzten Videochat. Neben ihr sehe ich aus, als hätte ich einen *teint de navet*, die Gesichtsfarbe einer weißen Rübe.

Den Rest des Nachmittags und Abends verbringen wir damit, uns gegenseitig auf den neusten Stand zu bringen. Miguel muss zu einem wichtigen Geschäftsessen, und Papa bietet an, zu Hause zu bleiben – schließlich ist es mein erster Abend in New York! -, aber um die Wahrheit zu sagen, bin ich hundemüde. Ich habe mich in den letzten Wochen mit der Schule, dem Arbeiten im Restaurant, dem Packen für den Umzug und dem Flug ziemlich verausgabt. Und natürlich muss ich so gut wie möglich aussehen, wenn ich morgen Zach treffe.

Luz und ich bestellen uns eine Pizza und studieren den U-Bahn-Plan ganz genau, damit ich auch sicher alle Linien kenne, die mich dorthin bringen können. Sie warnt mich, dass am Times Square die Hölle los sein wird – was haben wir uns nur dabei gedacht, uns an einem Samstag dort zu verabreden! –, und drängt darauf, ich solle sie mitkommen lassen. Aber dazu gibt es keinen Grund. Ich warte seit einem Jahr auf dieses Rendezvous.

Zach und ich sind füreinander bestimmt. Jetzt ist er so nah, dass ich ihn praktisch spüren kann.

Kapitel Drei

Am nächsten Tag gehen wir vier zum Brunch ins Café Cluny, das ein paar Straßen weiter nördlich liegt. Drinnen sieht es aus, als wären wir in Frankreich, was wahrscheinlich der Grund dafür ist, dass Papa es ausgewählt hat. Er hat mich schon immer unterstützt, widersetzt sich aber nicht gern Mamans Vorstellungen. An den Wänden hängen große Spiegel, die Deckenleisten sind aufwendig mit Stuck verziert. Es gibt kleine Tische, an denen Korbstühle stehen, und die Beleuchtung sorgt für eine gemütliche Atmosphäre.

Innerhalb weniger Minuten begegnen uns drei Menschen: die Dame vom Empfang, die uns zu unserem Tisch führt, der Kellner, der die Speisekarten darauf ablegt, noch ehe wir uns gesetzt haben, und ein weiterer schwarz gekleideter Mann, der uns nach unserer Wasserpräferenz fragt. Ich weiß, dass er nur in Erfahrung bringen will, ob wir lieber stilles Wasser oder Sprudel möchten, aber es klingt extravagant.

Noch bevor ich mich entschieden habe, klingelt jedoch mein Handy. Papa hat mich mit einer amerikanischen Telefonnummer ausgestattet, aber abgesehen von Maman sind alle Menschen, die sie kennen, hier bei mir.

Mit angehaltenem Atem gehe ich ran. »Hallo?«

»Margot Lambert?«, fragt die Frau am anderen Ende. Sie betont das T am Ende meines Namens, obwohl es ein stummes T ist.

»Hier ist Raven Jones. Ich bin die Souschefin im *Nutrio.* Wie geht es dir?«

»Gut. Toll«, erwidere ich und versuche, ruhig zu bleiben. »Es ist das Restaurant«, hauche ich meiner Familie zu.

»*Nutrio!*«

»Tja, äh, *toll.* Ich rufe alle auf unserer Liste an, weil ich einen Notfall habe.« Sie seufzt und fügt leiser hinzu: »Schon wieder.«

»Das passt perfekt«, sage ich mit meiner professionellsten Stimme. »Ich wollte mich sowieso am Montag bei Ihnen melden. Ich würde mich wahnsinnig über die Chance freuen, für das *Nutrio* zu arbeiten. Ich weiß, Chef Boyd hat bestimmt sehr hohe Ansprüche, aber ich habe schon mein ganzes Leben in einer Küche gearbeitet. Ich kann es kaum erwarten, allen zu zeigen, was ich kann. Was nicht heißt, dass ich mich in den Vordergrund drängen möchte. Ich bin eine total gute Teamplayerin.«

Luz nickt mir anerkennend zu. Miguel und Papa klatschen begeistert.

»Ich freue mich, das zu hören!«, sagt Raven übertrieben fröhlich. »Also, wie sieht es bei dir heute Nachmittag aus?«

Äh, wie bitte? Ich weiß, sie hat *Notfall* gesagt, aber ich hätte nicht gedacht, dass es so dringend wäre. Mein Plan für heute war, mich auf mein Treffen mit Zach vorzubereiten. Mehr nicht.

»Warte kurz«, sagt Raven, ehe ich etwas erwidern kann.

Im Hintergrund höre ich Töpfe scheppern, Leute rufen und hin und her rennen, es herrscht geschäftiges Treiben. Mir geht das Herz auf. Die größte Mannschaft, die Maman je hatte, waren sechs Leute, sie und mich eingeschlossen. In diesem Moment spüre ich bis ins Mark, wie gern ich im *Nutrio* arbeiten würde.

Raven ist wieder dran. »Kannst du zum Vorstellungsgespräch kommen? Sagen wir um sechzehn Uhr? Und wenn es gut läuft, würdest du heute Abend deine erste Schicht übernehmen.«

Nein. *Nein, nein, nein, nein.* Nicht heute Abend. Das ist unmöglich.

»Es tut mir wirklich leid …«, beginne ich. Papa runzelt die Stirn, und Luz' Miene ist ein entsetztes Fragezeichen. Aber was soll ich sonst sagen? Es ist zu viel, zu schnell. Ich brauche eine Minute. »Unglücklicherweise …«

Luz legt mir die Hand auf den Arm, um mich zu unterbrechen. »Willst du dir dein Leben ruinieren?«, flüstert sie.

»Margot«, sagt Papa liebevoll. »Es ist dein Traumjob.«

Ich bedecke das Mikro mit der Hand. »Aber Zach …«

»Wir finden eine Lösung«, verspricht Luz. »Wir kriegen dich pünktlich zum Times Square.«

»Luz hat recht«, sagt Miguel. »Wir sind in New York. Wenn sich dir hier eine Chance bietet, ergreifst du sie und regelst die Details später.«

Sie verstehen es nicht. »Ich bin erst seit Kurzem hier,

habe einen Jetlag, und dann ist da noch diese Luftfeuchtigkeit …«

»*Oui, oui*«, fällt Luz mir ins Wort. »Aber Zeit vergeht hier schneller. Die Stadt wartet auf niemanden.«

Ich atme tief durch. Papa, Miguel und Luz starren mich an, drängen mich schweigend, das Richtige zu tun. Zach und ich sind füreinander bestimmt. Es wird sich alles finden. Ich wollte ein Abenteuer, tja, und hier ist es. Plötzlich habe ich Schmetterlinge im Bauch. Ich werde den Job und den Jungen meiner Träume bekommen, und das alles an einem Tag.

Ich halte das Handy wieder an mein Ohr. »Sechzehn Uhr. Ich werde da sein.«

»Bis dann«, sagt Raven, aber es klingt, als sei sie mit ihren Gedanken schon woanders. Im nächsten Moment legt sie auf.

Luz strahlt über das ganze Gesicht. »Du rockst, *ma sœur.*«

Ich erwidere ihr Strahlen. »*Gracias, bonita.* Du bist die beste Schwester, die ich nie hatte.«

*

Der Schriftzug über dem Eingang ist eindrucksvoll und modern. *NUTRIO* steht dort in schwungvollen Großbuchstaben. Im Innern hängen übergroße funkelnde Kronleuchter von freigelegten weiß angestrichenen Rohren. Ich spähe zum Fenster hinein und entdecke ein paar Gäste, die nach einem späten Brunch noch am Tisch sitzen und plaudern. Die Teller sind schon abgeräumt, die leeren Gläser stehen noch vor ihnen. Ich entdecke außerdem einen Hauch von Aktivität im Hintergrund, ein paar Gestalten bewegen sich in den Schatten. Meine neuen Kollegen bereiten sich auf die Abendschicht vor.

Ein erwartungsvoller Schauer durchfährt mich, als ich das Restaurant durch den klein gehaltenen Eingangsbereich betrete. Am verlassenen Empfangspult bleibe ich stehen. Ich laufe langsam, so, als hätte ich ungebeten ein fremdes Haus betreten, aber mein Eindringen muss bemerkt worden sein, denn eine junge Frau in einer weißen Chefuniform kommt aus dem hinteren Bereich, ein geschäftsmäßiges Lächeln im Gesicht. Sie hat dunkelbraune Haut und mittellange Haare, die zu festen Zöpfen geflochten sind und von einem farbenfrohen Seidentuch zusammengehalten werden, das zu ihrem knallroten Lippenstift passt.

»Margot? Ich bin Raven.«

Ich nehme an, dass Raven Mitte zwanzig ist, und wenn sie es in dem Alter schon zur Souschefin gebracht hat, muss sie wirklich was draufhaben.

»Hallo«, sage ich mit brüchiger Stimme. Sie streckt die Hand aus, und ich schüttle sie, obwohl es sich seltsam anfühlt. Franzosen, besonders die jungen, schütteln sich nicht die Hände.

»Danke, dass du es so kurzfristig einrichten konntest. Du weißt ja bestimmt, wie es ist. Menschen kommen und gehen in diesem Geschäft. Ständig. Manchmal kommt es mir vor, als bestünde mein Job zur Hälfte daraus, vorherzusehen, wer mal wieder *nicht* zur Arbeit erscheinen wird.«

»Ein Glück für mich!«, sage ich an dem Frosch in meinem Hals vorbei. »Ich konnte es kaum erwarten, mit der Arbeit anzufangen, also bin ich total happy.«

Ich habe mir natürlich Bilder vom *Nutrio* angesehen, aber es ist etwas völlig anderes, leibhaftig durch das Restaurant zu laufen. Die Wände und Möbel wirken nackt, besonders in diesem riesigen, offenen Raum. Ein paar wenige große Gemälde in Neonfarben hängen an fast unsichtbaren Fäden von der hohen Decke und schweben scheinbar vor den Wänden. Die Einrichtung ist so modern und cool. Dieser Ort gehört zehn Jahre in die Zukunft.

»Hier ist mein Lebenslauf«, sage ich und reiche Raven das Blatt Papier. Glücklicherweise hatte ich ein paar Exemplare ausgedruckt und vor dem Abflug in meinen Koffer gepackt. Kluge Entscheidung, vergangene Margot.

Während Raven die Seite überfliegt, sage ich meinen Text auf. »Meiner Mutter gehört ein Restaurant im Loire-Tal in Frankreich, und ich habe dort mitgeholfen, seit ich ein Messer halten konnte. Ich bin praktisch in der Küche groß geworden. Und letzten Sommer habe ich diesen Kurs am *Le Tablier* besucht, von dem Sie bestimmt gehört haben.« Für mich klingt es ein wenig angeberisch, aber Luz hat mich auf dem Weg hierher im Taxi gebrieft. »Verkaufe dich, Margot. Liefere ihnen genug Gründe, dich einzustellen. Zeig ihnen, wie glücklich sie sich schätzen können, dich abbekommen zu haben.«

»Jaja«, sagt Raven, doch mit einem Ohr horcht sie auf die Unruhe, die aus der Küche zu uns dringt. Ich bin nicht sicher, wie viel Aufmerksamkeit sie mir schenkt. »Das klingt gut.«

Mit einem Lächeln fahre ich fort: »Die Zeit im *Le Tablier* war unglaublich wertvoll und …«

Raven unterbricht mich. »Das ist toll, Margot.« Ihr Blick ist fest auf die Schwingtüren der Küche gerichtet, hinter denen das Geklapper lauter wird. »Chef Boyd wird gleich bei dir sein. Nimm bitte Platz«, fügt sie hinzu und zeigt auf einen Tisch in der Nähe, der schon für das Essen eingedeckt ist.

Sie ist weg, bevor ich etwas erwidern kann. Während die Minuten verstreichen, schlägt mein Herz immer schneller und ich spüre Schweißtropfen, die von meinem Haaransatz abwärts rinnen. Ich muss an das denken, was Raven am Telefon gesagt hat. Sie brauchen jemanden, der noch heute Abend anfangen kann. Heute Abend, wenn ich Zach treffen soll. Davon ausgehend, dass ich den Job bekomme, natürlich. Und so weit ist es von hier bis zum Times Square gar nicht. Ich muss einfach daran glauben, dass alles gut werden wird.

Ich schaue einmal, zweimal, dreimillionenmal auf die Uhr. Im Hintergrund passiert auf jeden Fall etwas, aber eine sehr lange Zeit kommt niemand aus dieser Küche.

Ich drohe, panisch zu werden, nehme mein Handy und schreibe Luz.

> Ich warte immer noch auf mein Gespräch mit Chef Boyd. Ahhhh! Ich kriege gleich einen Herzinfarkt.

Ihre Antwort kommt umgehend.

> Hol tief Luft! Du bist ein Rockstar und sie sind Idioten, wenn sie das nicht erkennen.

Tief durchzuatmen wirkt, aber nur ein paar Minuten lang. Ich kann so nicht weitermachen. Ich werde einfach hingehen und nach Chef Boyd suchen, genau das werde ich tun. Es wird überhaupt nicht seltsam sein. *Äh, entschuldigen Sie, Chef, können Sie mich endlich interviewen, damit ich erfahre, ob ich diesen Job bekomme und mir trotzdem genug Zeit bleibt, die Liebe meines Lebens zu treffen? Merci beaucoup!*

Natürlich klingt es jetzt, da ich es innerlich durchgespielt habe, nach einer furchtbaren Idee. Ich überzeuge mich selbst, sitzen zu bleiben, und werfe der Küche sehnsüchtige Blicke zu. Und dann, endlich, kommt ein kleiner, muskulöser, hellhäutiger Mann in einer maßgeschneiderten Kochuniform durch die Schwingtüren der Küche. Franklin Boyd. Er guckt irritiert, als er mich am anderen Ende des Restaurants entdeckt.

Ich springe von meinem Stuhl auf, um ihm entgegenzugehen. »Hallo, ich bin Margot Lambert.«

Boyd hebt eine Augenbraue, als könne er mich nicht einordnen.

»Nadia Lamberts Tochter?«, ergänze ich.

»Oh, ja. Du hast dich ganz schön verändert. Erwachsen wie du bist.«

Es ist komisch, daran erinnert zu werden, dass ich früher in dieser Stadt gelebt habe, dass meine Mutter einst ein vollkommen anderes Leben geführt hat. Die Art Leben, die ich jetzt führen möchte, auch wenn ihr das nicht gefällt.

»Sie hatte nur Gutes über Sie zu sagen.« Wobei … Wenn ich so darüber nachdenke, hat sie eigentlich gar nichts gesagt. Ich weiß, dass die beiden zusammengearbeitet haben. Das war es aber auch schon.

Er zieht beide Augenbrauen hoch. »Tatsächlich?«

Ich nicke mit einem starren Lächeln, der Schweiß rinnt

mir die Achseln hinunter. Schnapp dir den Job, Margot. *Schnapp dir einfach den Job.* »Vielen Dank für die Einladung zum Vorstellungsgespräch. Ich schwöre, Sie werden es nicht bereuen, wenn Sie mir eine Chance geben. Ich habe alles über Sie gelesen und weiß, dass Sie sich nach der Pandemie zurückgekämpft haben. Es ist so traurig, dass Sie Ihr letztes Restaurant schließen mussten, aber auch sehr inspirierend, dass Sie ein neues so schnell zum Erfolg geführt haben. Ich hoffe, eines Tages kann ich so sein wie Sie.«

Seine Antwort ist ein gequältes Lächeln. »Also, Raven hat dir gesagt, was zu tun ist?«

Mein Verstand setzt aus. Hat sie das? Wir haben nur ein paar Worte gewechselt. »Ich nehme an … ich bin bereit, hart zu arbeiten …«

»Gut, gut«, sagt der Chef ungeduldig. »Wir probieren es mit dir.«

»Danke! Danke Ihnen vielmals! Sie werden es nicht bereuen!«

»Willkommen im Team, Margot.«

Sein Tonfall ist nicht besonders herzlich und ich zögere, die Frage zu stellen, die in mir brennt: Werde ich früh genug Feierabend haben, um mich mit Zach zu treffen?

Doch in diesem Moment zählt nur eins: Ich habe den Job. Ich habe den Job! Luz hatte recht. Ich kann alles haben, was ich will: ein großartiges, wildes Abenteuer und eine großartige, wilde Romanze.

Ein Ziel ist erreicht, ein weiteres bleibt zu verwirklichen.

Kapitel Vier

Im hinteren Bereich des Restaurants herrscht gerade Familienzeit, also die Zeit, wenn die gesamte Mannschaft sich zum gemeinsamen Essen trifft, bevor die Abendschicht losgeht. Die Tische in Küchennähe sind zusammengeschoben worden, um eine extra lange Tafel zu schaffen. Zwei Mitarbeiter verteilen Besteck und Gläser darauf.

Einen Moment später taucht Chef Boyd mit noch mehr Leuten aus der Küche auf, darunter auch Raven. Alle tragen etwas – Wasserkrüge, einen Brotkorb mit Foccacia – und reichen die Dinge mit raschen, geübten Handgriffen weiter. Unterdessen stehe ich einfach da, nach wie vor verblüfft, aber vor allem aufgeputscht von dem Tag, den ich bis jetzt hatte. Neue Stadt, neues Leben, neuer Job und dann … Zach. Es ist eine Menge für einen einzigen Tag, aber eine Menge ist genau das, was ich immer wollte. Eine Menge Leben, eine Menge Spaß und eine Menge Liebe.

»Also das sind fast alle«, sagt Raven mit einer ausladenden Geste. Sie sitzt neben mir am Kopfende des Tisches, und ich warte darauf, dass sie fortfährt mit der Vorstellung meiner neuen Kollegen, aber ihr müder Gesichtsausdruck verrät mir, dass sie andere, größere Sorgen hat. Ich schätze, es liegt in meiner Verantwortung, einen guten ersten Eindruck zu hinterlassen.

»Hallo, hi!« Meine Stimme ist viel zu hoch, aber ich rede tapfer weiter. »Ich bin Margot. Ich bin gerade aus Frankreich hergezogen. Mein Vater lebt hier, und ich bin in New York geboren, aber ich war seit meinem zweiten Lebensjahr nicht mehr hier. Es ist so abgefahren, hier zu sein. Also total abgefahren!« Raven wirft mir einen schrägen Blick von der Seite zu, aber sonst ist ihre Miene ausdruckslos. »Ich bin damit aufgewachsen, im Restaurant meiner Mutter zu kochen, und ich träume seit Ewigkeiten davon, in New York zu arbeiten.«

Während meiner Ansprache haben die anderen begonnen, sich die Teller zu füllen. Es streifen mich maximal ein, zwei flüchtige Blicke. Eine innere Stimme mahnt mich, jetzt besser die Klappe zu halten – mal im Ernst, wie oft will ich noch abgefahren sagen? –, aber seit ich den Mund aufgemacht habe, wird sie von dem Redeschwall übertönt, der aus mir heraussprudelt. Ich wende mich in der Hoffnung zu Raven, dass wenigstens sie Interesse zeigen wird. Schließlich waren wir zu einem Vorstellungsgespräch verabredet, das nie wirklich stattgefunden hat.

Wo ich so darüber nachdenke, es ist schon ein bisschen seltsam, *non?* Vertraut Franklin Boyd Maman so sehr, dass er nur einen kurzen Blick auf mich zu werfen brauchte und schon hatte ich den Job?

»Und letzten Sommer habe ich eine Fortbildung am *Le Tablier* gemacht, einem bekannten kulinarischen Institut in Paris. Das war toll, aber hier zu sein ist noch so viel besser!«

Ein paar Leute nicken oder ringen sich ein Lächeln ab. Andere beginnen zu essen. Könnte mich bitte jemand davon abhalten, mich um Kopf und Kragen zu reden? Irgendjemand? Zum Glück erhört ein Typ mein stummes Flehen und steht auf. Er hat gebräunte Haut, kurz geschorene Haare und funkelnde dunkle Augen. Dazu kommen volle Lippen und Grübchen in den Wangen. Er ist nicht besonders groß.

»Hey, Margot. Willkommen. Ich bin Ben«, sagt er und klopft sich die Hände an der Hose ab, bevor er mir die rechte entgegenstreckt.

Ich habe tonnenweise amerikanische Serien geguckt. Ich weiß, man begrüßt sich hier nicht auf dieselbe Weise wie bei uns. Als Raven mir vorhin ihre Hand hingehalten hat, habe ich keine Miene verzogen. Aber die Hand eines Mannes zu schütteln ist komisch. Ben ist ungefähr so alt wie ich, vielleicht ein bisschen älter, und er ist … süß. So süß, dass es einem die Sprache verschlägt. Nicht, dass mich das interessieren würde, aber da er direkt vor mir steht, ist es unmöglich zu übersehen.

Es vergeht viel Zeit zwischen dem Moment, in dem er mir seine Hand angeboten hat, und dem Moment, in dem mir auffällt, dass ich sie besser ergreifen sollte. So viel Zeit, dass er im Begriff ist, die Hand mit einem gequälten Lächeln wieder zurückzuziehen. Ich spüre die Blicke der anderen auf uns ruhen und bekomme Atemnot.

Glücklicherweise kommt Ben mir erneut zu Hilfe. Das Ganze muss sich innerhalb weniger Sekunden abgespielt haben, aber ich bin wahnsinnig erleichtert, als sich unsere

Hände berühren. Sein Händedruck ist warm und fest. Vielleicht macht es mir doch nicht so viel aus, einem Mann die Hand zu schütteln.

»Ich bin einer der Postenköche«, sagt Ben, ohne den Blickkontakt zu unterbrechen, »und arbeite an der Grillstation.«

»Ist ja toll! Wir arbeiten zusammen …« Ich verstumme, weil ich unsicher bin, ob ich den Satz als Frage formulieren sollte. Gibt es in dieser Küche so viele Köche, dass nicht jeder mit jedem zusammenarbeitet?

Ein paar Leute kichern. Es ist mehr als eine Küchenbrigade. Es ist ein Menschenauflauf. Ich frage mich, wie lange ich wohl brauchen werde, um zu lernen, wer wofür zuständig ist. Im vorderen Bereich des Restaurants arbeiten diejenigen, die kellnern, die Tische abräumen oder die Gäste in Empfang nehmen. Und im hinteren, verborgenen Bereich die Spülkräfte, ein Küchenvorbereitungsteam, die Köche, Souschefs … und wahrscheinlich habe ich noch welche vergessen.

Ich wende mich an Raven. »Sie haben mir noch gar nicht gesagt, auf welchem Posten ich arbeiten werde. Ich mache ziemlich gute Saucen. Und Salate. Aber mein Grillgemüse ist auch superlecker. Man muss alles beherrschen, wenn man in einem kleinen Restaurant arbeitet, Sie können mich also überall einsetzen.«

»Klar, ähm …« Raven wirkt verlegen. »Wir duzen uns hier«, raunt sie mir noch zu, bevor sie verstummt, weil Chef Boyd aus der Küche kommt.

»Okay, Leute, wir sind heute Abend komplett ausgebucht«, beginnt er an alle gerichtet. »Ari, wir müssen das Gazpacho-Special noch fertigstellen. Es ist zu dünnflüssig, zu salzig. Pedro, falls es wird wie gestern, springst du ein und unterstützt Ben und Martin am Grill. Ich weiß nicht, warum der geröstete Blumenkohl mitten im Sommer so ein Renner ist, aber wir müssen den Gästen geben, wonach sie verlangen.«

Chef Boyd fährt damit fort, seiner Mannschaft Anweisungen zu erteilen und ich leite einige ihrer Rollen davon ab: Diego, der vermutlich Ende dreißig ist, ist der Saucier; Ari, ein weiterer Jungkoch wie ich, ist Gardemanger und damit für kalte Speisen zuständig; und Angela, die älter als meine Mutter ist, kümmert sich um die Salate. Zwei ruhige Typen vom Tischende scheinen für die vorbereitenden Arbeiten eingeteilt zu sein. Es gibt eine Pâtissiere, zuständig für Desserts, deren Name mit D anfängt. Diane? Und dann verliere ich den Überblick. Endlich beendet Chef Boyd seine Runde um den Tisch und unsere Blicke treffen sich.

»Äh …«, sagt er, als könne er sich nicht an meinen Namen erinnern. Dabei haben wir erst vor zehn Minuten miteinander geredet.

»Ich bin Margot Lambert. Nadias Tochter?«

Plötzlich scheinen alle ihr Essen zu unterbrechen und uns anzusehen. Einen Augenblick zuvor war ich noch eine völlig Fremde, doch nun bin ich eine Fremde mit einer persönlichen Verbindung zum Chef.

»Wir alle müssen mal irgendwo anfangen«, sagt der Chef. »Und jeder im Team zählt. Eine Küche ist wie ein Orchester. Wenn ein Mitglied nicht sein Bestes gibt, leidet der ganze Auftritt darunter.«

»Ganz meine Meinung«, sage ich gut gelaunt. »Man ist nur so gut wie der Koch an der nächsten Station.« Das weiß ich noch von meinem Kurs am *Le Tablier.* Diesen Satz hat mein Lehrer oft gesagt.

Schweigen breitet sich aus. Es ist unmöglich, die komischen Blicke zu übersehen, die sich einige der anderen zuwerfen. Ben, der Grillstationskoch, wirft mir ein freundliches, wenn auch mitleidiges Lächeln zu.

»Hast du sie nicht informiert?«, fragt der Chef Raven.

Sie sieht mich unsicher an. Es wäre nicht gut für mich, sie in Schwierigkeiten zu bringen, noch ehe ich angefangen habe. »Unser Tellerwäscher hat heute Morgen gekündigt«, sagt sie.

Ich bemühe mich weiterzulächeln, obwohl ich durcheinander bin. Vielleicht ist es der Jetlag. Schon wieder.

»Du hast doch schon mal mit einer Industriespülmaschine gearbeitet, oder?«

Ich nicke sprachlos.

»Toll«, sagt Raven leichthin. »Ich werde dir trotzdem zeigen, wie man sie bedient. Nur für alle Fälle.«

»Aber ich bin eine ausgebildete Köchin«, sage ich leise.

Ich weiß, wie das klingen muss. Weinerlich, kindisch. Nicht cool. Doch es ist die Wahrheit. Ich habe mein ganzes Leben dem Kochen gewidmet.

Raven seufzt. »Am Ende dieses Abends wirst du auch eine ausgebildete Spülkraft sein.«

*

Wenig später folge ich Raven in die Küche, wo wir auf einen weiteren Souschef treffen: Bertrand, ein Franzose in den Dreißigern. Er würdigt uns kaum eines Blickes. Raven erklärt, dass sie für das Personal zuständig sei und Bertrand schon den ganzen Tag die Specials vorbereite. Er dürfe nicht gestört werden.

Alle Stationen sind bereit für die Abendschicht: Auf der Anrichte warten säuberlich aufgereihte Plastikbehälter mit verschiedenen Zutaten auf ihren Einsatz, saubere Töpfe und Pfannen stehen auf dem Gasherd mit den neun Flammen, und handgeschriebene Checklisten hängen an den Bestellhaltern. Davon abgesehen herrscht absolute Sauberkeit und Ordnung. Die Stahloberflächen funkeln, und die Bodenfliesen glänzen im harten Neonlicht. Es riecht nach Putzmitteln und Zitronenseife. Die Küche ist größer als jede, in der ich bisher gewesen bin, und es kommt mir vor, als liefe ich durch ein Raumschiff, während Raven mir die verschiedenen Stationen zeigt: kalte Speisen, warme Speisen, Soßen, Salat, Zuarbeit und Desserts. Eine vernünftige Anordnung, da es weder Fisch noch Fleisch zu bearbeiten gibt.

»Hier sind wir«, sagt sie, als wir in der hintersten Ecke angekommen sind, einem schmaleren Bereich der Küche direkt neben dem Hinterausgang.

Dort befindet sich ein großes Spülbecken mit einer Brause, die man an einem langen Schlauch aus dem Hahn herausziehen kann. Daneben hängt auf Augenhöhe eine Metallbox über einem leeren Plastikkorb. Ich starre ihn an, um Worte verlegen.

Raven verzieht das Gesicht, als täte ich ihr leid. Trotzdem macht sie weiter. Auf sie wartet viel Arbeit, und sie kann nicht mehr Zeit als nötig mit mir verschwenden. »Die Leute, die die Tische abräumen, stellen das schmutzige Geschirr in die Plastikkörbe da drüben«, beginnt sie und zeigt zu einer Stelle am anderen Ende der Küche, wo die Schwingtüren in den Speisesaal führen. »Du musst sicherstellen, dass die Körbe nicht zu voll werden, sonst haben sie keine Möglichkeit mehr, die Sachen loszuwerden, die sie abgeräumt haben.«

»Klar«, sage ich, darum bemüht, fröhlich zu klingen, doch ich scheitere grandios.

Sie erklärt den Rest in atemberaubendem Tempo. Schnapp dir den Korb mit dreckigem Geschirr. Spüle alles mit der Brause ab, sortiere Teller, Gläser und Besteck in die dafür vorgesehenen Abschnitte des Spülmaschinenkorbs. Schiebe ihn zur Seite. Zieh den Griff der Spülmaschine nach unten. Schiebe den Korb nach links, wenn sie fertig ist, damit die Teller abkühlen können.

»Du bist außerdem dafür zuständig, den Boden zu wischen und die Mülleimer zu leeren. Im Grunde hältst du alles sauber, bringst frische Teller zu den Stationen und erleichterst allen ihre Arbeit.«

»Klar, verstanden!«

Raven klopft zweimal auf die Metallanrichte, als sei die Einführung damit beendet. »Rodrigo, hast du die in Scheiben geschnittene Beete im Kühlraum entdeckt?«

Und damit bin ich an meiner Station auf mich allein gestellt.

Kann man einen Job kündigen, bevor man ihn angetreten hat?

Kapitel Fünf

Newsflash: Allen die Arbeit zu erleichtern ist überhaupt nicht leicht. Ich merke schnell, dass meine schwachen dünnen Ärmchen die Körbe noch nicht einmal dann tragen können, wenn sie nur halb voll sind. Das heißt, dass ich die Körbe genau im Blick haben und dreimal so oft hinpilgern muss, damit ich mir die riesigen Behälter schnappen kann, solange ich es schaffe, sie anzuheben. Dorthin zu gelangen gleicht einem Hindernisparcours, vorbei an all den Köchen, die hin und her rennen, von rechts nach links, von vorn nach hinten, während sie das Essen schnippeln, anbraten, schwenken und auf die Teller füllen. Bei der leichtesten Berührung grunzen oder brüllen sie mich an, ihnen nicht in die Quere zu kommen.

Die Küche wirkte vorhin noch so groß, doch jetzt ist sie voll, heiß und verqualmt. Eine merkwürdige Mischung aus Gerüchen hängt in der Luft, gebratener Knoblauch und Pistazie, rote Paprika und Orangenblütenessenz. Es ist widerlich, aber nur, wenn man Zeit hat, darüber nachzudenken.

»Hey, Bambi«, sagt Ari, einer der Gardemanger-Köche, hinter mir.

Er und ein paar Ältere nennen mich seit Beginn der Schicht so. Das naive französische Mädchen, das dachte, sie würde hier reinspazieren und als Köchin arbeiten, weil ihre Mommy den Chef kennt. Und sie haben recht, das habe ich tatsächlich geglaubt. Ich war überglücklich, weil mein Traumjob und mein Traummann zum Greifen nahe schienen. Wo wir gerade von ihm sprechen, ich hätte Raven so gern gefragt, wann ich heute Schluss machen kann, aber in meiner dunklen Ecke ist es schwer, sie in die Finger zu bekommen. Ich weiß nur, dass mir noch Zeit bleibt. Wir bewältigen immer noch den großen Dinner-Ansturm.

»Ich brauche sofort frische Gazpacho-Schüsseln!«, brüllt Ari über das Brutzeln von Bens karamellisierten Karotten hinweg.

»Kommen sofort!«, rufe ich, ohne nachzudenken.

Da gibt es nur ein Problem: Es gibt so viele verschiedene Schüsseln, tiefe, flache, blaue … Bis jetzt hatte ich noch keine einzige Sekunde Zeit, beim Befüllen der Teller und Schüsseln zuzusehen. Und noch schlimmer, nur die flachen Schüsseln sind überhaupt sauber. Alle anderen sind entweder dreckig oder in der Spülmaschine.

Ari kommt rüber und starrt mich wütend an. Mein Herz stolpert in meiner Brust, während ich im Korb nach zwei Schüsseln fische, die aussehen, als wäre gerade Gazpacho drin gewesen. Aber ich kann nichts mit einem roten Film entdecken, keine Spur von Tomate. Was Sinn ergibt, denn ich habe mir die Karte angesehen, bevor ich hergekommen bin, und ich bin mir sehr sicher, dass darauf nichts mit Tomate gestanden hat.

Ari rückt näher an mich heran. »Willst du mich verarschen? Du hast nicht eine saubere Schüssel? Bist du nach

New York gekommen, um Urlaub zu machen? Ist das alles nur ein Spaß für dich?«

»Es tut mir leid«, erwidere ich aufgebracht, während ich den Stapel mit dreckigem Geschirr durchwühle.

»Bist du sicher, dass du schon mal in einer Restaurantküche gearbeitet hast?«, faucht Ari.

»Sehr sicher«, sage ich nur, obwohl ich ihm am liebsten die bissigen Bemerkungen an den Kopf werfen würde, die sich in meiner Kehle angestaut haben.

Ari holt wütend Luft, doch ehe er weitermeckern kann, taucht Ben neben ihm auf. Er wischt seine Hand an einem Handtuch sauber. »Hey, Ari, reg dich ab, okay?«

Keiner der anderen Köche beachtet uns.

»Jede Schnecke wäre schneller als die da!«, sagt Ari und deutet mit dem Kinn auf mich.

»Vielleicht könntest du uns allen Zeit ersparen und ihr einfach zeigen, was du brauchst? Das hier ist ihre erste Schicht. Sei nicht so hart zu ihr.«

Ari verdreht die Augen, aber seine Miene entspannt sich etwas. Schließlich gibt er nach, durchwühlt den Geschirrkorb, zieht zwei kleine grün verschmierte Schüsseln hervor und wirft sie ins Spülbecken vor mir. Das laute Scheppern lässt mich zusammenzucken.

»Das sind die Gazpacho-Schüsseln?«, frage ich ungläubig.

»Es ist eine *Gurken*-Gazpacho«, sagt Ari. »Hast du nicht zugehört, als Chef die Specials ausgerufen hat? Weißt du, was eine Gurke ist? Serviert deine Mommy etwa keine in ihrem Restaurant?«

Er stürmt zu seiner Station zurück, bevor ich etwas erwidern kann. Innerlich koche ich, mir schießen tausend

Entgegnungen durch den Kopf, doch ich beiße mir auf die Zunge. Stattdessen drehe ich den Wasserhahn viel zu weit auf und der heiße Wasserstrahl der Brause trifft alles rundherum, mich eingeschlossen. Ich habe Wasser in den Haaren und in der Nase. Ich glaube, ich hasse diesen Laden.

Die nächsten drei Stunden verlaufen nach demselben Muster. Eine Vielzahl von Leuten, deren Namen ich nicht kenne, schreien mich an oder beschweren sich über etwas, das ich falsch gemacht haben soll: die fehlenden Brettchen, das *saubere* Messer, an dem noch immer Essen klebte, den wachsenden Berg von Töpfen. Als Raven endlich zu mir kommt, um mir zu sagen, dass ich eine kurze Pause machen kann, renne ich praktisch zum Lieferanteneingang hinaus in die Gasse hinter dem Restaurant.

Ich bräuchte dringend frische Luft, doch draußen herrscht eine drückende Schwüle. Zu der extremen Luftfeuchtigkeit gesellt sich der Gestank nach Abfällen und Urin, eine besonders widerwärtige Mischung, die perfekt spiegelt, wie es mir gerade geht.

»Wie ist die Lage hier draußen?«, fragt eine Stimme hinter mir.

Ich drehe mich um, darauf gefasst, mich zur Wehr zu setzen, aber es ist nur Ben, der ein paar Meter entfernt an der Wand lehnt. Er nimmt tiefe Schlucke aus einer Wasserflasche. In der freien Hand hält er sein Handy. Ich habe mir noch nicht alle Namen und Rollen gemerkt, aber ich bin mir ziemlich sicher, dass er der Einzige ist, der sich bisher nicht über mich beklagt hat. Mit Betonung auf *bisher.*

»Genauso fantastisch wie drinnen. Wieso fragst du?«,

sage ich mit einem Lächeln. Für ein echtes Lachen fehlt mir die Kraft.

Er guckt verständnisvoll. »Wir mussten da alle durch, verstehst du? Es ist ein Initiationsritual. Hart, aber notwendig.«

»Ich musste da auch schon durch! Es ist schließlich nicht so, als hätte ich noch nie Spüldienst in einem Restaurant gehabt, aber ...«

»Du hast nicht damit gerechnet, wieder bei null anfangen zu müssen?«

Ich gehe zu ihm, weg von den Mülleimern, und lehne mich neben ihn an die Wand. In dieser schmalen Gasse kann man kaum den dunklen Nachthimmel ausmachen. Seine Schwärze geht hoch über uns in die der Dächer der umliegenden Gebäude über.

Ich zucke mit den Schultern. »Ja, irgendwie schon.«

Ben nimmt einen Schluck. »Genau das ist es, was man sich über New York erzählt. Es spielt keine Rolle, was man woanders gemacht hat. Man kommt als Niemand hierher, egal für wen man sich hält.«

Ich nicke langsam. Mein ganzer Körper schmerzt, meine Schultern sind verspannt, meine Beine zittern. »Lektion gelernt. Ich bin ein Niemand.«

Ben gluckst. Sein Blick ist warm, die Freundlichkeit, die darin geschrieben steht, echt. »Ein unverzichtbarer Niemand. Ich muss dir ja wohl nicht sagen, dass man ohne saubere Teller kein Essen servieren kann.«

»Hm«, sage ich schmollend.

Normalerweise würde ich ihm sofort beipflichten, dass jeder einzelne Schritt – von der Begrüßung der Gäste an der Tür bis hin zum Aushändigen der Rechnung am Ende des Abends – ein wichtiger Teil des Ausgeherlebnisses ist, aber überraschenderweise steht mir gerade nicht der Sinn danach. Wer hätte das gedacht?

»Und es ist sehr beeindruckend, dass du am *Le Tablier* gelernt hast. Wie so viele großartige Chefköche vor dir.«

In Gedanken höre ich Mamans Meinung dazu. *Ein Sommerkurs bietet nicht mal genug Zeit zu lernen, wie man Zwiebeln schneidet. Du musst ein paar Jahre dort verbringen und dich richtig ausbilden lassen. Das Kochen auf die althergebrachte Art lernen. Die langsame Art. Die langweilige Art. New York wird dich nicht mit offenen Armen willkommen heißen.* Übersetzung? Sie glaubt nicht daran, dass ich es hier schaffen werde.

Anstatt das alles zu erwähnen, zucke ich mit den Schultern. »Der Kurs ging nur über drei Wochen.«

»Trotzdem«, sagt Ben mit gehobenen Augenbrauen.

Ich schüttle den Kopf, als könne ich ihn so klar bekommen. »Hey, weißt du, wie spät es ist?«

Ich habe mein Handy auf Ravens Anweisung hin im Spind gelassen, aber es muss bald Zach-Zeit sein. Ich kann nicht fassen, dass ich ihm so werde gegenübertreten müssen: verschwitzt, mit fettigen Haaren und nach Abwasch müffelnd.

»Klar«, sagt Ben und wirft einen Blick auf seine Armbanduhr. »Es ist 22.37 Uhr.«

»Oh«, erwidere ich atemlos.

Mir wird schwindelig, als ich realisiere, dass es fast so weit ist. Was für ein Tag.

»Alles okay? Du bist ganz blass geworden.«

»Es ist bloß …«

Ich sollte diesem Typen, einem neuen Kollegen, nicht

anvertrauen, dass ich heute, an meinem ersten Abend, unbedingt pünktlich Schluss machen muss, um meinen Freund … äh, ich meine, um Zach zu treffen. Doch Ben sieht mich so erwartungsvoll an, als würde es ihn echt interessieren, und tja, ich muss noch in Erfahrung bringen, wie ich es hinbekomme, um Mitternacht am Times Square zu sein. Denn ich muss dort sein. Ich muss ganz einfach. Ich bin nicht so weit gekommen, um Zach jetzt noch zu verpassen.

»Ich bin genau um Mitternacht mit einem Freund verabredet.« Auf Bens Gesicht breitet sich ein Lächeln aus, und die Befürchtung, er könne Fragen dazu haben, schnürt mir die Kehle zu. »Ich muss um Mitternacht dort sein. Ich darf auf keinen Fall zu spät kommen.«

Ben nickt. Er sieht immer noch amüsiert aus, aber auch ein bisschen verwirrt. »Ich glaube nicht, dass irgendjemand von der Neuen erwartet, gleich am ersten Tag als Letzte zu gehen. Du wirst es bestimmt schaffen.«

Ich beiße mir auf die Lippe. Bestimmt ist nicht gut genug.

Irgendwie liest Ben meine Gedanken. »Die U-Bahn ist dein bester Freund, und Google Maps ist supergenau. Mein Tipp wäre, dir vorher anzuschauen, welchen Ausgang du am besten nimmst – Ost, West, Nord oder Süd – und der Untergrundbeschilderung dorthin zu folgen. Der Times Square hat was von einem Labyrinth.«

Ich schlucke schwer, weil ich nicht ganz verstehe, was er mir sagen will. Es hört sich an, als hätte ich einen Kompass einpacken sollen. Luz hat etwas Ähnliches über den Times Square gesagt, und ich befürchte allmählich, dass ich nicht immer die besten Ideen habe.

»Verstanden«, sage ich zu Ben, als die Stille zwischen uns langsam unangenehm zu werden droht.

Er nickt, dann nimmt er einen langen Schluck aus seiner Wasserflasche und wirft einen Blick zum Hintereingang. Unsere Pause neigt sich dem Ende zu.

»Danke dir. Du bist so …« Ben hebt erwartungsvoll die Augenbrauen, während ich darüber nachgrüble, wie ich diesen Satz beenden könnte. Ich entscheide mich für: »… nett.«

Er wirkt enttäuscht, so als habe er sich etwas anderes erhofft. Um ehrlich zu sein, ist es auch nicht ganz das, was ich im Sinn hatte. Er ist sehr viel mehr als einfach nur *nett.*

Ich bin im Begriff, noch etwas hinzuzufügen, als ich aus den Augenwinkeln eine schwarze Form bemerke, die vom anderen Ende der Gasse auf uns zuwetzt. Ich springe erschrocken zur Seite. »Was war das, zur Hölle?«

»Was denn?« Bens Blick folgt meinem ausgestreckten Zeigefinger.

Das Ding bewegt sich erneut, diesmal die Wand entlang, und ich weiche noch einen Schritt zurück. Eine Art Seil schleift hinter ihm her. Nein, es ist kein Seil, es ist ein Schwanz. Der Schwanz einer …

»O mein Gott! Ist das eine Ratte?!« Ich bin inzwischen bis zum Hintereingang zurückgewichen, bereit, nach drinnen zu flitzen.

Ben rührt sich nicht vom Fleck. »Hast du etwa noch nie eine gesehen?«, fragt er ungläubig, fast als wäre ich ihm unheimlich. Ich! Ihm! Während eine Ratte an uns vorbeihuscht.

»Nö.« Ich bin ein klitzekleines bisschen beleidigt. »Sieh doch nur! Sie ist riesig!«

Ben hebt die Hände, als wolle er sagen: Na und? »Sie treiben sich überall herum. Besonders in den Gassen hinter den Restaurants, wo die leckersten Sachen auf sie warten. In ein paar Wochen werden sie für dich bloß noch Teil der Umgebung sein.«

Mein Herzschlag beruhigt sich nicht. »So was zeigen sie einem in den Filmen aber nicht.«

Ben lacht. »Ich frage mich, warum wohl.«

»Bambi!«, ruft Ari von drinnen. »Es ist der reinste Schweinestall hier drinnen. Wärst du vielleicht so liebenswürdig, deinen Job zu erledigen?«

Ich werfe Ben einen verängstigen Blick zu. »Wenigstens ist die Küche rattenfrei.«

»Jedenfalls soweit du weißt«, scherzt Ben.

Aber ich finde es überhaupt nicht witzig.

New York sollte magisch sein, der Ort, an dem die wildesten Träume in Erfüllung gehen und das Leben mehr zu bieten hat. Und damit meine ich nicht mehr Ratten. Keiner hat etwas von Ratten gesagt!

Kapitel Sechs

Als die Uhr 23.35 anzeigt, legt mein wild klopfendes Herz noch einen drauf und hämmert in OMG-mir-bleibt-die-Luft-weg-Geschwindigkeit in meiner Brust. Um 23.00 Uhr bin ich zu Raven gegangen und habe ihr erklärt, dass ich bald gehen müsse. Sie hat bestätigt, was Ben angedeutet hatte: Jemand anderes würde abschließen, und die letzten Nachtischbestellungen waren gerade rausgegangen, also würde es kein Problem sein.

Nur dass es da noch ein weiteres Topfset zu spülen gab, und dann ließ jemand einen Krug mit Salatsoße auf den Küchenboden fallen und es hörte einfach nicht auf zu kleben, obwohl ich wieder und wieder wischte. Um 23.26 hätte ich es fast zu den Spinden geschafft, aber einer vom Service erwähnte, die Station müsse noch für den nächsten Tag gefüllt werden. Mir war nicht klar, ob er damit meinte, dass es meine Aufgabe sei. Er ging einfach weg, und ich wollte nicht riskieren, schon am ersten Tag gefeuert zu werden.

Es ist 23.42 Uhr, als ich meine Schürze in den Wäschesack pfeffere, und 23.46 Uhr, als ich komplett umgezogen bin. Ich renne zum Hintereingang hinaus, ohne jemandem Tschüss zu sagen.

Schweißtropfen rinnen meinen Rücken hinunter, während ich zur U-Bahn-Station am Union Square renne. *Nimm den Express, falls grad einer kommt!*, hat Luz mir geraten. Sie erklärte weiter, dass Expresszüge nur zu bestimmten Zeiten fahren und ich die Schilder genau lesen müsse. Während ich die Treppenstufen hinunterhaste, ziehe ich schon die MetroCard hervor, die Papa mir gegeben hat. Ich muss sie ein-, zwei-, dreimal drüberziehen, bevor das Drehkreuz mich durchlässt. T minus zehn Minuten bis zur Zach-Zeit. Ich schaffe das. Alles ist gut. Das heißt, das ist es natürlich nicht, aber das wird es sein. Es muss einfach.

Als ich unten ankomme, trifft es mich völlig unvorbereitet. Hier gibt es so viele Treppen! Ich entdecke das *N/Q-Uptown*-Gleis … *Überprüfe, ob da Uptown steht! Den Fehler macht jeder am Anfang einmal!* … und schaffe es gerade noch, in einen Waggon zu springen, bevor das Signal verkündet, dass die Türen sich jetzt schließen.

Puh. Ich habe mich während meines Parisaufenthalts daran gewöhnt, die Metro zu benutzen, aber dieses System hier ist völlig anders mit den durchnummerierten Straßen und der Wahl zwischen normalem Zug und Expresszug. Egal, ich bin drin. Und ich hoffe sehr, dass ich im richtigen Zug sitze. Ich überprüfe mein Outfit: ein weißes Oberteil mit Spitze steckt im Bund eines schwarzen Rocks, dazu silberne Ballerinas. Es ist das Outfit, das ich nach dem Brunch mit Luz' Hilfe zusammengestellt habe, und ich bin mit dem Ergebnis ziemlich zufrieden. Es fehlt nur noch eine Sache. Ich öffne meine Umhängetasche, um ein paar goldene Armreifen herauszuholen, die ich über mein Handgelenk streife. Na also, ich bin bereit für das unglaublichste zweite erste Date.

Ich krame gerade in der Tasche nach meinem Lipgloss, als mir auf der anderen Seite der Scheibe etwas auffällt. Da steht: *14th Street Union Square.* Was die Station ist, in der ich eingestiegen bin. Moment mal. Der Zug bewegt sich nicht. Ich war so glücklich, in einem Zug zu sein – noch dazu wahrscheinlich dem richtigen –, dass es mir bis jetzt gar nicht aufgefallen ist.

»Entschuldigen Sie bitte, warum fahren wir nicht?«, frage ich den Mann neben mir.

Er zuckt mit den Schultern, dann zeigt er nach oben. Aus dem Lautsprecher kommt eine Durchsage, aber sie ist so gedämpft, dass ich kein Wort verstehe.

»Ich habe nichts verstanden.«

»Wir sitzen hier fest, mehr gibt es nicht zu wissen.« Er klingt völlig unbeteiligt.

»Aber ich muss auf der Stelle zum Times Square!«, sage ich zu niemand Besonderem. »Dann sollen sie uns rauslassen!«

Ich stehe auf, um durch die Türscheiben zu gucken, doch das Einzige, was ich damit erreiche, ist, dass sich sofort jemand anders auf meinen Platz setzt. Ich schüttle den Kopf. Panik steigt in mir auf. Ich hätte Papas Angebot annehmen sollen, mir ein Uber zu rufen. Ich war genauso nervös wie er darüber, nachts allein in der Stadt unterwegs zu sein. Aber ich bin es leid, mich wie ein zartes, schutzbedürftiges Pflänzchen behandeln zu lassen. Ich würde selbst zum Times Square finden. Ich würde dafür sorgen, dass die Wiedervereinigung mit meiner großen Liebe gelang. Ich würde ihnen allen zeigen, wozu ich fähig war.

Ich bin schon wieder ganz durchgeschwitzt, obwohl die Luft im Waggon eiskalt ist. Schwer atmend blicke ich mich um. Ein paar Leute wirken ähnlich beunruhigt wie ich, aber alle anderen scheinen extrem gut damit klarzukommen, dass wir viele Meter unter der Erde in einer Konservenbüchse aus Metall feststecken.

Ich ziehe mein Handy hervor. Fünf Minuten bis zur Zach-Zeit. Es wäre sinnlos, jemandem zu schreiben, insbesondere, weil ich die eine Telefonnummer, die ich bräuchte, gar nicht habe. Wessen Idee war das noch gleich? Ich weiß, ich weiß.

Und dann erwacht der Zug plötzlich ruckelnd zum Leben. Wir bewegen uns. Wir fahren tatsächlich irgendwohin. Ich würde am liebsten vor Freude heulen, aber ich habe nach meiner Schicht zwei kostbare Minuten damit verbracht, mich zu schminken, und bin nicht bereit zu testen, wie wasserfest meine neue Wimperntusche ist.

Mitternacht am Times Square. Tribüne, unten rechts. Mitternacht am Times Square. Tribüne, unten rechts. Mitternacht am Times Square. Tribüne, unten rechts.

Seit einem Jahr ist diese Verabredung in mein Gedächtnis gebrannt, und jetzt ist es so weit.

Ich bin als Erste zur Tür hinaus, als wir die Station erreichen, und nehme immer zwei Stufen auf einmal, sodass ich vor allen anderen oben ankomme. Ich blicke hoch zu den Schildern, um den Ausgang zu finden. Doch es gibt nicht nur einen. Stattdessen gibt es eine ganze Menge. 40th St., 44th St., NW, SE. Das hat Ben gemeint! Ich drehe mich unschlüssig im Kreis. Hier unten sieht alles gleich aus. Grau, trist und stinken tut es auch. Ich muss einfach raus hier.

Inzwischen ist es nach Mitternacht. Doch Zach wird warten. Als ich auf der Straße stehe, bin ich nicht sicher, ob ich mich zurechtfinden werde. Die Gebäude sind noch höher als die beim Restaurant und geben einem das Gefühl, der Himmel existiere nicht. Überall sind Menschen. Und das meine ich wörtlich. Auf jedem Zentimeter des Bürgersteigs. Reklameschilder, Essensstände, Händler, die den Touristen vom Boden aus Andenken verkaufen, erschweren das Durchkommen. Ich renne in eine Richtung los, doch kurz darauf verrät mir der kleine Pfeil auf meinem Handydisplay, dass ich vom Treffpunkt weglaufe. Mir schwirrt der Kopf. Ich mache auf dem Absatz kehrt und gehe den Weg zurück, den ich gekommen bin.

»Entschuldigung! Entschuldigung!«, rufe ich, während ich mich zwischen den Menschenmassen durchschiebe. Niemand beachtet mich. Die meisten Leute haben Kopfhörer auf oder interessieren sich nicht für das, was um sie herum geschieht.

Es ist zehn Minuten nach Mitternacht, als ich um die Ecke auf den Times Square biege. Er *muss* es einfach sein. Neonlichter blinken und strahlen auf jeder Oberfläche. Es ist überwältigend, beinah einschüchternd. Wer kann sich das anschauen, ohne durchzudrehen? Es gibt eine große leuchtende amerikanische Flagge, Touristen lassen sich mit Elmo knipsen und fünf Typen drücken mir innerhalb von zwei Minuten Flyer in die Hand, während sie mir etwas über eine Show und reduzierte Eintrittskarten ins Ohr brüllen.

Das hier ist vermutlich der unromantischste Ort aller

Zeiten. Er ist unübersichtlich und laut und dreckig und ... die Tribüne! Zach hätte mir das ausreden sollen. Wir hätten uns niemals hier ... Es spielt jetzt keine Rolle.

Ich bin hier. Ich bin hier. Ich bin hier.

Wo ist er?

Die Stufen sind voller Menschen, die essen, Selfies machen oder einfach auf ihr Handy starren. In der Nähe tanzt ein Paar in einem farbenfrohen Outfit klassische Tänze.

Ich schaue mir alle Gesichter genau an, wandere vor und zurück, hoch und runter und ignoriere die genervten Blicke, die mir zugeworfen werden.

»Zach!«, rufe ich laut. »Zach! Zach! Ich bin's, Margot. Ich bin hier!«

Aber meiner Stimme gelingt es nicht, den Lärm zu übertönen. Es ist 0.15 Uhr. Unmöglich, dass er schon weg ist. Ich laufe Runden um die Tribüne, den ganzen Platz, schweißgetränkt, nach Wasser lechzend, erschöpft. Mein Kopf fährt jedes Mal herum, wenn mir ein halbwegs großer, irgendwie blonder Typ ins Auge fällt. Er ist hier. Er muss einfach hier sein.

Alle paar Minuten kehre ich zur Tribüne zurück, unten rechts, und halte erneut Ausschau. Ein Paar mit zwei Jugendlichen, die Tüten vom M&M-Laden tragen, werfen mir mitfühlende Blicke zu. Ich kann es ihnen nicht verübeln. Wahrscheinlich sehen sie die Verzweiflung in meinem Gesicht.

Mein Handy piept.

Und?

Das ist natürlich Luz, die nachfragt, weil es inzwischen

0.30 Uhr ist. Sie geht davon aus, dass ich auf Wolke sieben schwebe, und ich bringe es nicht über mich, ihr die Wahrheit zu sagen. Jedenfalls nicht, bis ich sie mir selbst eingestanden habe. Ich antworte mit einem Daumen hoch und stecke mein Handy wieder weg.

Vielleicht hängt es damit zusammen, dass meine Beine schlapp machen, jedenfalls beschließe ich, das mit der Rennerei sein zu lassen. Das heißt natürlich nicht, dass ich aufgebe! Aber ich werde mich hier hinsetzen, unten rechts auf die Tribüne, bis Zach auftaucht. Er könnte aufgehalten worden sein. Ich habe schließlich auf dem Weg hierher auch in der Bahn festgesteckt. Oder vielleicht hat sich bei der Arbeit etwas ergeben. Wisst ihr, wie oft ich in Versuchung war, jenes berühmte Restaurant anzurufen, *Le Bernardin*, in dem er nach seiner Reise eine Stelle sicher hatte? Ständig. Aber wir hatten eine Abmachung. Und für uns war das nicht bloß irgendein Plan, es war unser gemeinsamer Traum. Und er wird heute wahr.

Also sitze ich hier.

Und warte.

Zach wird kommen. Er wird kommen. Er wird kommen.

Oder auch nicht.

Mein Handy piept erneut, dieses Mal habe ich eine Nachricht von Maman bekommen.

Alors, ton premier service?

Ich habe ihr heute Mittag geschrieben, um ihr von meiner ersten Schicht im *Nutrio* zu erzählen, und versprochen, sie wissen zu lassen, wie es gelaufen ist. Aber ich bringe es nicht über mich, ihr zu antworten. Nicht ausgerechnet jetzt.

Eine Stunde nach Mitternacht lasse ich die Tränen schließlich fließen. Als ich erst mal damit angefangen habe zu weinen, kann ich nicht mehr aufhören. Innerhalb kürzester Zeit schluchze ich dermaßen, dass es mich richtig durchschüttelt. Meine Nase beginnt zu laufen, und ich schniefe immer wieder. In meinem ganzen Leben ist mir noch nie etwas so peinlich gewesen, wie vor Tausenden von Leuten zu heulen. Ich weiß nicht, ob es überhaupt jemandem auffällt, aber ich bin mir dessen bewusst und es macht mich total fertig. Ich habe alles kaputtgemacht. Mein Traumjob ist eine Katastrophe, und jetzt habe ich auch noch meinen Traumtypen für immer verloren. Die Triebwerke meines New-York-Abenteuers sind schon beim Start ausgefallen, und ich habe keine Ahnung, wie ich den Absturz noch verhindern soll.

Kapitel Sieben

»Tja …«, sagt Luz beim Frühstück am nächsten Morgen. »Das ist natürlich nicht so toll.«

»Yep«, krächze ich an dem Kloß in meinem Hals vorbei. »Es ist nicht so toll, dass ich mir mein ganzes Leben ruiniert habe.«

Gestern Nacht habe ich Papa angerufen, der mich von einem Uber am Times Square einsammeln ließ. Er ist extra aufgeblieben, bis ich nach Hause gekommen bin, weil er alles über meine erste Schicht im *Nutrio* wissen wollte. Aber ich war zu aufgewühlt, um darüber oder über irgendetwas anderes zu reden. Als ich heute Morgen aufgewacht bin, waren er und Miguel schon zur Arbeit gegangen. Auf der Küchenanrichte stand eine weiße Papiertüte mit dem gelben Logo von Dominique Ansel, einer bekannten französischen Bäckerei in SoHo.

Papa hat mir eine Nachricht hinterlassen: *Dein New-York-Abenteuer hat gerade erst begonnen.*

Es kommt mir nicht so vor, und dem berühmten Cronut gelingt es nicht, mich aufzuheitern, obwohl er köstlich ist, süß und teigig mit einer subtilen, aber spannenden Geschmacksnote.

»Die sind ja so gut«, sagt Luz. An ihrem Kinn klebt etwas Puderzucker. »Wer auch immer die Idee hatte, ein Croissant mit einem Donut zu kreuzen, ist ein Genie.«

Sie grunzt selig. Ich weiß, sie möchte mich damit zum Lachen bringen, aber ich kann einfach nicht.

Ich lege den Rest meines Cronuts auf den Teller. »War es ein schrecklicher Fehler hierherzukommen?«

»Du träumst seit Jahren davon«, erwidert Luz. »Ich weiß noch, wie wir zum ersten Mal gefacetimet haben und du mir von deinen Plänen erzählt hast. Du wolltest schon lange vor Zach nach New York.«

Dieses Mädchen hat immer recht. Manchmal treibt mich das in den Wahnsinn. »Weißt du, wie viel ein Tellerwäscher verdient?«

Als Raven es mir gestern Abend gesagt hat, musste ich sie bitten, es zu wiederholen.

»Ich nehme an, nicht besonders viel«, sagt Luz und verzieht mitleidig das Gesicht.

»Es ist sogar noch weniger als das.« Und damit ist auch mein Traum dahin, im West Village zu leben. Ich habe während meiner zweiten Pause gestern nach freien Wohnungen gesucht und wäre beim Anblick der Mietpreise fast in Tränen ausgebrochen.

»Du wirst nicht ewig Tellerwäscherin sein. Du musst dich nur erst nach oben arbeiten. So funktioniert das nun mal.«

Luz steht auf, um ihren Teller abzuräumen. Ich stecke mir das letzte Stück meines Cronuts in den Mund, trinke meinen Kakao aus und folgen ihrem Beispiel. »Vielleicht sollte ich nach Frankreich zurückgehen.«

»Du wirst doch wohl deinen Traum nicht aufgeben,

weil irgendein Typ dich …« Ich warte mit hochgezogener Augenbraue darauf, dass sie ihren Satz beendet. Was sie nicht tut. »Ich will damit nur sagen: Du bist erst seit zwei Tagen hier«, fährt Luz fort. »Meine Schwester ist niemand, der so einfach aufgibt. Komm mit, anziehen.«

Wir gehen in unser Zimmer zurück. Ich möchte Luz' positiver Einstellung gern Glauben schenken. Aber die Tatsache, dass ich erst seit zwei Tagen hier bin und schon jetzt alles komplett den Bach runtergegangen ist, spricht Bände.

»Ich werde nie erfahren, ob ich ihn nur nicht gefunden habe oder ob er gar nicht gekommen ist«, sage ich. Dabei krame ich in meinem Koffer herum.

Luz hat ihren schon ausgepackt und weggeräumt, doch meiner liegt immer noch offen auf dem Boden, die Hälfte der Sachen darum herum verteilt. Luz wird in ein paar Wochen in ein Wohnheimzimmer an der Parsons ziehen, aber bis dahin sind wir Mitbewohnerinnen.

»*Nie* ist ein Wort, das wir in New York nicht kennen. Hier verändert sich alles ständig. *Vale, Bella.* Da du heute nicht arbeiten musst, werden wir uns in ein Abenteuer stürzen.«

Ich ziehe ein Paar Jeansshorts, ein dunkelblaues Spaghettiträger-Shirt und ein Paar beigefarbene Sandalen aus dem Koffer. Luz entscheidet sich für ein rotes Kleid mit ausgestelltem Saum, zu dem sie große Creolen und Turnschuhe trägt. Sie hilft mir, meine Haare zu zwei Zöpfen zu flechten, damit Luft an meinen Nacken kommt, und dann brechen wir auf.

Eine Sache gibt es, die genauso gekommen ist, wie ich es mir erhofft hatte. Ich kann endlich mit Luz abhängen.

Ich war immer zufrieden damit, ein Einzelkind zu sein, und ich habe jede Menge Freunde zu Hause, aber als ich Luz vor ein paar Jahren auf FaceTime begegnet bin, hat irgendetwas *Klick* gemacht. Wir sind beide die einzigen Töchter zweier alleinerziehender Mütter, die hart arbeiten, um uns ein gutes Leben zu ermöglichen. Luz' Dad hat noch mal geheiratet, als sie vier war, und konzentriert sich ein wenig zu sehr auf seine neue Familie. Aber es war mehr als das, es war, als schaffe die Entfernung zwischen uns Raum für alles, angefangen bei unseren größten Geheimnissen bis hin zu unseren wildesten Träumen.

Einmal mehr scheinen wir ein Dampfbad zu betreten, als wir das Haus verlassen, und zwar keines, in das man gern geht. Die drückende Luft raubt mir den Atem, oder vielleicht liegt es auch daran, dass ich mein Liebesleben gegen die Wand gefahren habe. Meine erste große Liebe. Ich werde mir niemals verzeihen, dass ich sie mir habe durch die Finger schlüpfen lassen. Ich mache Zach noch nicht einmal einen Vorwurf, ich bin bloß wütend auf mich selbst.

Obwohl ich mich innerlich tot fühle, bemerke ich den strahlend blauen Himmel über mir. Offenbar ist er das ganze Jahr so, selbst an den kältesten Wintertagen. Natürlich fällt es schwer, sich die jetzt vorzustellen, wo selbst ein Spaghettiträgertop zu viel Kleidung zu sein scheint und Schweißperlen von meinem Haaransatz rinnen.

Wir laufen in eine mir nichts sagende Richtung, denn ich bin ein Neuling und Luz entscheidet, wo es lang geht. Unterwegs reden wir über die Hochzeit – Papa und Miguel tragen leidenschaftliche Diskussionen über das Lied für den Hochzeitstanz aus –, Luz' Kommilitonen, auf die sie sich schon wahnsinnig freut, und meinen Austausch mit Julien, der wissen will, ob ich schon im Central Park war, und ausführliche Berichte über alles von mir erwartet. Luz bringt auch Zach ein paarmal ins Gespräch – *vielleicht hatte er einen Unfall, was ist, wenn er sich das Datum falsch gemerkt hat?* -, aber ich bin zu niedergeschmettert, um darauf einzugehen. Diese Art von Gedankenspielerei bringt mich jetzt auch nicht weiter.

Bald darauf erreichen wir den Meatpacking District mit seinem Kopfsteinpflaster und den Gebäuden, die wie Lagerhallen aussehen. Es weisen nicht viele Schilder darauf hin, dass hier früher die Fleisch verarbeitende Industrie der Stadt angesiedelt war. Inzwischen ist es ein glamouröses Viertel mit haufenweise Einkaufsmöglichkeiten, darunter ein Sephora-Laden, ein Apple Store und verschiedene Nobelboutiquen. Ein paar Straßen weiter nördlich bleiben wir auf der Ninth Avenue vor einem Gebäude aus rotem Backstein stehen. Ein glänzendes Schild hängt an einem gläsernen Vordach, das von schmiedeeisernen Trägern gehalten wird. Darauf steht: *Chelsea Market.* Menschen strömen durch die Doppeltüren hinaus und hinein, ein Hinweis darauf, wie geschäftig es im Innern zugeht. Trotz meines Kummers muss ich lächeln. Seit ich zum ersten Mal von diesem Ort gehört habe, steht er ganz oben auf meiner Liste von Dingen, die ich mir in New York unbedingt ansehen möchte. Ich bin sein größter Insta-Fan.

»Ich hatte mir gedacht, dass dich das aufmuntern würde«, sagt Luz.

Ich weiß nicht, ob das überhaupt möglich ist, aber wenigstens lenkt es mich ab.

»Der Fischhändler da drin soll einer der besten der

Stadt sein, besonders wenn's um Hummer geht«, sage ich, ohne zu ahnen, woher ich das weiß.

Ich grüble darüber nach, während wir durch die großen Türen treten. Vielleicht hat Zach mir von diesem Ort erzählt. Er hat mir viele seiner Lieblingsplätze aufgezählt, seine Augen leuchteten dabei vor Begeisterung, aber ich war zu gefangen von dem, was mit uns passierte, um mir alles zu merken.

Im Gang ist es dunkel, der Boden schwarz gestrichen, die Wände voller freigelegter Backsteine und Eisenschienen. Die Industrie-Atmosphäre schafft eine spannende Mischung aus Menschen und Gerüchen: Der Duft von Rosen, Gewürzen und Butter vermischt sich. Meine Sinne sind hellwach. Alles ist hier intensiver. Größer, heller, lauter. Das hier ist das New York, von dem ich geträumt habe. Nun ja, *sans* Zach.

Da ist ein Klamottenladen direkt neben einem, in dem Gebäck verkauft wird, und ein Blumenstand vor einem Weinladen. Ein Taco-Imbiss konkurriert mit einem Ramen-Stand gegenüber. Ich möchte in all diese Läden gehen und all diese Dinge probieren, vom karierten Kleid im Schaufenster bis hin zum Schwarzweißgebäck.

Wir laufen durch einen breiteren Gang und kommen in schneller Folge an einer *fromagerie* – okay, na schön, einem Käsehändler –, einem japanisch inspirierten mexikanischen Imbiss (der … wie bitte?!) und sogar einem Stand, der sich Bar Suzette nennt, *Hallo, France!*, und süße und herzhafte Crêpes zum Mitnehmen verkauft, vorbei. Der Duft nach gerösteten Haselnüssen und Kakao liegt in der Luft und bringt mich zurück zu jener schicksalhaften Nacht. Nutella-Crêpes waren das Letzte, was Zach und ich in Paris zusammen gegessen haben. Wir haben einander etwas versprochen. Mir hat es etwas bedeutet. Was ist, wenn er denkt, ich hätte ihn vergessen? Was ist, wenn er irgendwo in dieser riesigen Stadt sitzt, völlig verzweifelt darüber, dass ich nicht aufgetaucht bin?

Mein Herz wird schwer.

»Du bist sehr still«, sagt Luz, während ich noch mit mir ringe, ob ich tatsächlich Hunger habe oder nur herausfinden will, ob die Crêpes halten, was ihr Duft verspricht. »Machst du gerade, wovon du mir erzählt hast? Im Kopf kochen?«

Wenn ich auf den Markt gehe, stelle ich normalerweise Mahlzeiten zusammen, während ich durch die Gänge wandere. Ich frage mich nicht nur, was ich mit diesen *chanterelles* machen könnte. Ich stelle mir jeden einzelnen Schritt bildlich vor: wie ich die Knoblauchzehen schäle und in die Presse lege, welcher Duft aus den zerdrückten Teilen zu mir emporsteigt, wie die Butter in meiner Fantasiepfanne brutzelt und Blasen wirft, während das geschmolzene Fett über ihre Oberfläche gleitet.

»Erzähl mir, was du gekocht hast«, sagt Luz auffordernd. »Dir ist schon klar, dass ich die letzten Jahre damit verbracht habe, dir zuzuhören, wie du an einem Bildschirm über Essen redest? Und das war extrem frustrierend, weil ich nichts davon probieren konnte!«

Mir gefällt es gar nicht, sie anzulügen, aber ich kann nicht anders. »Einverstanden. Also, bis jetzt habe ich Hafermandelmüsliriegel gebacken, einen ganzen Block Gruyère für *gougères* benutzt – die kennst du doch, oder? Diese herzhaften fluffigen Gebäckstücke? –, und im Moment mache ich einen Ratatouille-Crêpes mit einem unanständigen Berg Ziegenkäse.«

Es sieht kurz so aus, als würde mir Luz meine Geschichte nicht abkaufen, denn natürlich habe ich in Wahrheit die ganze Zeit nur an Zach gedacht. »Also jetzt bereue ich es, dich gefragt zu haben«, sagt sie. »Ich bin am Verhungern. Wie sagt man noch mal Ziegenkäse auf Französisch?«

»*Fromage de chèvre.*«

Luz verzieht das Gesicht. »Ich werde gar nicht erst versuchen, das korrekt auszusprechen. Egal, ich lade dich jetzt auf ein Eis ein.«

Es gibt eine Gelateria am Ende des Chelsea Market, eine melonenfarbene Theke mit einem rosa Geschäftsschild, auf dem *L'Art del Gelato* steht. Alle Läden hier verfügen über wundervolle Farbkombinationen und schöne Schrifttypen. Alles in New York kommt mir perfekt designet vor.

Ich habe eine Strategie für meine Wahl der Eissorten. Als erste Kugel nehme ich immer eine Lieblingssorte, diejenige, die mir aus der cremigen Angebotsflut ins Auge springt. An diesem Sommertag ist es Pfirsich. Die zweite Kugel ist immer eine ausgefallene Sorte, die ich noch nie probiert habe oder die total abstrus klingt. In der Vergangenheit hat das schon zu den wildesten, nicht wirklich tollen Kombinationen geführt, aber ich rede mir ein, dass solche Überraschungen den Gaumen schulen. Auch heute wetteifern ein paar Konkurrenten um Platz zwei, aber besonders eine Sorte lässt mich innehalten.

»Zimt?«, frage ich Luz ungläubig. »Ich kann den Geschmack nicht ausstehen.«

»O Margot …« Sie klingt, als wolle sie mir sagen, Zach sei eine Erfindung meines Geistes und existiere nur in meinem Kopf. »Wir haben ein Problem.«

»Tatsächlich?«

»Zimt ist hier sozusagen das Nationalgewürz. Wir tun es überall drauf.«

»Erläutere *überall.*«

»Du wirst dich daran gewöhnen«, sagt Luz. Wir rücken ein Stück weiter vor in der Schlange. »Warte erst, bis du einen Pumpkin Spice Latte probiert hast.«

»Du meinst Latte wie das Getränk?«

Luz nickt.

»Wie der Kaffee?«

Ein weiteres Nicken.

»Ihr Amerikaner tut Kürbis in den Kaffee und ich soll das dann trinken?«

Noch mehr Nicken. »Also theoretisch bist du ja eine von uns, aber egal. Es ist eine Mischung aus Gewürzen: Zimt, Muskatnuss, Ingwer, Nelken und ein bisschen Kürbispüree.«

»Im *Kaffee!*«, wiederhole ich, als sprächen wir nicht dieselbe Sprache. Was ja auch irgendwie stimmt.

»Urteile erst, wenn du einen probiert hast.« Damit wendet sie sich dem Verkäufer zu. »Ich nehme Erdbeere und Melone und sie bekommt Zimt.«

»Und Pfirsich!«, füge ich schnell hinzu. Als mir klar wird, wie seltsam diese Kombi schmecken wird, ist es zu spät, noch etwas daran zu ändern.

Luz bezahlt und wir gehen an die Seite, wo wir auf unsere Eiswaffeln warten.

»Okay, vielleicht probiere ich diesen Kürbis-Irgendwas-

Latte, wenn das so wichtig ist«, sage ich. »Wo bekomme ich einen?«

Luz mustert mich aus schmalen Augen. »Den bekommst du erst in ein paar Wochen. Es ist ein Herbstgetränk. Wir sind schließlich keine Tiere.«

»Ihr habt Jahreszeiten-Getränke?«

Ist das zu fassen.

»Margot, wir haben Jahreszeiten-Alles. So sind wir nun mal. Und du bist es jetzt auch, *mon amie.*«

*

Um unser Eis zu essen, gehen wir zur Highline hinauf – einer ehemaligen Eisenbahnstrecke, die nun ein erhöhter Spazierweg ist, der über ein großes Stück von Downtown Manhattan führt. Ich habe Dutzende Fotos davon gesehen, und es ist surreal, tatsächlich hier zu sein. Der Weg ist schmal, gepflegt und voller Menschen, was heißt, dass wir uns dem Lauftempo der anderen anpassen müssen, während wir an unserem Gelato schlecken. Ich staune nicht nur über die vielen Menschen, sondern vor allem über die Stimmung, die in der Luft liegt, den *Vibe.* Hier oben kommt es einem so vor, als gäbe es keinen anderen Ort auf der Welt, an dem man grad lieber wäre. Und warum auch?

Mit einer ausladenden Armbewegung deute ich nicht bloß auf die Highline, sondern auf die ganze Stadt. Es ist alles so wundervoll.

Luz versteht auch ohne Worte, wie entzückt ich bin. »Hab ich's dir nicht gesagt? Diese Stadt ist unglaublich.«

»Hast du etwa vergessen, was gestern passiert ist?«

Sie schüttelt den Kopf und hebt abwehrend die Hände. »Klar, manchmal wirst du sie hassen, aber die guten Seiten werden alles aufwiegen. Das schwöre ich.«

Ich nicke, den Blick fest auf die Szenerie gerichtet, die gläsernen, zum Teil seltsam geformten Wolkenkratzer, das Empire State Building in der Ferne und die Straßen unter uns, die sich so weit erstrecken, wie das Auge reicht. Maman hat nie gern über ihre Zeit hier geredet, aber Papa hat es mit den Geschichten wieder wettgemacht, die er mir von Kindesbeinen an über die Stadt erzählt hat. Im wahren Leben ist New York jedoch noch so viel besser. Oder das wäre es zumindest, wenn Zach und ich in diesem Moment zusammen wären.

Wir laufen immer weiter und kommen an zwei Mädchen in unserem Alter vorbei, die auch ein Eis essen. Eine von ihnen trägt ein bodenlanges weißes Netzkleid, durch dessen Löcher man einen königsblauen Bikini sehen kann, oder vielleicht ist es auch einfach ihre Unterwäsche. Ihre Freundin steckt in einem bauschigen quietschrosa Minikleid, das eher was für die Oscarverleihung wäre, und dazu schwarze Dr. Martens.

»Das nenn ich mal eine Zusammenstellung«, flüstere ich, als die Mädchen näher kommen.

Luz runzelt die Stirn.

»Findest du ihre Outfits nicht ein wenig … extrem?« Mir ist selbst peinlich, dass es sich anhört, als würde ich diese Mädchen verurteilen, denn das ist total uncool von mir. Aber ja, das tue ich.

»Wenn es ihnen gefällt«, sagt Luz.

»Klar.« Ich bemühe mich, es leichthin zu sagen. »Aber wenn zwei Mädchen da, wo ich herkomme, so rumlaufen würden, würden die Leute sie auslachen und aus der Stadt jagen.«

Luz mustert *mich* von Kopf bis Fuß. »Weil sie keine beige Stoffhose mit Bügelfalte tragen?« Ich weiß, dass sie mich nur aufzieht, aber ich werde trotzdem rot.

»*Chica*, wir sind in New York. Du könntest splitterfasernackt hier rumrennen, mit einem Papagei auf dem Kopf, und aus voller Kehle das *Star-Spangled Banner* schmettern oder die französische Nationalhymne, wie auch immer die heißt …«

»*La Marseillaise*«, werfe ich ein.

»Stimmt, du könntest also La Marseidingsbums singen, so laut du kannst, und niemand würde dich deswegen schief ansehen.«

Ich pruste los, doch Luz wirkt vollkommen ernst. »Echt jetzt?«

»Echt. In New York muss man sich seltsam verhalten. Dann kommt man besser mit allem hier klar.«

»Ich kann mich seltsam benehmen«, sage ich.

»Glaub ich nicht!«, neckt mich Luz.

Kurzerhand bleibe ich stehen, Eiscreme läuft mir über die Finger. Ich hole tief Luft und singe so laut ich kann: »*Allons enfants de la patrie* …«

»Hey, pass doch auf!«, ertönt eine Stimme von hinten. Als ich mich umdrehe, sehe ich zwei Männer, die beinah in mich hineingelaufen wären.

»Margot!«, ruft Luz kichernd. »Das kannst du nicht machen.« Sie bedeutet mir weiterzulaufen. »Du darfst nicht einfach ohne Vorwarnung mitten im Weg stehen bleiben. Das machen nur Touristen! Du musst lernen, dich wie eine New Yorkerin zu verhalten.«

Ich schließe zu ihr auf. »Ich kann also splitterfasernackt herumstolzieren und die Marseillaise singen, aber ich darf nicht einfach stehen bleiben?«

Sie verdreht die Augen, als wäre ich schwer von Begriff. »Das ist etwas anderes.«

»Ich bin doch nur kurz stehen geblieben. Das war alles.«

»Lass es in Zukunft besser, okay? Und jetzt mal was anderes: Wie fandest du die Eiscreme?«

»Ich bleibe bei meiner Meinung. Zimteis geht gar nicht. Sorry, aber ich bin nur zu einem Viertel Amerikanerin.«

Luz zieht eine Schnute. »Ich schätze, das ist der Moment, in dem ich gestehen sollte, dass ich Zimteis auch nicht mag.«

Ich schlage ihr in gespielter Entrüstung auf den Arm. »Wie bitte?«

»Ach«, sagt sie mit einem Schulterzucken und leckt an ihrem Eis, die Lippen mit geschmolzenem Sorbet verschmiert. »Du musst noch lernen, eine Amerikanerin zu sein. Ich bin schon eine.«

Und in dem Moment verstehe ich genau, was sie meint. Ich habe noch so viel aufzuholen.

Kapitel Acht

»Du bist zurück«, sagt Raven, als ich zu meiner nächsten Schicht eintreffe. Ich kann das Fragezeichen am Ende ihres Satzes beinah hören, obwohl ich bis Samstag durchgehend eingeteilt bin.

»Natürlich bin ich zurück.«

Ihr Gesicht ist völlig ausdruckslos, so als wäre sie nicht diejenige, die den Dienstplan geschrieben hat. »Manchmal kommen die Leute nicht wieder.«

Ich schenke ihr mein selbstbewusstestes Lächeln. »Ich bin hier, oder etwa nicht?«

Tatsächlich werde ich so tun, als hätte meine erste Schicht nie stattgefunden. Als hätte ich *nicht* vor allen anderen damit geprahlt, was für eine großartige Köchin ich bin. Mich *nicht* wie das Landei benommen, das dachte, es würde innerhalb eines Tages New York erobern. Ich bin bloß ein Mitglied der Mannschaft. Beachtet mich gar nicht.

Ben, Ari und ein paar jüngere Kellner sind in der Umkleide, als ich hereinkomme. Wie es aussieht, lachen sie gerade über eine Story, die einer von ihnen zum Besten gegeben hat, während die zwei Köche ihre Turnschuhe ausziehen und in ihre Clogs schlüpfen. Ihr Lachen erstirbt, als sie mich sehen. Nur Ben sagt lächelnd: »Hey.« Ich verstecke mich hinter einer Spindtür, um eine schwarze Hose und ein schwarzes T-Shirt anzuziehen. Dann greife ich mir eine saubere Schürze aus dem Wäscheschrank und binde sie mir um. Im Gegensatz zu den Köchen bekomme ich keine Uniform. Während ich die Bänder der Schürze um Nacken und Bauch binde, sage ich mir, dass das hier meine Entscheidung war. Ich will das hier. Oder jedenfalls manches davon. Dinge ändern sich. Ich muss mich anpassen. Es ist alles Teil des Abenteuers.

Ich werfe einen letzten Blick in den Spiegel, um sicherzugehen, dass sich keine Haarsträhne gelöst hat, und dann ist Showtime.

Viele Lebensweisheiten lassen sich auch auf eine Küche anwenden. Zum Beispiel diese: Ein Platz für alles und alles an seinem Platz. Organisation ist der Schlüssel. Ordnung halten spart Zeit. Effizienz ist die Grundlage des professionellen Kochens. Bei der Raumausnutzung, den Abläufen, den Zutaten. Sei verschwenderisch und alles geht den Bach runter.

Die Schicht des Abendspüldienstes beginnt etwas später als die der anderen, daher herrscht in der Küche bereits geschäftige Betriebsamkeit, als ich dort eintreffe. Die Köche greifen in die Kühlschränke unterhalb ihrer Stationen und ziehen Plastikbehälter hervor, damit alles an Ort und Stelle ist. Plastikdeckel werden von großen Schüsseln entfernt. Messer werden geschärft, das gleichmäßige zischende Geräusch bringt einen merkwürdig meditativen Rhythmus in den ganzen Trubel.

Einen Moment lang hat die Eifersucht mich fest im

Griff, und ich bin wie gelähmt. Aber der falsche Job in einer angesagten Küche ist besser als gar kein Job, und ich muss auf die andere Seite des Raumes, um ihn zu erledigen. Ich muss da durch – Teller waschen, mich hocharbeiten, mich beweisen –, um das zu bekommen, was ich will. Das hat Luz jedenfalls gesagt. Und Ben auch. Daran muss ich einfach glauben.

Ich beschließe, ein Spiel daraus zu machen. Finde dreckige Teller und bringe sie so schnell wie möglich zur Station. Es gibt doppelte Punkte, wenn es mir gelingt, dabei niemandem im Weg zu sein, und dreifache Punkte, wenn sie nicht einmal merken, dass ich da bin.

Stunden später ist meine Punktzahl ziemlich ernüchternd.

Im Gegensatz zu meiner ersten Schicht, bei der ich Chef Boyd kaum zu Gesicht bekommen habe, ist er heute überall.

»Schnell bedeutet nicht schlampig, Ari. Ich brauche es perfekt, und zwar jetzt!«

»Wer hat diese Zwiebeln geschnitten? Hat er schon mal ein Messer in der Hand gehalten?«

»Wenn auch nur ein weiterer Gast sein Essen zurückgehen lässt, werfe ich euch alle hochkant aus meiner Küche!«

Gäste lassen aus den unterschiedlichsten Gründen ihr Essen zurückgehen. Manchmal ist es ihnen nicht heiß genug, oder es war das falsche oder etwas stimmt nicht damit. Die Beschwerde wird vorrangig behandelt, damit der Gast schnell Ersatz bekommt, und dadurch verzögert sich alles andere. Im Grunde bringt es den ganzen Ablauf durcheinander.

Ich ziehe beim Durchqueren der Küche den Bauch ein, in der Hoffnung, dass ich so unsichtbar werde.

»Bambi, pass auf!«, ruft Ari scharf, ehe wir beinah zusammenstoßen. Aber wir berühren uns nicht, und der Salat aus gerösteter Beete bleibt unversehrt auf dem Teller liegen, den er in der Hand hält. Leider habe ich nicht so viel Glück. Ich verliere die Kontrolle über den Stapel sauberer Schüsseln in meiner Hand und die oberste fällt scheppernd auf die Nachtischstation, wo sie ein Glas mit Himbeersoße umstößt, dessen Deckel noch fest verschraubt war. Puh!

Trotzdem warte ich wie erstarrt auf das Donnerwetter von Chef Boyd.

Er blickt mich kalt an. »Pass besser auf, *oui?*«

Ich schlucke schwer. »*Chef, oui, Chef.*«

Er wendet sich ab, aber die Szene ist noch nicht vorbei.

Als ich mich umdrehe, schüttelt Ari den Kopf. »Ein Freibrief für Mommys kleines Mädchen!«

Es ist beinah Mitternacht, als ich die Umkleide betrete. Die meisten haben sich schon umgezogen und wollen gerade gehen. Ein paar jüngere Mitarbeiter reden von einem Club irgendwo im East Village.

»Kommst du mit?«, fragt Ben, während ich vor meinem Spind knie und meine Sachen zusammensammle.

Ich antworte nicht sofort, weil ich denke, dass er jemand anderen meint. Meine Haare riechen nach frittiertem Allerlei und ich sehne mich so danach, in mein Bett zu kriechen. Vielleicht sogar danach, eine Runde zu heulen. Der heutige Abend war hart. Schon wieder.

»Margot?«

Ich drehe mich um. Ben grinst mich an, und ich kann

nicht anders, als sein Lächeln zu erwidern. Das ist meine Chance, die anderen besser kennenzulernen. Ich möchte nicht für immer das neue Mädchen sein und muss meinen Platz im Team finden, damit sich bei mir das Gefühl einstellt, zum *Nutrio* zu gehören. Wenn ich mit ihnen ausgehe, merken die anderen sich womöglich sogar meinen richtigen Namen. Bei den meisten ist bisher nur Bambi hängen geblieben.

»Ben«, sagt Ari von der anderen Seite des Raumes und bedeutet ihm, sich zu beeilen.

»Ich komm gleich!«, ruft Ben, ohne den Blick von mir abzuwenden. »Und Margot kommt auch.«

»Aber ich bin erst achtzehn!«, sage ich. Innerlich komme ich mir noch jünger vor. In Frankreich ist das alt genug, um zu trinken und in Clubs zu gehen, auch wenn ich das bisher nicht wirklich auskosten konnte. Wenn man auf dem Land lebt, hat man nicht so viele Möglichkeiten. Aber genau das ist der Punkt: Ich bin nicht mehr in Frankreich.

»Und ich bin noch keine zwanzig«, erwidert Ben. »Mach dir keinen Kopf deswegen, wir haben unsere Wege. Also?«

»Ich bin dabei.«

Nachdem ich mich so schnell wie möglich umgezogen habe, stoße ich draußen auf Luz, die auf mich gewartet hat. Sie war zum Abendessen mit ein paar Freunden verabredet und hat mir vor einer halben Stunde geschrieben, dass sie noch unterwegs wäre und mich abholen kommen würde.

»Sie gehen in einen Club«, erzähle ich ihr und zeige auf

meine Kollegen, die bereits losgelaufen sind. »Und wir gehen anscheinend mit.«

Es laut auszusprechen, bereitet mir ein flaues Gefühl in der Magengrube, aber es ist eine gute Art von Aufregung. Ich werde mit ein paar Leuten, die ich vor ein paar Tagen noch nicht kannte (bis auf Luz, klar), in einen New Yorker Club gehen. Ist das jetzt mein Leben? Ich meine, das ist jetzt mein Leben!

Luz pfeift anerkennend. »Deine erste Nacht in der großen Stadt!«

»Unsere erste Nacht«, sage ich und hake mich bei ihr unter.

Ich stelle ihr Ben vor, und wir laufen hinter ihm und der Gruppe her.

Ich kann immer noch nicht fassen, dass mir die Stadt nachts ganz anders vorkommt. Die Lichter bekommen einen orangefarbenen Schimmer, und eine Brise trägt einen Teil der heißen Tagesluft mit sich fort.

»Heute war es nicht ganz so schlimm«, gebe ich zu. »Das heißt, es war die Hölle, aber ich wusste, was auf mich zukommt.«

»Fortschritt ist Fortschritt«, sagt Luz.

Als wir vor dem Club ankommen, ruft ihre Mutter an, um nach ihr zu hören, und Luz schickt mich mit den anderen vor. Ich stelle mich mit ihnen ans Ende einer langen Schlange.

»Meine Mommy kennt den Chef«, sagt Ari gerade mit piepsiger Stimme zu Raven und Erika, einer der Kellnerinnen. Sie lachen. »Schaut her, ich bin eine echte französische Köchin! Mit meinen zwei französischen Händen mache ich euch französisches Essen! Aber im Moment wasche ich nur Teller auf die französische Art ab … extra langsam.« Er zieht anscheinend ein lustiges Gesicht, denn die Mädchen kichern wieder.

Ben und Robby, einer der Tischabräumer, sind in ein Gespräch vertieft.

»Woll'n wir wetten, dass sie keine Woche durchhält?«, fragt Ari jetzt abfällig.

Erica zuckt mit den Schultern. »Das gilt doch für die meisten.«

Ich atme scharf ein. Luz telefoniert immer noch, und ich bin froh, dass sie nichts von alldem mitgehört hat.

Wer glauben die, wer sie sind?

»Dann passt mal alle gut auf!«, sage ich laut.

Sie drehen sich um.

»Das ist mein voller Ernst. Ihr kennt mich nicht, und ihr habt keine Ahnung davon, wie hart ich in meinem Leben schon gearbeitet habe. Ich werde es euch schon zeigen.«

Ben wendet sich uns zu. Ein Lächeln umspielt seine Lippen. Mir war gar nicht klar, dass er auch zugehört hat. »Vielleicht solltest du nicht vorschnell über Menschen urteilen, die du nicht kennst, Ari.«

»Hey«, sagt Luz, die gerade dazukommt. Ihr muss der Ausdruck auf meinem Gesicht aufgefallen sein. »Alles in Ordnung?«

»Alles bestens«, sage ich, den Blick fest auf Ari gerichtet.

In dem Moment bekommt er eine Nachricht und bedeutet uns allen, ihm zu folgen. Wir gehen um eine Ecke, dann eine Hintergasse entlang. Der Boden ist nass und glänzt in der Nacht, obwohl es nicht geregnet hat. Ich halte den Blick starr nach unten gerichtet, bereit, beim Anblick von Ratten die Beine in die Hand zu nehmen, aber ich sehe keine. Wir stehen ein paar Minuten an der Hintertür, während Ari wie wild auf seinem Handy herumtippt.

Bald darauf öffnet sich die schwere Metalltür, und eine junge Frau in einer schwarzen Schürze tritt dahinter hervor. Sie hat eine drahtige Figur, eine Rose in den Nacken tätowiert und jede Menge Löcher in den Ohren. »Ari, Baby!«

Sie und Ari umarmen sich, dann tritt sie zur Seite, um uns vorbeizulassen.

»Sie hat früher im *Nutrio* gearbeitet«, verrät Ben Luz und mir.

Luz runzelt die Stirn. »Ist das hier dann kein Abstieg?«

»Es hängt davon ab, was man will. Ich stelle mir gern vor, dass es in New York die passende Küche für jeden Koch gibt«, sagt Ben, während wir durch einen stockfinsteren Gang laufen. »Dieser Club hat eine limitierte Speisekarte, was eine kleinere Mannschaft und weniger Stress bedeutet.«

Mein Herzschlag beschleunigt sich beim Anblick der Szenerie vor uns. Hier zu sein kommt mir so erwachsen vor. Am anderen Ende des Raumes knabbern Leute an Tintenfischringen, die sie in Guacamole tunken, und nippen an ihren kunstvollen Cocktails in knalligen Farben. Eine Traube hat sich an der ganzen Länge der Bar gebildet, die sich quer durch den Raum zieht. Aus den Lautsprechern dringt Indie-Pop. Die Beleuchtung ist gedimmt, die Atmosphäre edel. Daran muss ich mich erst gewöhnen. Bleib cool, Margot, bleib cool.

»Her mit den Getränken!«, ruft Ari aus.

Luz wirft begeistert die Arme in die Luft, aber ich setze diese Runde lieber aus. Ich bin nicht in der Stimmung, mit Ari zu feiern, und sollte im Beisein meiner Kollegen besser einen klaren Kopf bewahren.

»Na los«, sage ich zu Luz.

Sie steuert mit Raven, Ari und den meisten der Gruppe eine Lücke an der Bar an. Der Bartender hat bereits eine Reihe von Schnapsgläsern aufgestellt und füllt sie mit einer klaren Flüssigkeit.

»Danke, dass du zu mir gehalten hast«, sage ich zu Ben. Wir sind nur noch zu zweit, und ich habe keine Eile, Ellbogen an Ellbogen mit Griesgram Ari zu stehen. »Darf ich dir als Dankeschön einen ausgeben?«

Er wehrt entrüstet ab. »Mit einem Tellerwäschergehalt? Auf gar keinen Fall. Der Drink geht auf mich.«

Ehe ich protestieren und ihm sagen kann, dass ich nur ein Wasser möchte, bewegt er sich näher auf unser Ende der Bar zu. Am anderen Ende werfen Luz und Erica gerade lachend den Kopf zurück. Ben versucht, jemanden auf sich aufmerksam zu machen. Währenddessen nutze ich die Gelegenheit, den Blick schweifen zu lassen. Man würde nicht für möglich halten, dass es Dienstagabend ist. Der Club platzt aus allen Nähten. Ich habe gehört, das East Village sei die richtige Gegend, um Party zu machen, besonders für Leute in unserem Alter. Mir bleibt kurz die Luft weg, als mir ein Gedanke kommt. Es besteht die Möglichkeit, dass Zach mit seinen Freunden hier ist. Egal, wie klein sie auch sein mag.

»Suchst du jemanden?«, fragt Ben und reicht mir eine nasse braune Glasflasche.

Wir stoßen an. Prompt schwappt mein Getränk über.

»Irgendwie schon, ich meine, ja.«

Ich sollte nicht mehr sagen. Ben ist im Grunde ein Fremder. Schlimmer, er ist ein Kollege. Was ist, wenn er jemandem von der Arbeit erzählt, dass ich so blöd war, mich von einem Wildfremden versetzen zu lassen, den ich ein Jahr zuvor kennengelernt habe? Und dennoch, ich habe das Gefühl, mich ihm anvertrauen zu können. Ich möchte mich ihm anvertrauen.

»Ich habe letzten Sommer in Paris jemanden kennengelernt. Einen Amerikaner. Er lebt hier.« Ich trinke mir mit einem Schluck Mut an. »Wir haben eine unglaubliche Nacht zusammen verbracht und einander versprochen, uns wiederzufinden, sobald ich angekommen wäre. Aber die Sache ist die, ich habe seine Telefonnummer nicht und auch keine andere Möglichkeit, ihn zu erreichen.«

Ben nickt, trinkt und nickt wieder. Ich frage mich, ob er verstanden hat, was ich gesagt habe. Die Musik ist so laut, dass ich praktisch brüllen muss.

Ich zeige auf eine Bank an der Seite, nicht weit vom Eingang. Wir müssen uns an anderen Leuten vorbeidrängen, um dorthin zu gelangen. Nachdem wir uns gesetzt haben, erzähle ich den Rest der Geschichte. Der gut aussehende Fremde auf der Parkbank beim Eiffelturm, unsere traumhafte nächtliche Wanderung durch die Stadt, das Versprechen, das wir uns gaben, und unser verpasstes Wiedersehen am Times Square. Entweder das oder er ist einfach nicht gekommen.

»Er sollte mein New Yorker Abenteuer sein oder zumindest ein großer Teil davon«, sage ich verlegen.

»Etwas kapiere ich nicht«, sagt Ben. Zwischen seinen

Augenbrauen hat sich eine dicke Stirnfalte gebildet. »Warum hat sich dieser Typ nicht deine Nummer geben lassen?«

»Es war was Romantisches«, sage ich errötend und wende den Blick ab.

»Es war romantisch, dich nicht um deine Nummer zu bitten? Und zu riskieren, dich niemals wiederzusehen?« Er klingt ungläubig.

Ich will Ben sagen, dass er damit falschliegt. Zach und ich hatten unsere Gründe. Wir haben sie ausführlich besprochen. Das ganze Jahr über habe ich die Geschichte vor Augen gehabt, die wir den Rest unseres Lebens erzählen würden. Wir haben aufeinander gewartet. Wir haben an uns geglaubt. Ihn am Times Square zu treffen würde das Wundervollste sein, was mir je im Leben passiert war, mal abgesehen von jener Nacht in Paris. Was wir hatten, war real. Es ging darum, im Moment zu leben, ihn voll auszukosten und darauf zu vertrauen, dass das Universum einen Plan für uns hatte, nachdem es uns auf so perfekte Weise zusammengebracht hatte. Stattdessen nehme ich nur einen weiteren Schluck aus meiner Flasche. Ich bin mir selbst nicht mehr sicher, was davon stimmt.

»Ich wette, er war da«, sagt Ben, nachdem wir eine Weile geschwiegen haben. »Es hört sich danach an, als wärt ihr beide füreinander bestimmt. Du darfst ihn nicht so einfach aufgeben.«

»Du musst mich nicht trösten. Ich komm schon klar. Echt.«

»Mach ich nicht.«

Ich sehe ihm forschend ins Gesicht. Er scheint es ehrlich zu meinen. »Gestern habe ich in dem Restaurant angerufen, in dem er nach seiner Reise anfangen sollte. Sie haben mir gesagt, bei ihnen gäbe es keinen Koch namens Zach.« Ich seufze ratlos.

Ben sinnt einen Moment darüber nach. »Wir sollten ihn finden.«

Bei der Vorstellung hüpft das Herz in meiner Brust, aber … »Wie denn?«

Ben wendet sich mir zu und blickt mir in die Augen. »Margot, du bist direkt nach dem Schulabschluss nach New York gezogen. Ja, ich weiß, deine Familie hat dir geholfen, aber dazu gehört eine Menge Mut. Du hast einen Job im *Nutrio* an Land gezogen und Ari praktisch gesagt, dass er dich mal kann. Du scheinst mir nicht die Art Mädchen zu sein, das einfach aufgibt.«

»Bin ich auch nicht«, sage ich. Ben hat recht, aber manchmal brauche ich jemanden, der mich daran erinnert. Ich atme tief durch. Ich muss einfach daran glauben, dass es einen Weg gibt, Zach wiederzufinden.

»Was weißt du noch über ihn?«, fragt Ben.

»Ähm«, beginne ich, hole mein Handy hervor und öffne die Notizen. »Donnerstags geht er Skateboarden, äh, im Park. Ich glaube, er hat *im Park* gesagt, als gäbe es nur den einen. Und dann etwas darüber, dass er sich direkt danach dieses Plätzchen holt, das so groß wie sein Gesicht ist. Ein Plätzchen wie ein Kuchen. Ergibt das irgendeinen Sinn?« Ich durchforste mein Gedächtnis nach weiteren Hinweisen, die ich nicht aufgeschrieben habe. »Ich meine, es war eine französisch klingende Bäckerei? Ein winzig kleiner Laden?«

»Levain?«, fragt Ben, doch es klingt, als habe er keinen Zweifel.

»Ja!«, rufe ich sofort und denke kurz darüber nach. Es hört sich richtig an. Ich sehe beinah vor mir, wie Zach diesen Namen genannt hat, irgendwo auf einem Pariser Bürgersteig.

»Und Skateboarden im Park? Das muss der Central Park sein. Meine Vermutung wäre, dass er zum ursprünglichen Levain auf der Upper West Side geht.«

Adrenalin schießt durch meinen Körper. In meinem Kopf müssen noch mehr Erinnerungen an meine Zeit mit Zach vergraben sein. Bald darauf gehen Ben und ich jede Unterhaltung durch, jeden Gesprächsgegenstand jener magischen Nacht, auf der Suche nach Anhaltspunkten, die mich zur Liebe meines Lebens führen könnten. Und Ben ist die reinste New-York-Enzyklopädie. Er weiß alles.

Das beste Sandwich der Stadt. Ein Diner.

»Katz's Deli«, sagt Ben.

Katze. Ding-Dong.

»Das Fat Cat im West Village«, fügt Ben nüchtern hinzu. »Ich liebe den Laden.«

Wir strahlen uns an. Etwas Großes nimmt direkt vor unseren Augen Gestalt an.

»Siehst du, Margot. Wir werden ihn finden.«

»Aber New York ist so groß«, sage ich. Ich würde Ben so gern glauben, aber ich habe auch ein wenig Angst davor, aufs Neue zu hoffen. Was ist, wenn ich ein zweites Mal enttäuscht werde? Käme ich damit klar?

»Ja und nein. Du hast da eine tolle Liste, und du hast mir erzählt, dass ihr zwei Selfies gemacht habt. Es ist einen Versuch wert.« Er streckt mir seine freie Hand entgegen. »Gib mir dein Handy.«

Unsere Finger berühren sich, als ich es ihm gebe, und

meine Haut kribbelt. Ich bin erst seit ein paar Tagen in New York und sitze in einer Bar mit einem Typen, der nicht Zach ist. Ich weiß, so ist das eigentlich gar nicht, aber der Rest unserer Gruppe befindet sich immer noch auf der anderen Seite des Raumes, und es kommt mir so vor, als wären wir allein.

Ben drückt ein paar Tasten. »Hier«, sagt er. Er klingt sehr überzeugt von sich selbst, als er es mir zurückgibt. »Jetzt hast du meine Nummer. Das heißt nicht, dass wir jetzt heiraten und bis an unser Lebensende zusammen glücklich sein müssen. Es ist nur eine Telefonnummer, damit wir uns an unserem nächsten freien Tag verabreden können.«

Obwohl er sich über mich lustig macht, muss ich lachen. »Schon klar.«

Ben lächelt. Ein freundliches, warmes Lächeln, das mich wissen lässt, dass wir da gemeinsam drinstecken. Operation Zach finden hat begonnen, und ich glaube, ich habe meinen ersten Freund in New York gefunden.

Der Abend ist gar nicht so schlecht gelaufen.

Kapitel Neun

Die Blasen an meinen Fingern werden zu Schwielen. Ich bemerke es, als ich ein Kleid mit rosafarbenem Blümchenmuster und Spaghettiträgern überstreife. Dazu schlüpfe ich in ein Paar cremeweißer Espadrilles. Je näher der Moment rückt, da ich losmuss, desto schneller klopft das Herz in meiner Brust. Ich werde Zach finden. Er ist irgendwo in dieser gewaltigen quirligen Stadt und wartet auf mich.

Ich hänge mir die Tasche über die Schulter, überprüfe den Ladezustand meines Handyakkus, stelle sicher, dass ich mein Portemonnaie eingesteckt habe und sich ein paar amerikanische Dollar darin befinden, und gehe zur Tür hinaus. Luz ist mit einer Freundin unterwegs, Papa und Miguel sind arbeiten. Das ist der erste Tag, an dem ich die Stadt allein erkunde. Wobei … nicht wirklich allein.

Ben wohnt in Williamsburg, Brooklyn, mit drei Mitbewohnern, aber er hatte heute Vormittag etwas in Manhattan zu erledigen, daher haben wir ausgemacht, uns an der U-Bahn-Station West 4th zu treffen.

SE hat Ben mir vorhin noch geschrieben. Was für South-East steht.

Ich habe mit einem Daumen hoch geantwortet und die

Erinnerungen beiseitegeschoben, die mir dabei durch den Kopf schossen: mein erstes Mal in der U-Bahn, wie verloren ich unter dem Times Square war und wie verzweifelt ich nach dem richtigen Ausgang suchte, in der Hoffnung, Zach würde am anderen Ende auf mich warten. Etwas habe ich schnell über New York gelernt: Diese Stadt arbeitet mit Codes. Die meisten Straßen haben keine Namen, nur Nummern, und sind wie ein Gitternetz organisiert. Nehmen wir zum Beispiel SoHo, das Viertel direkt unter dem West Village. Es klang für mich wie ein echter Name, bis ich herausfand, dass es einfach South of Houston bedeutet. Also Houston wie Houston Street! Warum muss alles nördlich oder südlich oder westlich oder östlich von etwas sein?

Der Haupteingang zur U-Bahn-Station West 4th liegt direkt neben einem großen Zeitungskiosk, der mehr Snacks und Getränke verkauft als Zeitungen. Als ich mich nähere, bemerke ich die wahre Attraktion dieser Straßenecke: einen eingezäunten Basketballcourt, der sich umgeben von Bäumen an ein Gebäude aus braunem Sandstein schmiegt. Eine Gruppe schwarzer Jugendlicher spielt gerade, sie sind alle sehr groß und muskulös. Viele von ihnen tragen Nylonshorts, die über ihre Knie reichen, glänzende Oberteile und so große und aufwendig gestaltete Sportschuhe, dass sie Miniraketen gleichen. Am Rand des Spielfeldes stehen noch mehr Jungs, die sie anfeuern und wild pfeifen.

Ich bin total in das Spiel versunken, als mir plötzlich bewusst wird, dass jemand neben mir steht. Es ist Ben, der mich sofort umarmt. Er riecht nach Sonnencreme und Amber, warm und beruhigend.

»Wer gewinnt?«, fragt er mit einem niedlichen Grinsen. Einem Grinsen, meine ich. Einem ganz normalen Grinsen.

Ben ist nicht gerade groß, besonders im Vergleich mit diesen Typen, aber er sticht auf andere Weise heraus. Er hat dieses Lächeln, das so strahlend und herzlich ist, dass es einem das Gefühl vermittelt, sein bester Freund zu sein. Seine Augen funkeln, als wäre sein Blick auf etwas Kostbares gerichtet.

»Ich bin nicht sicher«, sage ich. »Aber diese Jungs sind gut. Ich stehe erst seit ein paar Minuten hier und habe schon einen perfekten Wurf mitangesehen.«

Die Menge bricht in Begeisterungsrufe aus, und wir werden Zeugen eines weiteren grandiosen Korbs.

»Jetzt lass uns noch mal über dieses Plätzchen reden«, sage ich an Ben gewandt. »Du schienst letztens so sicher, aber bist du wirklich überzeugt, dass er das Levain gemeint hat?«

Ben stößt ein Lachen aus. »Margot, die Hinweise haben alle in eine Richtung gedeutet. Fragst du mich gerade wirklich, wie gut ich die berühmtesten Cookies von ganz New York kenne?«

»Das ist also ein Ja?«

Er gluckst. »Es ist ein *Oui.*«

Bald darauf besetzen wir zwei leuchtend orangefarbene Sitze in der U-Bahn, die im krassen Gegensatz zur letzten Episode sofort losfährt. Mal im Ernst, es ist, als habe sich das Universum in jener Nacht gegen mich verschworen, um mich von Zach fernzuhalten. Die Luft im Waggon ist eiskalt und stinkt nach etwas Undefinierbarem. New York mag großartig sein und kann einem den Kopf verdrehen, aber lasst uns ehrlich sein: Manchmal stinkt es einfach. Und zwar im wahrsten Sinne des Wortes.

Auf meinem Platz angekommen, wende ich mich Ben zu. »Inzwischen weißt du alles über meine Karrierepläne und mein schräges dramatisches Liebesleben, aber für mich bist du immer noch ein Rätsel.«

Es klingt ernster, als ich wollte, aber Ben antwortet wie immer mit einem Lächeln. »Was möchtest du wissen?«

Ich zucke mit den Schultern. »Am besten fängst du ganz vorne an.«

Er tippt sich auf die Brust. »Benjamin Saint George, Ma'am. Geboren in Queens, New York. Ich habe mein ganzes Leben hier verbracht, nur wenige Straßen von den Großeltern mütterlicherseits entfernt, bis ich diesen Sommer nach Williamsburg gezogen bin. Ich war noch nie irgendwo anders. Ich bin der Langweiler der Familie.«

»Um das zu beurteilen, brauche ich sehr viel mehr Informationen, Sir.«

»Meine Eltern sind richtig rumgekommen. Die Eltern meiner Mom kommen aus Haiti und haben schon überall auf der Welt gelebt: Kanada, Frankreich und dann natürlich noch hier. Mom ist in Frankreich zur Schule gegangen. Also bin ich französisch sprechend aufgewachsen, habe den kleinen Prinzen gelesen und französische Musik gehört. Weihnachten habe ich *bûche de Noël* gegessen und *galette des rois* am Dreikönigstag. Ich bin der französischste Mensch, der nie New York verlassen hat. Ist das seltsam?«

»Machst du Witze? Ich bin die Amerikanerin, die eure Autos für zu groß hält und American Football nur für einen Rugby-Abklatsch. Und mal im Ernst, was sollen eigentlich die vielen Flaggen überall?«

»Vaterlandsliebe?«

»Man kann sein Land auch im Stillen lieben.«

Ben lacht. »Nicht dieses Land. Man muss seine Liebe dafür herausposaunen, sonst zählt es nicht.«

»Okay, das beweist nur, dass ich recht habe. Ich bin die unamerikanischste Amerikanerin aller Zeiten, also finde ich es auch nicht komisch, dass du der französischste Nichtfranzose bist.«

»Touché«, erwidert er mit einem Lächeln.

»Ich war auch schon immer neidisch auf die Abenteuer, die meine Eltern erlebt haben.«

»Wie lang waren sie zusammen?«

»Oh, sie waren nie ein Paar. Aber sie waren schon immer unzertrennlich.« Ich erläutere den Rest der Geschichte: homosexueller Vater, heterosexuelle Mutter und eine behütete Kindheit auf dem französischen Lande.

Ben nickt beeindruckt. »Sie klingen toll.«

»Siehst du, wir beide haben viel gemeinsam. Wir wünschen uns einfach ein aufregenderes Leben.« Ich spüre, wie mein Gesicht heiß wird, noch bevor ich den Satz beendet habe. Ich kenne Ben kaum, woher also kommt das Gefühl, wir seien bereits Freunde?

Als wir kurz darauf an der 72nd Street aussteigen, ist die Stimmung draußen eine andere. Die Straßen sind breiter, die Gebäude höher. Es herrscht eine ruhigere Atmosphäre. Paare und Kinder auf Rollern brausen vorbei, ältere Leute machen einen Spaziergang. Es kommt mir fast wie eine andere Stadt vor.

Ben hatte mich gewarnt, dass es eine Schlange vor dem megabekannten Cookieladen geben würde. Dennoch bin ich überrascht, so viele Menschen vor so einem winzigen Laden stehen zu sehen.

»Ist es das?«, frage ich und deute auf die schmale Ladenvorderseite, die blau angemalt ist. »Das da ist eine Institution in New York?«

Ben zuckt mit den Schultern. »Kleiner Laden, große Cookies.«

Als wir an der Reihe sind, den Laden zu betreten, bin ich aufs Neue überrascht, wie schlicht hier alles ist. Es gibt eine Ladentheke und Öfen im hinteren Bereich, wo zwei Bäcker arbeiten. Das Angebot ist ebenfalls ziemlich minimalistisch. Es besteht aus ein paar Gebäckwaren und nur vier Sorten Cookies: Schokolade-Walnuss, dunkle Schokolade, Haferflocken mit Rosinen und dunkle Schokolade mit Erdnussbutter. Meiner nicht sehr bescheidenen Meinung nach gehören Rosinen nicht in Plätzchen. Soll es das Gewissen beruhigen, dass man auf diese Weise Obst gegessen hat? Also echt! Ben und ich einigen uns darauf, mit unseren zwei Cookies halbe-halbe zu machen. Sie gehen natürlich auf mich, weil wir meinetwegen hier sind. Beziehungsweise Zachs wegen.

Nachdem ich bezahlt habe, bemühe ich mich, die wachsende Schlange hinter uns zu ignorieren, und ziehe mein Handy aus der Tasche. Ich öffne ein Foto von Zach und mir. Es ist dasjenige, das wir auf seinen Vorschlag hin nur eine Stunde nach unserer Begegnung gemacht haben. Er schien so begeistert darüber, dass seine Reise so gut begonnen hatte, und bestand darauf, den Moment festzuhalten. Direkt danach haben wir uns das erste Mal geküsst.

Ich zeige der jungen Frau hinter der Theke das Foto. »Die Frage ist vielleicht etwas merkwürdig, aber kennst du den hier? Sein Name ist Zach. Er ist groß und ein Fan eurer Cookies. Ich glaube, er kommt oft hierher. Normalerweise donnerstags.«

Die junge Frau wirft einen Blick auf das Display. Ich rechne schon damit, dass sie mich für verrückt erklären wird, aber sie zuckt nur mit den Schultern. »Keine Ahnung. Es kommen eine Menge Leute her.«

»Klar«, sage ich. Ich verlagere mein Gewicht vom einen auf den anderen Fuß und werfe ihr ein verlegenes Lächeln zu. »Könntest du das Bild deinen Kollegen zeigen?« Ich deute auf einen Mann, der ein Blech mit Plätzchen aus dem Ofen zieht. Ein anderer macht weiter hinten neuen Teig.

Die Kassiererin zögert kurz, doch dann nimmt sie mein Handy entgegen. Es macht leider keinen Unterschied, denn die Bäcker schütteln den Kopf, als sie ihnen das Bild zeigt. Bevor mir noch etwas einfallen kann, worum ich sie bitten könnte, meckern die Leute hinter uns los und versuchen, uns aus dem Weg zu schieben. Wir sind hier fertig. Für heute wenigstens.

Aber wir haben immer noch unsere Cookies, daher setzen wir uns auf die hellblaue Bank vor dem Laden, von der aus man die Schlange gut im Blick hat. Ich halte den Blick starr darauf gerichtet, obwohl eine kleine Stimme in meinem Kopf wispert, dass ein Topf, den man beobachtet, niemals zu kochen beginnt. Was Quatsch ist, denn wenn man den Herd anmacht und einen Topf mit Wasser draufstellt, wird es nach ein paar Minuten kochen, selbst wenn ihn eine ganze Restaurantmannschaft anstarrt.

Ich blicke noch immer in die Ferne, als ich in das Plätzchen beiße. Es dauert einen Moment, bis mir klar wird, dass dies kein normales Plätzchen ist. Es ist locker, teigig und streuselig. Wie ein Kuchen, ein Brownie und ein Cookie in einem. So einfach und doch wie nichts, was ich je zuvor gegessen habe. Es ist Liebe auf den ersten Biss.

Ben mustert mich belustigt. An seinem Kinn kleben Krümel, und ich wische mir, plötzlich befangen, über das eigene.

»Und?«, fragt er. »*C'est délicieux, non?*«

Ich nicke. »Jetzt verstehe ich die lange Schlange.«

»Ja, New Yorker verschwenden keine Zeit, es sei denn, sie haben einen sehr guten Grund dafür. Glaubst du mir jetzt? Ein Cookie wie ein Kuchen, so groß wie dein Gesicht, von einer Bäckerei, die französisch klingt?«

Ich nicke, aber mein Lächeln ist gespielt, denn schlagartig sind meine Gedanken wieder bei Zach. Er war hier. Womöglich ist er gerade auf dem Weg hierher. Ich sehe ihn fast vor mir, wie er in dem Wissen, dass es die Sache wert ist, darauf wartet, sein wöchentliches Cookie zu kaufen. Mein Blick streift die Schlange, und ich bin aufs Neue niedergeschmettert, als ich ihn nicht entdecke.

»Wir werden ihn wahrscheinlich nicht gleich beim ersten Versuch finden«, sagt Ben, als hätte er meine Gedanken gelesen.

»Hm«, krächze ich. Die Worte bleiben mir im Halse stecken. Ich sollte Zach gar nicht finden müssen. Wir wollten aufeinander warten. Erster August, um Mitternacht am Times Square. Tribüne, unten rechts. »Entschuldige, dass ich deine Zeit verschwende.«

Ben winkt ab. »Ach was, ich habe ein Cookie umsonst bekommen.« Und dann sieht er mir in die Augen und fügt hinzu: »Es gibt Schlimmeres, als seinen freien Tag auf diese Art zu verbringen.«

Er hat recht. »Also, wohin gehen wir jetzt?«

Ben überlegt einen Moment. »Wo wir schon mal hier sind, könnten wir in den Central Park gehen. Es ist ein schöner Tag, bestimmt sind viele Typen mit dem Skateboard unterwegs. Man kann nie wissen.«

Ich bin wie elektrisiert. Und zwar nicht nur, weil Ben sich daran erinnert hat, dass Zach donnerstags manchmal im Park skaten geht, sondern weil ich schon immer mal dorthin wollte.

Der Central Park sieht auf der Karte schon riesig aus, daher bin ich nicht überrascht, als ich nach ein paar Minuten den Eindruck habe, wir hätten die Stadt verlassen. Klar, ich sehe Wolkenkratzer in der Ferne, aber mich überkommt beinah sofort ein Gefühl von Ruhe. Wir sind von Bäumen und Rasenflächen umgeben. Eichhörnchen flitzen auf dem Boden rum und springen von Bank zu Bank. Natürlich sind überall Menschen und Hunde, klar, es ist immer noch New York. Radfahrer, Jogger, Skateboarder und Fußgänger genießen die Sonne und die frische Luft.

Es kommt mir so vor, als würden wir stundenlang gehen und reden. Ich erzähle Ben alles über Mamans Restaurant, besonders ihr berühmtes *Gratin Dauphinois*, und beantworte all seine Fragen darüber, wie es war, in Frankreich aufzuwachsen. Es schockiert ihn, dass wir in der Schule tatsächlich Vier-Gänge-Menus zu Mittag essen, aber keinen Abschlussball oder Tanzveranstaltungen haben. Ich erfahre, dass er vor neun Monaten im *Nutrio* angefangen hat, was in der Restaurantwelt fünf Jahren gleichkommt, vor allem in New York, wo sich alles so schnell ändert.

»Ich habe auch als Tellerwäscher angefangen«, verrät Ben mir, als wir an der Mall ankommen, einem Spazierweg, der hinunter in die Mitte des Parks führt. »Es ist so ein Chef-Ding. Wenn man sehr jung ist und er einen nicht persönlich kennt, stellt er dich auf die Probe, um zu sehen, aus welchem Holz du geschnitzt bist. Bist du bereit, dir die Hände schmutzig zu machen, oder wirst du die Diva raushängen lassen?«

Tja, das erklärt eine Menge. Ich habe den Test verhauen, und zwar spektakulär.

Ich zeige auf mich. »Ähm … totale französische Diva hier drüben!«

Ben lacht. »Keine Sorge, du bist nicht die erste und wirst auch nicht die letzte sein.«

Ich ziehe meine Nase kraus. Die Wahrheit ist schwer zu ertragen. Ich habe mich an meinem ersten Abend wirklich total zur Idiotin gemacht. Aber ich finde es toll, dass er so ehrlich ist. Ja, ich habe Mist gebaut, aber ich werde es zehnfach wiedergutmachen.

Wir schlendern die Mall entlang und halten die Augen nach Skateboardern offen, als mein Handy summt. Es ist Luz.

Wollte nur sichergehen, dass du dich nicht verlaufen hast!

Hab ich nicht! Bin im Central Park mit Ben. Großartig hier.

Ähm, okay? Brauche mehr Info, wenn du zurück bist.

Ich antworte mit einem Daumen hoch und stecke mein Handy wieder weg. Warum macht sie so eine große Sache daraus? Ist es so ungewöhnlich, dass ich mit einem Freund unterwegs bin und eine gute Zeit habe? Zu unserer Rechten bläst ein Mann mit einem Zylinder einen Ballon auf. Zu unserer Linken liest ein älteres Paar ruhig auf einer Bank. Wir gehen ein paar Stufen hinunter und landen unter einem Torbogen, wo ein paar Musiker Passanten mit klassischer Musik unterhalten. Die Geige hallt in dem dunklen, feuchten Raum, sodass ich die Vibrationen bis in die Knochen spüre. Dahinter rennen Kinder um einen großen Springbrunnen. Zum millionsten Mal trifft mich die Erkenntnis mit voller Wucht: Ich bin in New York freaking City.

»Ist das hier immer so?«, frage ich. Mein Blick schießt hierhin und dorthin, damit mir ja nichts entgeht. Aber es ist so viel los, zu viel, und es ist alles so … aufregend. Mir ist bewusst, dass ich gerade erst hergezogen bin, aber trotzdem: Wie könnte man woanders leben wollen?

Ben beobachtet mich lächelnd. »Ja, es ist wirklich was Besonderes. Es ist natürlich nicht Paris, aber es ist cool.«

»Paris ist tatsächlich *magnifique*. Und dir ist klar, dass es dort auch Restaurants gibt, oder?«

»Ich habe so was läuten hören«, erwidert er lachend.

»Ich will damit nur sagen, du könntest auch dort als Koch arbeiten, wenn du wolltest. Oder du könntest dich am *Le Tablier* ausbilden lassen.« Ich fügte den letzten Teil hinzu, weil mir das Gespräch vom Tag unserer ersten Begegnung einfällt.

»Das wäre der Wahnsinn.« Ben lächelt, doch dann zieht ein Schatten über sein Gesicht. »Aber es passt nicht in meinen Zehnjahresplan.«

Ich pruste los. Erst als ich ihn erneut ansehe, erkenne ich, dass er das ernst gemeint hat.

»Ein Zehnjahresplan? Klingt extrem.«

Bens Blick wandert zu einem Mann, der Luftballontiere für eine Gruppe Kinder knotet. Die Giraffe gefällt mir besonders gut. Ich hätte am liebsten selbst eine, aber ich habe keine Lust, mich mit dem kleinen Mädchen im Prinzessinnenkleid darum zu streiten.

»Yep.« Ich hebe fragend eine Augenbraue und Ben fährt fort: »Drei oder vier Jahre im *Nutrio* für den Lebenslauf. Auch wenn seine Restaurants keinen durchschlagenden Erfolg hatten, genießt Franklin Boyd eine Menge Ansehen. Vielleicht schaffe ich es sogar bis zum Souschef, auch wenn das etwas ambitioniert ist. Dann wechsle ich zu einem Franchise, etwas Angesagtem, im Grunde zu einer Geldmaschine. Auf die Weise lernt man die Macher der Industrie kennen, besonders die Investoren. Aber das Ziel ist natürlich, meinen eigenen Laden aufzumachen, mit stimmungsvoller Raumgestaltung in Brooklyn vielleicht. Wenn alles klappt, ist es das, was ich in zehn Jahren machen werde.«

Mir wird flau im Magen. »Ich weiß nicht mal, ob ich noch eine weitere Woche durchhalte. Der Job im *Nutrio* geht ganz schön an die Substanz.«

»Neu dort anzufangen ist hart. Die Dienstälteren bilden sich viel auf ihre Erfahrung ein. Sie sehen uns an und fragen sich, wie es sein kann, dass wir überhaupt in ihre Küche gelassen wurden. Es ist ihnen egal, dass wir genauso hart arbeiten wie sie.« Er seufzt, spricht aber sofort weiter. Anscheinend muss er seinen Frust mal loswerden. »Chef Boyd bevorzugt die erfahreneren Kräfte bei den Schichten. Ich würde gern sechs Tage die Woche arbeiten, aber im besten Fall bekomme ich fünf, was bedeutet, dass die Bezahlung nicht besonders toll ist.«

Ich schlucke. Anscheinend werde ich noch eine Weile bei Papa und Miguel wohnen müssen. Sie haben gesagt, ich könne so lange bleiben, wie ich wolle, aber sie stehen kurz vor ihrer Hochzeit und ich möchte meine eigene Wohnung, mein eigenes New-York-Abenteuer. Doch ich habe offensichtlich richtig Glück, keine Miete zahlen zu müssen. Wenn ich von einem Tellerwäschergehalt leben müsste …

»Ich weiß nicht, ob ich sechs Tage in dieser Küche packen würde.«

»Mit der Zeit wird es leichter, versprochen.«

Ich kann nicht anders, als das Gesicht zu verziehen. Allein der Gedanke an die Arbeit lässt mich die Erschöpfung bis in die Knochen spüren.

»In einer Großküche kochen die Emotionen gern mal hoch«, fügt Ben hinzu. »Die meisten brauchen das Adrenalin, sie stehen unter hohem Druck. Die Leute meinen nicht mal die Hälfte von dem, was sie sagen. Ich persönlich blende das alles aus.«

»Das musst du mir beibringen.«

Er zuckt mit den Schultern. Dann blickt er nach vorne. »Okay, als Erstes wechseln wir das Thema. Wie wäre es mit einem weiteren klassischen New-York-Erlebnis, um den Tag zu beschließen?«

»Klar!«, rufe ich gespannt.

Er führt mich zu einem Essensstand, der mit Bildern in leuchtenden Farben dekoriert ist.

»Vier Hot Dogs, bitte!«, sagt er.

Ich muss mich verhört haben. »Wie bitte? Nein! Ich weiß nicht, ob es dir entgangen ist, aber das Plätzchen war praktisch eine Hauptmahlzeit. Ich meine, versteh mich nicht falsch, es war köstlich, aber Mann, war es riesig. Außerdem sind wir nur zu zweit.«

»Tut mir leid, Margot«, sagt Ben und bedeutet dem Mann am Hot-Dog-Stand, mit der Bestellung fortzufahren. »Wir machen ein Hot-Dog-Wettessen. Es ist so ein New Yorker Ding. Man muss einfach mitmachen.«

»Moment …«

Zu spät. Er bezahlt die Hot Dogs und reicht mir zwei davon.

»Komm schon, Margot.«

»Also, äh, was muss ich tun?«

»Es geht darum, wer schneller ist.«

Ich runzle die Stirn. »In Frankreich halten wir nichts davon, mit Essen zu spielen.«

»Du bist nicht mehr in Frankreich«, sagt er mit einem Augenzwinkern. »Wer als Erster aufgegessen hat, gewinnt.«

»Was gewinnt er denn?«

Ben zieht einen Schmollmund. Das hatte er sich noch gar nicht überlegt. »Na schön, der Gewinner darf den Ort bestimmen, an dem wir beim nächsten Mal nach Zach suchen.«

Das klingt gut. Operation Zach hat gerade erst begonnen. Er ist immer noch irgendwo da draußen und wartet auf mich. »Abgemacht.«

Ich verliere das Wettessen natürlich. Um Längen. Aber während ich Ben bei seinem Siegestanz zusehe und mich mit vollem Mund schlapplache, vergesse ich beinah, warum wir überhaupt hergekommen sind.

Kapitel Zehn

Mein New Yorker Leben bekommt einen vertrauten Rhythmus. Einen, in dem ich auf Ravens Zuruf hin arbeite, wann immer sie mich braucht, was variiert, da es von den Arbeitszeiten der anderen Tellerwäscher abhängt. Und als meine dritte Woche im *Nutrio* endet, wird klarer und klarer, dass mir kaum Zeit bleibt, an etwas anderes zu denken. Geschirr spülen, schlafen, essen; ein endloser Kreislauf.

Darüber hinaus komme ich extra früher, damit ich beim Familienessen mit dem Rest der Mannschaft dabei bin. Der Vormittagsspüler hat bis in den Nachmittag hinein gearbeitet und alles abgewaschen, was das Vorbereitungsteam benutzt hat. Meine Schicht beginnt daher erst, wenn die Abendgäste bekocht werden. Aber ich möchte mein Team besser kennenlernen. Es ist mir wichtig, dass alle mich kennen, mich als eine der ihren ansehen, sonst habe ich keine Chance, als Köchin eingesetzt zu werden. Bei jedem Telefonat erinnert Maman mich daran, dass es okay wäre, es mir anders zu überlegen und nach Hause zu kommen. Das empört mich. Sie glaubt nicht, dass ich das Zeug dazu habe, es in dieser Stadt zu schaffen. Sie denkt, ich wäre zu unbeständig, zu unreif, zu zartbesaitet. Ich wünschte, sie könnte meine rissigen roten Hände sehen und spüren, wie müde meine Beine sind. Wenn man es genau nimmt, bin ich kopfüber in einen Tornado gesprungen, und alles in allem komme ich gut klar. Warum begreift sie also nicht, dass ich dazu fähig bin? Dass ich dafür sorge, dass mein Traum wahr wird? Es spielt keine Rolle, ich werde es ihr zeigen!

Ben und Ari waren heute dran, für uns zu kochen, und uns erwarten köstliche Dinge. Es gibt Fladenbrot mit Zucchini und Ricotta, gebratenen Reis mit Pak Choi, Shiitakepilzen und Sesamöl und eine moderne Version eines Caesar Salats mit Grünkohl, Parmesan und Croutons sowie einer cremigen Salatsoße, die auf der Zunge prickelt. Es ist alles nicht so professionell angerichtet wie die Speisen der Gäste, aber die bunte Mischung aus Farben und Konsistenzen springt einem ins Auge, so als würden wir in einem noblen Restaurant essen. Was wir ja auch tun.

Es ist unsere Chance, uns auszutauschen und Kraft zu tanken, ehe der abendliche Hochbetrieb beginnt, und alle sind in Erzähllaune, während wir uns am Essen bedienen. Raven war gestern Nacht auf einer Outdoor-Party in Bushwick und ist erst um sechs Uhr früh nach Hause gekommen. Sie zeigt uns Filme auf ihrem Handy. Es sieht wild aus, mit Palmen – in New York? – und Leuten in aufwendigen Kostümen. Ben ist in eine lebhafte Unterhaltung mit Ari und ein paar der älteren Köche verstrickt, aber ich kann nicht hören, worüber sie reden. Seit unserem Ausflug zum Levain ist erst eine Woche vergangen, aber es kommt mir länger vor. Wir haben seither nicht viel miteinander geredet. Stattdessen wahren wir eine freundliche und total professionelle Distanz.

Wir sind mitten beim Essen, als wir lautes Scheppern aus der Küche hören, so als würde sich da drin jemand prügeln. Der Krach ist ohrenbetäubend, aber als ich den Blick über den Tisch schweifen lasse, scheinen alle da zu sein.

»Es ist Chef Boyd«, sagt Raven zwischen zwei Bissen. »Er experimentiert mit dem Herbstmenü.«

Mich packt die Neugier. »Oh! Was plant er denn?« Ein paar Ideen schießen mir durch den Kopf. Ein Pilzragout mit Rotwein, dazu dicke Nudeln wie Rigatoni, um die Soße aufzunehmen. Oder vielleicht eine Kastaniensuppe.

Raven hebt eine Augenbraue, ein unmissverständliches Zeichen dafür, dass ich mal wieder keine Ahnung habe oder nerve oder beides. Wahrscheinlich ein bisschen von beidem. »Chef bezieht uns nicht in die Planung mit ein. Bertrand gewährt er manchmal einen Einblick, aber wir anderen erfahren die Speisefolge erst dann, wenn er bereit dazu ist.«

Obwohl Raven Souschefin ist und damit dieselbe Position inne hat wie Bertrand, gibt es auch hier eine klare Hierarchie. Raven bekommt die Brotkrumen – sie managt die ständig wechselnde Mannschaft und sorgt dafür, dass die Kommunikation mit dem vorderen Bereich des Restaurants reibungslos läuft –, während Bertrand sich in dem Ruhm sonnt, der Vertraute des Chefs zu sein. Man kann ihr vom Gesicht ablesen, wie es ihr damit geht.

»Klar, natürlich«, sage ich, den Blick auf den leeren Teller vor mir gerichtet. Doch mein Gehirn arbeitet auf Hochtouren. Ich hatte seit jenem ersten Tag keine Gelegenheit, mit Chef Boyd zu sprechen, und er ist allein in der Küche. Ich blicke erneut in die Runde. Alle quatschen noch, aber die meisten sind fertig mit Essen. Es heißt jetzt oder nie.

Ich warte, bis Raven sich Erica zugewandt hat, und stehe auf. Zuerst gehe ich in die Umkleide, wo ich meine Sachen wechsle und eine Schürze umbinde. Dann betrete ich die Küche. Chef Boyd bemerkt mich anfangs gar nicht. Er steht über einen dampfenden Topf gebeugt da. Die Aromen von Möhren, Kumin und Kokosnussmilch steigen daraus empor, köstlich und süß. Auf einem Schneidbrett hinter ihm liegen Orangen- und Zwiebelschalen. Seine Nasenflügel sind gebläht, während er die Suppe mit dem Holzlöffel umrührt und das Zusammenspiel der Aromen bewertet. Er erinnert mich an Maman, obwohl sie niemand ist, die in der Küche herumexperimentiert. Traditionell überlieferte Rezepte sind die einzigen, von denen sie etwas hält.

Ich dagegen liebe den Prozess des Entdeckens, das wohlbedachte Zusammenstellen der Zutaten, das Hinzufügen und Wegnehmen, bis die perfekte Balance erreicht ist. Es trifft mich mit voller Wucht, wie sehr ich das hier will, wie sehr ich es vermisst habe, seit ich hier arbeite.

Ich räuspere mich. Chef Boyd rührt sich nicht. »*Bonjour* … äh, ich meine *bonsoir.*«

Bevor ich abgereist bin, hat Maman mir den Rat gegeben, meinen französischen Anteil etwas mehr hervorzukehren, weil es mir helfen könnte, mich in den Augen des Chefs von den anderen abzuheben. Als sie zusammengearbeitet haben, hat er keine Gelegenheit versäumt, sein bisschen Französisch anzuwenden, und bei jedem Gespräch fallen gelassen, er habe in Paris gelernt. Man kennt sich mit dem Kochen eben erst dann aus, wenn man die französische *cuisine* kennt. Und hey, inzwischen bin ich bereit, alles zu tun.

»*Oui?*«, sagt der Chef ohne sich umzudrehen, so als hätte er gewusst, dass ich da war, aber kein Interesse daran gehabt, mich wissen zu lassen, dass er meine Anwesenheit bemerkt hatte.

»Ich habe gehört, Sie arbeiten an der neuen Karte …« Ich stocke, weil ich nicht weiß, was ich noch sagen soll, außer: Und ich habe mich gefragt, ob Sie mir nicht endlich einen Job als Köchin geben könnten. Ich bin schon drei Wochen hier, Mann. Na, wie wär's?

Er nimmt einen sauberen Löffel und bedeutet mir, näher zu kommen, ohne aufzuschauen. »Probier mal.« Er taucht den Löffel in den Topf, füllt ihn zur Hälfte und reicht ihn mir. »Nur nicht schüchtern sein. Für die Arbeit in einer Küche ist es von großer Bedeutung, ein Gericht beurteilen zu können.«

»Ich weiß.« Ich hoffe, ich klinge ein wenig beleidigt. Dann puste ich vorsichtig auf den Löffel. Dampf steigt von der Suppe auf und wärmt mein Gesicht.

Er lacht trocken. »Stimmt ja, deine Mutter ist Köchin.«

»Und ich bin in ihrem Restaurant aufgewachsen«, füge ich hinzu. Ich komme mir albern vor, damit anzugeben, aber nicht zu albern, um es sein zu lassen.

Schließlich schlürfe ich die heiße Flüssigkeit. Ein Feuerwerk aus wohltuenden Aromen explodiert in meinem Mund. Auf meiner Zunge ist Herbst. Es schmeckt nach Abenden am Kaminfeuer, nach dem Rascheln des roten Blätterteppichs im Wald.

»Was fehlt?«, fragt er nüchtern. Sein Blick ruht jetzt auf mir.

Ich zögere nicht. »Butter. Jede Menge Butter.«

»Es ist Fett in der Kokosmilch.« Sein Tonfall ist neutral, ohne Hinweis darauf, was er denkt.

»Klar«, erwidere ich verunsichert. Ich rede wie Maman. In Frankreich ist die Antwort auf so ziemlich alles, Fett hinzuzufügen. Aber wir sind hier nicht in der Küche eines einfachen kleinen französischen Restaurants. Das *Nutrio* ist modern und innovativ. Man könnte sogar sagen, am Puls der Zeit. Der Chef muss einen anderen Ansatz haben, die Dinge zu handhaben.

Sein Gesicht behält seinen strengen Ausdruck einen langen Moment bei, dann leuchten seine Augen ein wenig auf. *»Ah, le beurre, bien sûr.* Das ist die französische Art.«

»Es war bloß, äh …« Ich weiß nicht, wie ich es zurücknehmen soll. »Lassen Sie mich darüber nachdenken. Bestimmt fällt mir noch etwas Besseres ein.«

Während ich rede, kramt er in dem Niedrigkühlschrank hinter sich und zieht ein großes in Wachspapier gewickeltes Stück Butter hervor. Er wickelt es aus, schneidet eine großzügige Scheibe davon ab und lässt sie in den Topf fallen.

»Wie du weißt, hat die französische Küche eine lange Geschichte«, sagt er. »Es gibt so viele Traditionen und unausgesprochene Regeln, aber ich bin der Meinung, dass der französische Weg gerade deshalb oft der beste ist. Deine Mutter hat dich gut gelehrt.«

Moment mal.

Ich hatte recht? Das ist ein toller Erfolg. Jetzt muss ich meine Frage stellen.

Weiterrührend dreht der Chef sich zu mir um. »Wie geht es ihr denn?«

»Ihr geht es großartig. Sie würde sich bestimmt freuen, Sie wiederzusehen, wenn sie zur Hochzeit meines Vaters kommt.«

Er legt den Kopf auf die Seite, als wäre das eine Überraschung für ihn. »Oh, ich hoffe, sie kommt zum Essen her. Ich gebe ihr meinen besten Tisch.«

»Natürlich wird sie kommen!« *Vas-y*, Margot. Jetzt. »Es gibt da etwas, das ich Sie …«

In dem Moment öffnen sich die Schwingtüren, und ein paar Köche kommen herein. Ari hebt eine misstrauische Augenbraue, als er mich entdeckt, so als wüsste er genau, was ich vorhabe. Und jetzt blafft Chef Boyd Bertrand an, ihm in sein Büro zu folgen.

Obwohl ich enttäuscht über die Unterbrechung bin, passieren während des Abends zwei unglaubliche Dinge. Das Erste ist, dass ich die Schicht nicht packe. Ich meine, ich packe sie natürlich schon, aber es ist mehr als nur das, ich meistere sie! Ich renne wie immer Tellern hinterher und stapele die sauberen abenteuerlich, während ich mir fast die Finger am heißen Porzellan verbrenne. Doch mir gelingt es, das alles hinzubekommen und mir trotzdem meiner Umgebung bewusst zu bleiben. Dem Arrangement der Römersalatblätter in einem perfekten Kreis. Dem Geräusch, mit dem die Aioli geschlagen wird. Dem Brutzeln der Auberginen auf dem Grill. Ich sehe das alles. Ich bin Teil des Ganzen. Ich gehöre hierher.

Die zweite unglaubliche Sache, die passiert, ist, dass Ari kein Wort zu mir sagt. Ich bin überzeugt, er bemüht sich, Dinge zu finden, über die er sich beschweren kann, aber ich gebe ihm keine. Er bekommt nicht bloß alles von mir, wonach er fragt, sondern ich sehe es sogar ein- oder zweimal voraus. Diese verdammten Gazpacho-Schüsseln zwingen mich nicht mehr in die Knie.

»Du wirkst glücklich«, sagt Ben, als ich für eine kurze Verschnaufpause nach draußen husche, gerade als er von seiner zurückkommt.

Ich halte kurz inne und horche in mich hinein. »Ich glaube, ich *bin* glücklich.« Er hebt eine Augenbraue, und mir wird klar, wie das geklungen haben muss. »Streich das, ich bin glücklich. Ja, das bin ich. Ich meine, Ari hat mich kein Mal Bambi genannt, es gibt also einen Grund zu feiern, oder?«

Ben zieht an den Bändern seiner Schürze, um sie enger zu binden. »Ich raube dir nur ungern deine Illusion, aber das hat wahrscheinlich nichts mit dir zu tun. Ari hat ein Mädchen kennengelernt. Zumindest bin ich mir da ziemlich sicher. Er hat sich vorhin in der Umkleide mit ihr geschrieben und total komisch reagiert, als einer der Jungs ihn deswegen aufgezogen hat.«

Mein Herz bekommt einen Stich. Wenn das Universum dem übellaunigen, aufbrausenden Ari jemanden zum Lieben geben kann, warum kann ich dann Zach nicht finden? Zach, dessen Ohren statt der Wangen rot anlaufen, wenn er errötet. Zach, dessen gesamte Familie sich an Thanksgiving im Haus seines Onkels an der Küste von Jersey trifft. Zach, der in diesem Augenblick in der Küche irgendeines New Yorker Restaurants arbeitet. Ich frage mich, ob er noch an mich denkt, ob er sich an all die Einzelheiten erinnert, die wir uns zwischen unseren Küssen zugeraunt haben.

»Schön für ihn«, sage ich, ohne es ernst zu meinen. »Solange es bedeutet, dass er mich in Ruhe lässt.«

Ein Silberstreif am Horizont, Margot. Ergreife ihn. Hülle dich darin ein.

Und das mache ich. Denn zum ersten Mal, seit ich im *Nutrio* angefangen habe, ist der Abend fast gänzlich ohne Drama verlaufen. Ich werde nicht so tun, als hätte ich nicht fast einen Stapel Pfannen auf Bertrands Fuß fallen lassen, als er Teller an Chef Boyd weiterreichte, aber ich habe meinen Job gemacht, und ich habe ihn gut gemacht.

Als meine Schicht sich dem Ende zuneigt, habe ich noch genügend Gehirnschmalz übrig, um mich daran zu erinnern, wie sie begonnen hat. Nur weil das Gespräch mit Chef Boyd zu schnell vorbei war, heißt das nicht, dass es kein weiteres geben kann. Und zwar gleich jetzt.

»Ein Schuss, den du nicht wagst, geht garantiert nicht ins Tor«, hat Luz gestern zu mir gesagt, als ich mich zum zwanzigsten Mal über mein Dasein als Tellerwäscherin beschwerte. Und ich werde es wagen!

Ich entdecke den Chef in seinem Büro neben der Umkleide. Es ist ein vollgestopfter Raum mit einem Schreibtisch voller Papiere, einem kleinen Kühlschrank und einem Regal, auf dem Schachteln mit Probierpackungen stehen. In gewisser Weise ist es ein besserer Ort für ein Gespräch, da er nicht so einschüchternd wirkt wie die Küche. Chef Boyd trägt immer noch seine weiße Uniform, doch sie ist zerknittert und mit Spritzern übersäht, und er scheint nicht ganz so unzugänglich wie in der Küche.

Die Tür steht weit offen, und er blickt auf, als ich klopfe. Er bittet mich nicht herein, sondern nickt nur. Mein Magen ist ein einziger Knoten. Ich könnte immer noch auf dem Absatz kehrtmachen und davonrennen. Aber dann bekäme ich nicht das, was mir zusteht.

Vor dem Schreibtisch steht ein Stuhl, aber Chef Boyd hat mir nicht bedeutet, darauf Platz zu nehmen, also bleibe ich neben der Tür stehen. Zumindest kann ich so schnell abhauen, falls es nötig sein sollte.

»Ich, äh, wollte Sie etwas fragen.« Ich bin ein großes Mädchen, eine Erwachsene. Ich bin gerade in ein anderes Land gezogen. Ich schaffe das. »Wie Sie wissen«, beginne ich, halte aber inne. Das ist nicht die richtige Herangehensweise. Ich hole tief Luft. Und versuche es erneut. »Ich bin eine gute Köchin. Mehr als das sogar.« Ich mache eine kurze Pause, doch er erwidert nichts. »Ihr Restaurant ist … ich bin extrem begeistert von dem, was Sie hier machen. Ihre Karte ist einfallsreich und so innovativ. Ich möchte hier arbeiten, lernen und wachsen. Als Köchin. An einer Station. Ich habe Ihnen gern ausgeholfen, als Sie eine Tellerwäscherin gebraucht haben, und ich bin immer bereit, mich in den Dienst der Mannschaft zu stellen, aber …«

»Du möchtest keine Tellerwäscherin mehr sein?«

Mist. Jetzt habe ich ihn verärgert, oder?

Er seufzt tief. »Ich kenne deine Mom. Mir ist bewusst, welche Art von Schule du durchlaufen hast. Aber ich glaube daran, dass man seine Pflicht tun und lernen sollte, sich nach oben zu arbeiten, langsam und stetig. Für mich zählen diese Fähigkeiten mehr als Talent.«

Das schmerzt, aber ich habe noch Pfeile im Köcher. »Raven ist Ihre Souschefin, und sie ist erst vierundzwanzig. Ben und Ari haben eine Station und …«

»Mein Reich, meine Regeln. Ich entscheide, wer wo arbeitet. Niemand sonst.«

Die Gedanken wirbeln durch meinen Kopf. Er muss mich kennenlernen, aber das wird nicht passieren, solange ich in einer Ecke feststecke und Teller wasche. Ich bin nach New York gekommen, um ein großes Abenteuer zu erleben. Direkt neben einer stinkenden Gasse hart gewordenen Käse von Tellern zu kratzen, hatte ich dabei nicht im Sinn.

»Aber ich bin eine gute Köchin. Wenn Sie es mich nur beweisen lassen …«

Chef Boyd erwidert meinen Blick ungerührt, so als hätte er diese Unterhaltung schon tausendmal geführt. »Was ich brauche, ist eine gute Tellerwäscherin. Jemand, auf den ich mich verlassen kann. Ich habe keine Station frei. Also hast du zwei sehr einfache Möglichkeiten: Du arbeitest entweder als Tellerwäscherin in diesem Restaurant oder du versuchst dein Glück woanders. Aber ich warne dich: Jeder, den ich bisher eingestellt habe, wurde mir von jemandem empfohlen. Ohne die richtigen Verbindungen bist du ein Niemand. Mehr kann ich im Moment nicht für dich tun. Ist das genug?«

Ich nicke fest. Nachdrücklich. »Natürlich. *À demain, Chef.*«

Als ich davongehe, trifft mich die Bedeutung seiner Worte mit voller Wucht. *Ohne die richtigen Verbindungen bist du ein Niemand.* Ich habe diesen Job nur bekommen, weil ich jemanden kannte. Und nun kann ich nicht anders, als mich zu fragen, ob ich es je auf mich allein gestellt geschafft hätte. Ben hat drei Monate gebraucht, um den Tellerwäscherjob loszuwerden. Ich weiß nicht, ob ich so lange durchhalten werde.

Für den Moment muss ich mich einfach an der Hoffnung festhalten, dass Zach immer noch da draußen ist, auf mich wartet und nach mir sucht. Andernfalls bin ich bloß eine Tellerwäscherin. Andernfalls bin ich ein Niemand.

Kapitel Elf

Es wird niemanden überraschen, dass von allen Dingen, die im Vorfeld der Hochzeit zu organisieren sind, die Wahl der Torte für mich das Aufregendste ist. Das Probieren der Torten, um genau zu sein. Luz entwirft das Design der Platz- und Menükarten, und wir werden beide bei der Blumenauswahl helfen, da Papa und Miguel vollkommen unterschiedliche Vorstellungen haben – einer redet die ganze Zeit von einem tropischen Wald mit exotischen Blüten, während der andere mit einer Handvoll schlichter weißer Rosen zufrieden wäre.

Aber für die Hochzeitstorte bin allein ich zuständig. Es ist Samstagmorgen, und ich habe einen besonderen Brunch geplant. Torte, Torte und noch mehr Torte! *C'est parfait, non?* Wir vier sind bereit für die Mission, organisiert von meiner Wenigkeit. Ich habe wochenlang Bäckereien recherchiert, diejenigen kontaktiert, die vielversprechend aussahen, und die Liste auf vier eingegrenzt.

Unser Tag der Tortenvöllerei beginnt auf der Upper East Side, in einem Laden namens *Two Little Red Hens.* Es handelt sich um eine dieser klassischen amerikanischen Bäckereien, die berühmt für ihre schlichten und zugleich sündhaft mächtigen Cupcakes und Kuchen sind. Sie haben Geschmacksrichtungen im Angebot, die ich noch nie gekostet habe, wie die Brooklyn-Blackout-Torte, die sich aus vier Schichten Schokoladenbiskuit und drei Schichten Schokoladenpuddingfüllung zusammensetzt, umhüllt von reichlich Schokoladenfondant. Im Grunde besteht sie nur aus Schokolade, kombiniert in allen erdenklichen Spielarten und Formen.

Die Bäckerei ist mehr als nur klein, sie hat praktisch die Größe eines Mauslochs. Der Laden verfügt über eine rote Markise, eine altmodische Holztür und ein paar dekorative Hennen im Schaufenster, so als wäre im Innern das ganze Jahr Ostern. Als wir drinnen sind, beschließen wir, eine Auswahl an Cupcakes zu bestellen, um die verschiedenen Geschmacksrichtungen zu testen. Luz besteht auf Limette, und ich gerate beim Erdnussbutterschokostrudel in Versuchung. Luz und Miguel belegen einen der Fenstertische, während Papa und ich uns anstellen und die Backwaren in der Auslage bewundern. Sie sehen alle entzückend und farbenfroh aus, mit kunstvoll gestalteten Blüten in unterschiedlichen Größen. Sie sind schlicht und schrullig zugleich, genau wie ich mir die Backwaren einer traditionellen amerikanischen Bäckerei vorgestellt habe.

Während ich unsere Bestellung aufgebe, male ich mir aus, wie es wäre, einen Laden wie diesen zu besitzen, meine eigenen Entwürfe zu kreieren und mir neue Geschmacksrichtungen auszudenken. Es würde bestimmt sehr viel mehr Spaß machen, als Geschirr zu spülen.

Papa mustert mich besorgt. »Du wirkst niedergeschlagen.«

»Aber ich freue mich auf Kuchen zum Frühstück, Mittagessen und Abendessen!«

»Du hast in letzter Zeit sehr viel gearbeitet.«

Ich wende den Blick ab, weil ich das Thema nicht vertiefen möchte, und dann kommen auch schon unsere Teller mit den Cupcakes. Kurz darauf machen wir vier uns darüber her. Papa und ich probieren als Erstes den Brooklyn Blackout.

Ich stoße ein genießerisches »Mmm« aus. Ist der gut!

»Der hier ist unglaublich mächtig«, sagt Papa. Er leckt etwas Schokoladenglasur von seiner Gabel.

»Hm«, macht Miguel zustimmend. Er verdreht vor Begeisterung die Augen. Sein Anteil vom Erdnussbutterschokostrudel schmeckt ihm offensichtlich außerordentlich gut. »Dekadente Perfektion.«

Die Türglocke klingelt, als eine Frau die Bäckerei betritt. Ein Stoß kalter Luft weht zu uns herüber.

Miguel hört auf zu lächeln. »Bäh. Der erste kühle Tag des Jahres. Das ging wirklich schnell.«

Es ist erst September, aber er hat recht, die Temperatur ist über Nacht so sehr gefallen, dass ich heute Morgen in die Wohnung zurückgegangen bin, um meine Jeansjacke zu holen.

Papa schüttelt den Kopf. »Es wird noch viele warme Tage geben.« An mich gewandt fügt er hinzu: »Das ist typisch für New York. Den einen Tag ist es noch heiß und unerträglich schwül und am nächsten heißt es schon *Hallo Herbst!* Aber Ende September kommt es einem oft so vor, als hätte der Sommer wieder begonnen. Warte nur ab.«

»Das stimmt«, sagt Luz. Sie schiebt den Teller mit dem halb aufgegessenen Limetten-Cupcake von sich weg. Sie ist vor zwei Tagen ins Wohnheim gezogen, als ich bei der Arbeit war, und das ist das erste Mal, das wir seitdem etwas zusammen unternehmen. »Und der Herbst ist wirklich magisch, Margot. Die Farben der Bäume sind unglaublich. Es sieht aus, als wären die orangefarbenen und gelben Blätter mit Photoshop bearbeitet.«

Ihre strahlenden Augen lassen mich wünschen, es wäre schon so weit, doch der seltsame Blick, den Miguel und Papa wechseln, lenkt mich ab.

Papa gluckst. »Sobald es Herbst wird, redet Miguel immer unablässig davon, dass er nach Miami zurückkehren möchte.«

»Wo es das ganze Jahr über warm und sonnig ist!«, sagt Miguel verträumt.

»Ist es das, was du willst?«, frage ich. Mein Dad ist so sehr New Yorker, dass ich ihn mir nur schwer unter Palmen vorstellen kann.

»Unsere Jobs sind hier«, sagt Papa eine Idee zu scharf und beendet damit das Thema.

Miguel zuckt mit den Schultern, und Luz sieht mich kopfschüttelnd an. *Nicht weiter fragen*, scheint sie damit zu sagen. Stattdessen beiße ich in den Limetten-Cupcake. Der säuerliche Geschmack sagt mir überhaupt nicht zu. Papa starrt seinen Teller an. Anscheinend habe ich einen wunden Punkt getroffen.

Dann wendet Papa sich mir zu. »Ich bin für den Schokoladigen. Gute Wahl, Margot.«

Ich bin ganz seiner Meinung. Er ist so cremig und mächtig, die ideale Kombination aus lockerem Gebäck und auf der Zunge schmelzender Glasur. Die Stimmung unserer Gruppe ist dagegen nicht mehr ganz so locker.

Erst als wir wieder Downtown sind, haben sich alle Unstimmigkeiten in Luft aufgelöst. Unser nächster Halt ist das *Empire Cake* in Chelsea, das für seine einfallsreichen und farbenfrohen Tortendekorationen bekannt ist. Sie sind in einem Schaufenster ausgestellt, das auf die Eighth Avenue hinausgeht. Wir sind alle restlos begeistert, können uns aber nicht auf die leckerste Geschmacksrichtung einigen. Himbeer-Zitrone und Haselnuss liegen gleichauf.

Danach gehen wir nach Frankreich. Oder zumindest in den französischsten Laden auf der Lower East Side, wenn es nach mir geht. Es ist die *pâtisserie Ceci-Cela*. Sie ist eine der wenigen Bäckereien in New York, wo man ein *pièce montée* bekommen kann, die traditionelle französische Hochzeitstorte. Hier ist es als *croquembouche* bekannt, was so viel heißt wie: knuspert im Mund. Es ist ein Turm aus *choux*, so etwas wie kleine Windbeutel, die mit Vanillecreme gefüllt und mit Karamellglasur überzogen sind. Mir persönlich wäre sie zu altmodisch, vor allem da sie ein bisschen wie der Häufchen-Emoji aussieht, aber, hey, es ist schließlich nicht meine Hochzeit.

Es überrascht mich, wie warm mir innerlich wird, als wir vor der *pâtisserie* stehen. Das Wort ist in goldenen Großbuchstaben auf ein schwarzes Schild geschrieben, das über der Markise hängt, genau so wie man es überall in Frankreich findet. Es ist merkwürdig, etwas so Vertrautes an einem fremden Ort zu entdecken. Im Innern umfängt und tröstet mich der wohltuende Duft von *viennoiseries*, der Duft nach guter Butter. Mir war gar nicht klar, wie sehr ich das gebraucht habe.

Wir bestellen Kaffee und Eistee, während wir auf unsere Probierstücke des *pièce montée* warten.

»Margot, weißt du, ob du dir ein Wochenende freinehmen könntest?«, fragt Miguel, nachdem unsere Getränke gekommen sind.

Ich nehme einen Schluck von meinem Eistee und lasse die leichte Bergamottenote auf der Zunge zergehen.

»Für die Hochzeit? Ja, klar. Die würde ich doch nie im Leben verpassen!«

»Und was wäre mit einem weiteren Wochenende?«, fragt Papa.

Ich überlege. »Raven hat gesagt, dass die anderen ab und zu Wochenendschichten tauschen. Für die Neulinge ist es schwerer, aber wenn man jemanden findet, der für einen einspringt, ist es okay. Warum?«

»Weil wir nächsten Monat in die Hamptons fahren.«

»Was?« Ich hüpfe auf meinem Stuhl, während Luz völlig unbeeindruckt wirkt. »Hast du nicht gehört, was er gesagt hat? Dass wir in die Hamptons fahren?«

»Ähm, ja! Und hast du nicht gehört, wie ich dir vor ein paar Tagen davon erzählt habe?« Meine verwirrte Miene sagt alles. »Ich schätze, du warst nicht bei der Sache.«

Damit hat sie wahrscheinlich recht. Es ist alles ein bisschen viel gerade.

Miguel schaltet sich ein. »Unsere Freunde haben dort ein Haus, und sie haben angeboten, eine Junggesellenabschiedsparty für uns zu schmeißen.«

»Und wir sind dazu eingeladen?«, frage ich, womit ich Luz und mich meine.

»Es ist kein Junggesellenabschied im üblichen Sinne. Alle sind eingeladen. Wir werden nur abhängen, Cocktails trinken und superleckere Sachen essen, und ihr Mädchen macht einfach, wozu ihr Lust habt.«

Ich drehe mich zu Luz. »Wir fahren in die Hamptons, Baby!« Ich hebe die Hand und sie gibt mir High Five.

Einen Moment lang vergesse ich alles andere: Papas und Miguels Zwist, meine verspannten Schultern, die müde von der endlosen Arbeit sind, und wie wenig ich koche. Nur Zach nicht. Zach vergesse ich niemals. Und obwohl ich eine Pause gebrauchen könnte und ein Wochenende weg von alldem, fällt mir sofort auf, dass es zwei weitere Tage sind, die ich nicht nach ihm suchen kann. Es sei denn, ich finde ihn vorher. Ich muss ihn unbedingt vorher finden.

Ich habe den Eindruck, als vergäße ich allmählich, wie warm seine Brust sich an meiner Wange angefühlt hat. Seine Geschichten darüber, wie er vor seiner Weltreise einen ganzen Monat lang Nudeln gegessen hat und jeden Tag andere Gewürze benutzt hat, damit er sich einreden konnte, es sei ein anderes Gericht. Und wie er in der Highschool vor all seinen Freunden in Tränen ausgebrochen ist, als seine Freundin sich von ihm getrennt hat. Ich fand es ergreifend, mir Zach und seinen ersten Liebeskummer vorzustellen. Jede Minute, die ich ohne ihn verbringe, kommt mir vor wie vergeudete Lebenszeit. Wir sind füreinander bestimmt. Das weiß ich ganz sicher.

Unsere Probierstücke kommen und erinnern mich an meine Pflichten. Damit meine ich nicht nur das Probeessen. Ich habe Maman versprochen, sie in den Spaß miteinzubeziehen. Ich hole mein Handy aus der Tasche und starte einen Videoanruf.

»Seid ihr sicher, dass ihr in New York seid?«, scherzt

Maman, als sie die *pièce montées* und das französisch angehauchte Ambiente sieht.

»Hi Nadia!«, sagt Luz. Dann beißt sie in das luftige Gebäck und schwärmt: »Die sind so simpel und doch so lecker.«

»Die einfachen Dinge sind oft die besten«, sage ich, ohne nachzudenken. Glaube ich das wirklich? Einfachheit und Margot passen oftmals nicht zusammen.

»Siehst du, Pascal«, sagt Maman, als ich das Handy zu Papa neige. »In dem ein oder anderen gerät sie doch nach mir.« Papa lacht, und bevor ich mich über ihren Insiderwitz beschweren kann, fügt sie hinzu: »Was macht die Arbeit? Ich wette, du bist froh, einen Tag frei zu haben.«

Maman spricht nur in Papas Gegenwart Englisch mit mir. Er ist zweisprachig aufgewachsen, aber er und Maman haben immer Englisch miteinander geredet, weil es in Gegenwart ihrer New Yorker Freunde einfacher war. Ihr Akzent ist mit der Zeit stärker geworden, da sie es nicht mehr so oft spricht. In unser Dorf verirren sich nicht besonders viele amerikanische Touristen.

»Die Arbeit ist fantastisch!« Ich lächele breit. »Ich lerne so viel, und es ist eine tolle Erfahrung.«

Über mein Handy hinweg sehen mich Papa, Miguel und Luz verwundert an, und ich sorge dafür, dass sie nicht ins Bild geraten. Was denn? Ich teile Maman doch nur die Höhepunkte mit.

Aber sie guckt trotzdem besorgt. »Oh, das ist schön.«

»Echt, Maman. Ich habe eine super Zeit hier.«

Ich spüre die übliche Wut in mir aufsteigen, während ich auf ihre Erwiderung warte. Papa dreht das Handy zu sich, und ich stecke mir ein zweites *chou* in den Mund. »Mach dir keine Sorgen, Nadia. Wir passen auf sie auf.«

Er wirft mir einen fragenden Blick zu, den ich geflissentlich ignoriere.

Zeit für einen Themenwechsel, vor allem in Anbetracht dessen, dass uns ein paar schwere Entscheidungen bevorstehen. »Leute, ich finde, wir sollten uns etwas eingestehen. Wir werden es nicht schaffen, uns für eine Hochzeitstorte zu entscheiden. Und wir waren noch nicht einmal in der Bäckerei in Brooklyn, wo sie Naked Cakes machen.«

»Naked Cakes?«, sagt Miguel lachend. »So eine Art Hochzeit ist das nicht.«

»Sie heißen *naked*, weil sie nicht unter einer Tonne Dekoration verschwinden. Es ist ein sehr viel natürlicherer Look. Sie sind quasi unberührt«, erläutere ich grinsend. »Ich denke, sie werden euch gefallen. Kommt, lasst uns aufbrechen.«

Maman stößt ein Lachen aus. »Okay. Ich verabschiede mich. Klingt ganz, als wärt ihr auf einer Mission.« Sie wirft uns einen Kuss zu. »*À bientôt!*«

Wir winken zum Abschied und sie legt auf.

»Margot«, sagt Papa, »warum fahren wir nach Brooklyn, um noch mehr Kuchen zu probieren, wo wir uns doch schon zwischen denen hier nicht entscheiden können?«

Ich stehe auf. »Weil ich gerade beschlossen habe, dass wir ein Nachtischbüfett anbieten werden. Es wird eine Haupttorte geben, ein kleines *pièce montée* – so ist es schließlich Tradition! – und Cupcakes in verschiedenen Geschmacksrichtungen. Oh, und Macarons. *Évidemment.*«

»Und wer soll das alles bezahlen?«, fragt Papa, aber ich merke, dass er nur scherzt.

»Ich werde mich an das vorgesehene Budget halten, versprochen«, sage ich besänftigend. Mal ehrlich, diese Tortenjagd ist der erste Spaß, den ich seit Tagen gehabt habe. Darüber vergesse ich fast mein Gespräch mit Maman.

»Margot weiß, wovon sie redet«, sagt Miguel und steht ebenfalls auf. »Wenn sie möchte, dass wir nach Brooklyn fahren, um Naked Cakes zu kosten, dann machen wir das auch.«

Und das ist genau das, was Margot möchte.

Kapitel Zwölf

Die Küche sieht aus wie ein Schlachtfeld. Gemüseschalenstreifen liegen auf der Arbeitsplatte verteilt wie verwundete Soldaten. Olivenölspritzer sind zu größeren Tropfen zusammengeflossen, umringt von Gläsern mit *herbes de Provence* und anderen Gewürzen, die pflichtbewusst zum Einsatz bereitstehen. Messer, Gabeln und Löffel befinden sich mitten im Gefecht. Ich bereite das Abendessen für meine Familie zu. Sie werden es genießen, während ich auf der Arbeit bin. Das hier ist genau meine Kampfklasse. Im Restaurant mag der Chef mir den Einsatz verweigern, aber hier kann er mich nicht aufhalten.

Ich werfe einen Blick auf mein Handy, während ich die Ochsenherztomaten zerteile. Die geriffelte Klinge des scharfen Messers gräbt sich in die Haut und setzt kleine Saftspritzer frei. Ich habe im *Eataly*, einem großen italienischen Supermarkt im Flatiron District, nicht weit vom Restaurant, handgemachte Burrata entdeckt und dazu noch ein Bund Basilikumblätter, die so intensiv dufteten, dass ich tief einatmend im Gang stand und mich nach Hause versetzt fühlte, in unseren Garten, wo ich die Blätter direkt vom Strauch pflücke.

Ich schlage die Salatsoße zu einer cremigen Konsistenz, als eine neue Textnachricht auf dem Display erscheint.

Steht unser Treffen noch?

Mein Herz setzt einen Schlag aus. Heute planen wir zum zweiten Mal nach Zach zu suchen, aber wir müssen auch beide um sechzehn Uhr auf der Arbeit sein. Wir treffen uns in Jackson Heights in Queens, einer Gegend, die für ihre Restaurants aus aller Welt bekannt ist, und ich werde ungefähr eine Stunde dorthin brauchen. Ich muss die Zeit völlig vergessen haben.

Ich lasse den Schneebesen so schnell fallen, dass Soßenspritzer durch die Luft fliegen und mein weißes T-Shirt treffen.

»*Génial*«, murre ich vor mich hin. Mit einem Küchenhandtuch tupfe ich das T-Shirt ab.

Nachdem ich durch den Rest der Abendessenvorbereitungen gehetzt bin, renne ich in mein Zimmer und durchsuche den Kleiderschrank. Ich ziehe einen Minirock und ein seidiges T-Shirt hervor, das mit einem Stern bedruckt ist. Ein süßes Outfit, nur für den Fall, dass heute der Tag ist, an dem ich Zach wiederfinde.

Dann flitze ich die Straße entlang, weiche Fußgängern aus und werde auf dem Weg zur U-Bahn-Station immer schneller. Ich habe so ein Glück, dass Ben angeboten hat, mir zu helfen. Luz hat mich nach dem ganzen Times-Square-Debakel wahnsinnig unterstützt, aber ich weiß, insgeheim denkt sie, ich würde schon darüber hinwegkommen. Dass Zach und ich nicht wirklich füreinander bestimmt waren, da wir nicht zusammengekommen sind.

Aber für Ben scheint es vollkommen selbstverständlich zu sein, anderen zu helfen. Ich bekomme es in der Küche mit, wie er stets im Blick behält, wer seine Hilfe gebrauchen könnte. Er ist der Erste, der die Stimmung auflockert, wenn Spannungen entstehen, der einen Witz erzählt, lächelt und alles wiedergutmacht. Selbst die älteren Köche, die uns ansehen, als wollten wir ihnen den Job stehlen, lieben ihn insgeheim. So ist Ben nun mal. Wenigstens denke ich das. Manchmal kommt es mir vor, als würden wir die ganze Zeit nur über meine Probleme reden, während ich so wenig über seine weiß. Vielleicht hat er keine, schließlich hat er all diese gut durchdachten Pläne. Zum Beispiel habe ich noch nichts von seinem Liebesleben mitbekommen. Ich kann kaum glauben, dass ein gut aussehender Typ wie er, der so lieb und süß ist und mit dem das Zusammensein so einfach ist, noch Single sein soll. Als ich endlich an der Roosevelt Avenue in Queens aussteige, platze ich vor Neugierde.

Ben wartet schon an der Ecke. Lächelnd sieht er mir entgegen.

»Ich habe mich gefragt, ob du eine Freundin hast«, sage ich statt einer Begrüßung.

Er zuckt erschrocken zusammen, guckt mich dann aber amüsiert an.

»Also, ähm, hi erst mal?« Sein Lachen klingt, als wäre ihm die Frage unangenehm, vielleicht sogar ein wenig peinlich.

Und plötzlich will ich es nicht bloß wissen. Ich *muss* es wissen. »Ja, hi. Du weißt einfach alles über mich«, sage ich. Wir haben begonnen, die Straße entlangzulaufen. Von der

Seite werfe ich ihm einen Blick zu. »Das ist nicht ganz fair.«

Wir kommen an vielen Food Trucks vorbei, die von kolumbianischen Arepas über ecuadorianische Blutwurst bis hin zu Kartoffelkuchen praktisch alles anbieten. Der Geruch nach Rauch und gegrilltem Fleisch zieht durch die Luft, während die Hochbahnen über unsere Köpfe hinwegdonnern. New York verfügt über eine ganz eigene Mischung aus Gerüchen und Geräuschen, Menschen und Stimmungen, egal wo man hinkommt.

Endlich wendet Ben sich mir zu. »Ich habe keine Freundin, aber ich treffe mich mit jemandem. Einem Mädchen, meine ich.«

Das wirft mich aus der Bahn. Nur ein wenig. Warum ist das in unseren Unterhaltungen noch nicht zur Sprache gekommen? Und warum bin ich entgegen aller Wahrscheinlichkeit davon ausgegangen, dass die Antwort Nein sein würde? Doch dann stolpere ich noch über eine weitere Sache, die er gesagt hat. Je länger ich darüber nachdenke, desto weniger Sinn ergibt sie für mich.

»Wenn du dich mit einem Mädchen triffst, wie kann sie dann nicht deine Freundin sein?«

Wir kommen an einigen Restaurants mit grell leuchtenden *OPEN*-Schildern im Fenster vorbei. Daneben kleben Poster mit Bildern des Essens, das sie im Angebot haben. Die Namen der Gerichte sind in mehreren Sprachen aufgeführt. Es ist beinah Mittagszeit, und obwohl ich von dem Essen probiert habe, das ich vorhin vorbereitet habe, beginnt mein Magen zu knurren.

»Weil wir nur daten.«

Ich sehe ihn verständnislos an. Er guckt genauso verständnislos zurück. Anscheinend haben wir ein Verständigungsproblem.

»Mit jemandem auszugehen oder eine Beziehung zu haben sind zwei vollkommen verschiedene Dinge.« Sein Tonfall ist freundlich, aber gleichzeitig verwundert, als würde er eine absolute Selbstverständlichkeit erklären.

Nur dass es keine Selbstverständlichkeit ist. »Amerikaner sind merkwürdig«, sage ich.

Ben lacht. »Aha. Und was genau meinst du damit?«

»Wenn man in Frankreich mit jemandem ausgeht, gehört man zusammen. Es ist ganz einfach. Man geht zu einer Verabredung, und wenn man denjenigen so sehr mag, dass man ihn wiedersehen möchte, ist die Sache klar. Ab dem zweiten Treffen ist man im Grunde schon ein Pärchen.«

»Ah«, sagt Ben sehnsuchtsvoll. »In Frankreich ist alles viel romantischer. Okay, nach dieser Definition bin ich mit jemandem zusammen. Sie und ich waren schon mehrmals aus. Wir sind uns vor ein paar Wochen in einem Coffee Shop begegnet. Ihr Name ist Olivia. Sie ist nett. Ich glaube nur nicht … ich weiß einfach nicht genau, was ich für sie empfinde.«

»Warum machst du dann nicht Schluss?«

Er hebt eine vielsagende Augenbraue.

Ich brauche einen Moment, bis der Groschen fällt. »Klar. Ihr seid ja gar nicht zusammen, also kannst du auch nicht Schluss machen?«

»So etwas in der Richtung. Aber warte mal. Wenn du glaubst, dass man nach der ersten Begegnung schon ein Pärchen ist, heißt das, Zach ist dein fester Freund?«

Ich kichere so laut, dass die Leute vor uns sich zu uns umdrehen. »Vielleicht sollte ich ihn erst mal finden?«

»Ja, ich nehme an, es wäre hilfreich zu wissen, wo dein Freund sich herumtreibt, oder zumindest eine Möglichkeit zu haben, ihn zu erreichen.«

Ich schnappe mit gespielter Entrüstung nach Luft. Er lacht. Ich mag den Klang und die Art, wie sein ganzes Gesicht dabei aufleuchtet. Es ist die Sorte Lachen, die einen von Kopf bis Fuß wärmt. Ich wette, Olivia ist superhübsch.

Wir erreichen den Jackson Heights Greenmarket, denjenigen, den Zach sonntags regelmäßig aufsucht, falls Ben richtigliegt. In der ganzen Stadt finden Bauernmärkte statt, alle an unterschiedlichen Wochentagen. Was diesen hier besonders macht, ist seine diverse Nachbarschaft. Zach hatte von den Köstlichkeiten geschwärmt, die er sich hier immer gönnt, nachdem er frische Produkte für seine Oma eingekauft hat. Sie wohnt hier irgendwo, wenn ich mich recht erinnere. In der Nähe des Eingangs werden Tamales angeboten, aber Zach hat auch ein berühmtes marokkanisches Brot erwähnt, von dem ich noch nie gehört hatte. Ben war überzeugt, dass es diese Dinge in Jackson Heights geben würde.

Der ganze Markt ist unglaublich, von den leuchtenden Farben der Gemüsesorten bis hin zum wohltuenden Duft gerösteter Maiskolben, der sich mit dem Knoblauchgeruch des Naan-Brotes vom Stand nebenan vermischt. Nach ungefähr einer Stunde kann ich das ungute Gefühl in meiner Magengrube nicht mehr ignorieren. Ich hatte wirklich geglaubt, heute sei der Tag. Aber jetzt muss ich der Wahrheit ins Gesicht sehen: Ich werde Zach heute nicht wiedersehen. Ich werde ihn nicht in meinen Armen halten. Realität, ich mag dich nicht!

»Er ist nicht hier«, stelle ich niedergeschlagen fest.

»Der Markt hat noch eine Weile offen«, sagt Ben mit mitleidiger Miene.

Er versucht nur, mich aufzumuntern, wir sehen beide, dass etliche Verkäufer ihre restlichen Waren zusammenpacken und begonnen haben, die Stände abzubauen. Zach wird nicht mehr kommen.

»Ich brauche etwas zu essen«, sage ich und lass den Blick schweifen. Jetzt, da ich meine Enttäuschung hinuntergeschluckt habe, wird mir bewusst, dass sich in meinem Magen ein weiteres Gefühl zusammenbraut: Hunger. Und dafür gibt es eine Lösung. Die Schlange bei den Tamales ist ziemlich lang, aber sie riechen köstlich.

Ben hat eine bessere Idee. »Der Onkel eines Freundes hat hier in der Nähe ein Spitzenrestaurant. Er kennt viele Leute. Wenn Zach sich regelmäßig hier rumtreibt ...«

Ich nicke, von neuer Hoffnung erfüllt. »Ich vertraue dir«, sage ich und meine damit sowohl die Aussicht auf ein tolles Essen als auch die Vorstellung, dass jemand Zach erkennen könnte.

Wenig später stehen wir vor einem Restaurant, das sich zwischen einen Telefonladen und eine Computerwerkstatt zwängt. Eine elektronische Leuchtanzeige wirbt direkt neben Plakaten mit Angeboten für unbegrenztes Datenvolumen für nepalesisches Essen. Es ist eine seltsame, nie zuvor gesehene Mischung, die mich fasziniert. New York auf den Punkt gebracht.

»Tashi!«, ruft Ben, als der Chef aus der Küche kommt,

ein kleiner, kahlköpfiger Mann mit einem schiefen Lächeln und freundlichen Augen.

Ben stellt mich vor und unterhält sich mit dem Onkel seines Freundes, während ich die Karte studiere. »Was sind Momos?«

»So was wie Teigtaschen«, erklärt Ben. »Man kann sie dämpfen oder frittieren und mit allem Möglichen füllen: Fleisch, Lauch, Kartoffeln ... Möchtest du sie probieren?«

Tashi strahlt mich an. »Natürlich möchte sie! Deswegen seid ihr doch hier, oder?«, sagt er lachend. »Ich werde eure Bestellung weitergeben.«

»Danke«, beginne ich. Ben drängt mich mit einem Lächeln, weiterzusprechen. »Ich bin außerdem auf der Suche nach jemandem. Es ist nicht sehr wahrscheinlich, aber vielleicht haben Sie ihn schon mal gesehen? Jemanden, der in einem Restaurant arbeitet, ich weiß nur nicht, in welchem.« Ich hole mein Handy aus der Tasche, während ich spreche, und zeige ihm ein Bild. »Sein Name ist Zach.«

Tashi betrachtet es stirnrunzelnd. Nachdem er es in Ruhe angesehen hat, sagt er: »Ah, ein hübscher weißer Junge. Er arbeitet wahrscheinlich in einem der schicken Läden in Manhattan.« Er richtet sich auf und deutet ein Hemd mit Kragen an. »Ist dir bewusst, dass es das einzig wahre Essen hier in Queens gibt? Von Einwanderern für Einwanderer gekocht.«

Ich verrate ihm nicht, dass ich schon einige der bekanntesten Restaurants in New York abtelefoniert habe, um nach Zach zu fragen. Aber ich hatte kein Glück. Entweder bekam ich zu hören, dass sie keine Informationen über das Personal herausgeben, oder es hieß, sie hätten niemanden namens Zach auf der Gehaltsliste. Ich habe mit ungefähr fünfzehn Leuten geredet, bevor ich aufgegeben habe. Es würde ein Jahr dauern, sämtliche Restaurants abzutelefonieren.

»Bist du sicher, dass du ihn nicht kennst?«, fragt Ben.

Tashi wirft mit zusammengekniffenen Augen noch einen Blick auf das Display.

»Tut mir …«, beginnt Ben, aber ich schüttle den Kopf und halte ihn davon ab, den Satz zu beenden.

»Niemand kennt ihn, niemand hat ihn gesehen. Es wird nie passieren.«

Mein Herz ist schwer, aber mein leerer Magen knurrt immer noch.

»Die Momos werden dir schmecken«, verspricht Ben, als wir Platz nehmen.

Sie werden in einem Bambuskorb serviert, zusammen mit einem Sesam-Tomaten-Chutney. Mir läuft schon das Wasser im Mund zusammen, und ich muss mich zurückhalten, während Tashi alles auf den Tisch stellt.

»Greif zu«, ermuntert mich Tashi, der mich beobachtet hat.

Ich schnappe mir ein Paar Stäbchen und folge seiner Aufforderung. »Mmm …« Schon nach dem ersten Bissen verdrehe ich genießerisch die Augen. »*Trop bon.*«

Tashi lacht. »Oh, du bist Französin?« Er wendet sich an Ben. »Ich verstehe, warum du sie magst.«

Die Beleuchtung ist nicht besonders gut hier drin, aber ich bin ziemlich sicher, dass Ben errötet.

»Dieser Junge ist versessen auf alles Französische«, sagt Tashi. »Unser Benny kocht besser Französisch als die französischen Restaurants der Stadt.«

Ben reißt die Augen auf. »Das kannst du doch nicht zu

einem Mädchen sagen, das praktisch in einem französischen Restaurant groß geworden ist. In Frankreich!«

»Es stimmt aber«, sagt Tashi wie ein stolzer Vater, so als wäre Ben sein Sohn. »Hast du seine Zwiebelsuppe schon gekostet?«

So wie die meisten Franzosen bin ich bei allem, was mit Essen zu tun hat, ein kleiner Snob. Streicht das, ich bin ein totaler Snob.

»Also wenn du wirklich der französischste Nichtfranzose wärst«, sage ich zu Ben, nachdem ich meine erste Teigtasche gegessen habe und eine zweite anpuste, damit sie abkühlt, »würdest du einfach Zwiebelsuppe sagen. Denn darum handelt es sich. Keiner hier würde sagen, er äße einen amerikanischen Burger.«

»Soll das heißen, wir essen unsere Burger nicht mit französischen Fritten?«

»Ganz falsch! Fritten kommen aus Belgien. Wir können nicht jedes weltbekannte Gericht für uns beanspruchen. Auch wenn wir die meisten erfunden haben.«

»Okay, verstehe. Aber die Suppe könnt ihr auf jeden Fall für euch beanspruchen. Der Legende nach hat Louis XV. sie erfunden, als er sich allein in seiner Jagdhütte befand und nur wenige Zutaten zur Hand hatte. Aber in Wahrheit kursiert das Rezept schon seit Jahrhunderten. Zwiebeln waren schon immer ein Grundnahrungsmittel, weil sie so leicht anzubauen sind.«

Er bemerkt, wie komisch ich gucke, und hält inne.

»O Mist, ich erkläre einer Französin das berühmteste Gericht der französischen Küche!«

»Und das ist gut so, denn das wusste ich alles nicht.

Wie kommt es, dass du mehr über die französische Küche weißt als ich?«

Ben zuckt mit den Schultern. »Offenbar war es der Hit in Versailles. Selbst wenn einem alle Reichtümer der Welt zur Verfügung stehen, sind die einfachsten Dinge oft die besten.«

Da hat Ben recht. Ich nehme ein Momo zwischen meine Stäbchen und halte es in die Luft. »Darauf hebe ich meine Teigtasche.«

Ben macht es mir nach, und wir stoßen mit den Teigtaschen an. Es gibt ein schmatzendes Geräusch, das uns beide in Gelächter ausbrechen lässt.

Tashi guckt von mir zu Ben und wieder zurück. Ein Lächeln breitet sich auf seinem Gesicht aus. »Probier seine fr… seine Zwiebelsuppe mal. Es ist die beste der Stadt.«

»Oh, da bin ich sofort dabei«, sage ich. »Aber sei gewarnt, ich bin eine harte Kritikerin.«

Ben wirft sich in die Brust. »Ich fürchte die Herausforderung nicht.«

»Okay, dann nur zu.«

Und für diesen einen Moment geht es nicht länger um Zach. Es geht darum, neue Gerichte zu entdecken, die Stadt zu erkunden und mich an allem zu erfreuen, was sie zu bieten hat. Es geht um Freundschaft und die Überraschungen, die das Leben uns bietet. So wie ein amerikanischer Junge, der alles über Frankreich weiß. Und obwohl meine ersten Wochen in New York nicht genau so verlaufen sind, wie ich es mir erhofft habe, spüre ich tief im Innern, dass die Zukunft voller bunter Eindrücke und Erfahrungen sein wird. Insbesondere, wenn sie *soupe à l'oignon* für mich bereithält.

Kapitel Dreizehn

Es ist Weihnachten im September. Zumindest, wenn es nach dem strahlenden Ausdruck auf Luz' Gesicht an diesem Morgen geht, als sie vorbeikommt, um mich abzuholen. Sie hat auf diesen Moment gewartet, seit wir von der Verlobung erfahren haben. Ich werde auch aus dem Häuschen sein, … wenn ich erst mal richtig wach bin.

»Wir müssen unbedingt nach SoHo«, eröffnet sie mir, als ich mich fertig mache. Sie frisiert ihre schimmernden schwarzen Haare, während ich nach einem Paar Schuhe suche, in dem ich stundenlang laufen und in das ich leicht hinein- und hinausschlüpfen kann. Wir werden eine Tonne Klamotten anprobieren, da sind praktische Schuhe von größter Bedeutung.

»Hm, hm«, mache ich abwesend, denn ich überprüfe gerade, ob Papas Kreditkarte noch in meinem Portemonnaie steckt. *Holt euch, was immer ihr wollt*, hat er gesagt. *Gönnt euch was, das meine ich ernst. Okay, vielleicht nicht gerade von Chanel, aber wir sind euch für die viele Hilfe bei der Hochzeitsplanung wirklich dankbar, also betrachtet es als eure Belohnung.*

»Ich habe lange darüber nachgedacht«, ergänzt Luz. Sie

kramt in meinem Make-up-Täschchen herum und reicht mir die Wimperntusche. »Wir können nichts total Wildes nehmen. Klar, die Bräutigame haben gesagt, wir könnten alles tragen, was wir wollen. Aber es ist und bleibt eine Hochzeit. Wir sind die Brautjungfern. *Egal was* ist keine Option.«

Ich entdecke ein Paar Slipper unter dem Bett. Perfekt.

»Margot?«, sagt Luz zu meinem Spiegelbild. »Du hast doch die letzten Bilder angesehen, die ich dir geschickt habe, oder?«

Die Sache ist die: Sie hat mir einen Haufen Fotos zur Inspiration geschickt. Den einen Moment hat Luz Lust auf etwas Metallisches, und es geht in Richtung bodenlanges Discodrama, im nächsten zeigt sie mir Fotos mit Fünfzigerjahrekleidern, die überall Schleifen haben. Seit die Bräutigame uns gesagt haben, dass wir bei der Wahl unserer Brautjungfernkleider völlig freie Hand haben, ist Luz wie elektrisiert. Mein wichtigstes Auswahlkriterium ist, dass sie bequem sind, damit ich den ganzen Abend tanzen kann. Als ich das zu Luz gesagt habe, hat sie mit mir geschimpft, weil ich das B-Wort benutzt habe.

Ich stehe auf und lächle. »*Chef, oui, Chef!*« Bevor sie mir den Ernst der Lage ins Gedächtnis rufen kann, füge ich hinzu: »Wir haben einen ganzen Tag und Dads Kreditkarte. Wir schaffen das!«

Wir brauchen fünfzehn Minuten, um nach SoHo zu laufen, was, wie ich bereits erwähnt habe, Luz' liebste Shoppingmeile ist. Als wir dort ankommen, verstehe ich, warum. Die schmalen Straßen mit dem Kopfsteinpflaster, die schmiedeeisernen Treppen, die hinauf in cremefarbene Gebäude mit Feuerleitern führen, und die hohen Bogenfenster sehen alle wie das urtypische New York aus. Das aus den Filmen. Label reiht sich an Label, und unzählige modisch gekleidete Menschen bevölkern die Straßen. Tatsächlich entdecke ich viele französische Marken, als wir die Prince Street und ihre Nebengassen hoch und runter schlendern.

Aber unseren ersten Halt machen wir bei einem Laden namens *& Other Stories*, den wir durch den Hintereingang in der Mercer Street betreten, nachdem wir eine steile Metalltreppe hinaufgelaufen sind. Wir stöbern durch lange Kleider mit dezenten Mustern, Karohosen, weite langärmlige Blusen und karierte Blazer. Obwohl es sich um sehr ansprechende Herbstmode handelt, scheint nichts davon das Passende für eine Hochzeit zu sein.

Also laufen wir weiter die Straßen ab, gehen in jeden Laden, begutachten jedes Kleid. Ich schockverliebe mich in eines aus schwarzem Chiffon mit Fledermausärmeln, das augenblicklich von Luz abgelehnt wird – schwarz auf einer Hochzeit geht gar nicht! Ihr dagegen gefällt ein Wickelkleid mit grünem Blümchenmuster, aber es sitzt nicht richtig. An der Taille ist es zu weit und an den Schultern zu eng. Das geht gar nicht. Inzwischen müssen wir schon fünfzehn Kleider oder mehr anprobiert haben, die alle aus den unterschiedlichsten Gründen nicht infrage kamen.

»Wir sollten nach NoLIta gehen«, verkündet Luz. »In der Ecke gibt es noch so viele weitere Läden. Wir werden unsere Kleider noch heute finden!«

Ich bin ziemlich sicher, dass meine erschöpfte Miene den letzten Satz inspiriert hat. Wie die meisten Mädchen stehe ich durchaus auf Klamotten, aber Luz ist eine wahre Shopping-Athletin. Wir haben einen Marathon von fast drei Stunden hinter uns, und sie zeigt keinerlei Anzeichen von Ermüdung.

Was man von mir nicht gerade behaupten kann. »Okay, aber können wir bitte erst etwas essen? Ich bin kurz davor, den Vorhang anzuknabbern.«

Wenn man Luz Glauben schenkt, ist das *Ladurée*, ein französisches Mekka für Macarons und bonbonrosafarbenes Gebäck, die beste Wahl. Nicht nur, weil es direkt um die Ecke liegt, sondern auch, weil es über einen Garten im hinteren Bereich verfügt, eine versteckte Oase unter Bäumen hinter pfefferminzgrünen Mauern, perfekt an einem wunderschönen Herbsttag. Die Bistrotische und -stühle erinnern mich an Paris, genau wie die Kellner, die schwarze Hosen und weiße Hemden tragen. Ich würde nicht sagen, dass es sich wie zu Hause anfühlt, schließlich bin ich ein Mädchen vom Land und keine schicke *Parisienne*, aber es kommt mir wie ein idyllischer, friedlicher Ort vor.

Wir setzen uns an einen Tisch weiter hinten und nehmen uns die Karte vor. Die einfachen Entscheidungen sind oft die schwersten, besonders in Bezug auf Essen. Nach langem Hin und Her fällt meine Wahl auf ein Eiweißomelett mit Spinat und Ziegenkäse, und Luz bestellt das Gourmet-Avocado-Sandwich mit Räucherlachs.

»Hast du entschieden, wen du mitbringst?«, fragt Luz, nachdem wir bestellt haben.

Papa und Miguel haben gesagt, wir dürften jede eine Begleitung einladen, und wenn ich mir vorstelle, wie ich auf der Party tanze, umfangen mich Zachs Arme, dieselben Arme, in die ich mich seit jener Nacht in Paris kuscheln möchte. Es gab einen Moment in jener Nacht, als wir an einem Akkordeonspieler vorbeikamen. Zach begann augenblicklich, Walzer zu tanzen. Er zeigte mir die Schritte, und ich bemühte mich, seinen Anweisungen zu folgen, ohne seine Zehen unter meinen Sandalen zu zerquetschen. Gerade, als ich den Dreh raushatte, verstummte die Musik, und ich musste meine Enttäuschung verbergen. Zumindest bis Zach mich küsste. Was noch besser war, als mit ihm zu tanzen.

Aber wenn ich ehrlich bin, scheint die Vorstellung, mit Zach auf die Hochzeit zu gehen, inzwischen eher eine weit hergeholte Fantasie zu sein als eine realistische Möglichkeit. Zach ist nirgends aufzutreiben. Ich habe Restaurants durchkämmt, Instagram-Hashtags, TikTok-Videos. Niemand hat ihn auf den Fotos erkannt. Wenn ich nicht die Schnappschüsse von uns hätte, würde ich mich allmählich fragen, ob er nicht nur ein Ausbund meiner Fantasie ist.

»Keine Ahnung«, sage ich schulterzuckend.

»Wie wäre es mit Ben?« Luz bemerkt mein Stirnrunzeln, doch sie setzt sich darüber hinweg. »Falls du Zach nicht finden solltest, natürlich. Du und Ben, ihr könntet als Freunde hingehen. Das geht.«

»Was ist mit dir? Wirst du David mitbringen oder soll der ein Geheimnis bleiben?«

Während ich mir auf der Arbeit den Arsch aufgerissen habe, war Luz eines Abends mit ihrer Freundin aus und hat einen Typen kennengelernt. Sie haben ein paar Tage lang sehr viel getextet und sind vor zwei Wochen endlich zusammen ausgegangen. David arbeitet abends in einer Bar, daher passen ihre Tagesabläufe nicht besonders gut zusammen, aber sie haben sich schon dreimal getroffen. Luz hat mir immer noch kein Bild von ihm gezeigt und behauptet, sie hätte keins, aber ich kenne den wahren

Grund: Sie möchte mir nicht unter die Nase reiben, dass sie jemanden kennengelernt hat, während ich mich dermaßen nach Zach verzehre.

»Ich habe mich dagegen entschieden«, sagt sie.

Ein Kellner bringt unsere Teller und stellt sie vor uns auf den Tisch.

»Warum?« Ich bestaune die Bratkartoffeln, die zu meiner Bestellung gehören. Beim Anblick der vor Olivenöl glänzenden Kartoffelscheiben läuft mir das Wasser im Mund zusammen.

»Meine ganze Familie wird da sein. Ich denke, ich warte besser ab, ob das mit uns was Ernstes wird. Er ist so ehrgeizig und so leidenschaftlich, und er hatte ein ziemlich hartes Leben. Er kennt seine Mutter nicht, und sein Dad war selten da. Seine Großmutter hat ihn aufgezogen, aber es war kein stabiles Zuhause. Jedenfalls lassen wir es langsam angehen.«

»Na ja, du scheinst ihn wirklich gern zu haben«, sage ich mit einem Anflug von Eifersucht. Vielleicht ist es richtig von ihr, mich beschützen zu wollen. Ich weiß nicht, ob ich eine irre verliebte Luz ertragen könnte, solange ich Zach wie verrückt vermisse. Trotzdem, falls die Chance bestünde, ihn auf der Hochzeit an meiner Seite zu haben, würde ich keine Sekunde zögern. »Wäre es nicht schrecklich romantisch, wenn er mitkäme? Daran würdest du dich noch Jahre später erinnern.«

Luz nimmt einen herzhaften Bissen Avocado-Sandwich. »Wir sind nicht alle wie du, Margot. Du verbringst eine Nacht mit einem Typen und weißt einfach, dass er die Liebe deines Lebens ist.«

Ich schlucke schwer. Weil ich ihrem Blick nicht begegnen will, nehme ich ein Stück Brot und schmiere eine dicke Schicht Butter darauf.

»Ich verurteile dich nicht deswegen!«, fügt sie hinzu. »Ich kann es nur einfach nicht nachvollziehen.«

»Das tust du wohl!« Ich lege meine Gabel ab, und sie scheppert gegen den Tellerrand. Wir schrecken beide zusammen. Luz und ich haben uns noch nie über etwas gestritten. »Ich habe schon mein ganzes Leben lang das Gefühl, etwas zu verpassen. Ich bin hier geboren, aber wir sind fortgegangen, ehe ich mich an New York erinnern konnte. Mein Dad hat mir so viel über meine zweite Heimat erzählt, und ich habe immer gedacht, ich würde eines Tages herkommen und das alles selbst erleben. Ich bin Französin, aber zugleich auch Amerikanerin. Und dann bin ich Zach begegnet … der in New York lebte. Ein Koch. Die Zeichen waren überall. Und es mag sein, dass ich nur eine Nacht mit ihm zusammen war, aber du kannst dein Baguette darauf verwetten, dass er mich zur Hochzeit begleiten wird, falls ich ihn bis dahin finde. Es ist vorherbestimmt. Es muss keinen Sinn ergeben. Es ist einfach Schicksal.«

Luz nickt. Ihre Miene ist regungslos, so als wüsste sie, dass sie zu weit gegangen ist. »Ich lade David nicht ein. Für uns wäre es zu früh, und wenn aus uns nichts wird, möchte ich nicht jedes künftige Familientreffen damit verbringen, mich fragen zu lassen, was aus dem süßen Typen von Miguels Hochzeit geworden ist.«

»Okay«, sage ich, und meine Gereiztheit schmilzt dahin. »Du machst dein Ding und ich meins.«

»Abgemacht«, sagt Luz.

Wir beenden unsere Mahlzeit, und als der Kellner uns

fragt, ob wir einen Nachtisch möchten, bin ich diejenige, die ablehnt. Mehr noch als eine Begleitung haben wir Kleider für die Hochzeit zu finden.

Wir laufen über den Broadway Richtung *NoLIta.* Nach ein paar Zwischenstopps, bei denen Luz einen gepunkteten Rock mit einem hohen Schlitz ersteht und ich viel Geld für einen kuscheligen Pulli ausgebe, erreichen wir *Sézane*, den französischsten Laden aller Zeiten. Die Fenster sind mit weißen Blüten und Topfblumen geschmückt und von einer grau-weiß gestreiften Markise überdacht. Drinnen erinnert mich das Fischgrätparkett an ein Pariser Appartement, insbesondere als wir die Fußmatte betreten, auf der *Bonjour New York* steht.

Luz strahlt übers ganze Gesicht. »Ich habe ein gutes Gefühl hier. Ihr Franzosen kennt euch mit Mode aus.«

»Und mit Essen!«, füge ich hinzu. »Besonders mit Essen.«

»Schön, ihr seid in allem besser. Bist du jetzt zufrieden?«

»*Oui!*«

Um so stolz auf mein Land zu werden, musste ich es erst mal verlassen.

Wir teilen uns auf. Ich steuere zielstrebig den hinteren Teil des Ladens an, wo ein marineblaues bodenlanges Kleid meinen Namen ruft; zumindest bis mein Blick auf ein lavendelfarbenes mit geraffter Taille und einer Leiste mit vielen kleinen Knöpfen fällt.

Plötzlich taucht Luz hinter mir auf. »Margot, Margot, Margot!«

Ich drehe mich um und sehe, dass sie ein heißes asymmetrisch geschnittenes Minikleid mit Rüschen am Saum und an der Brust in den Händen hält. Der Stoff ist rosafarben und von einem Faden durchwirkt, der metallisch schimmert. Obwohl es nicht meinem üblichen Stil entspricht, muss ich zugeben, dass es sogar auf dem Kleiderbügel sexy aussieht.

»Es ist wunderschön«, sage ich.

Luz' Miene leuchtet auf. »Ab in die Umkleide!«, sagt sie mit erhobenem Zeigefinger.

Sobald ich das Kleid übergestreift habe, komme ich mir anders vor, auf eine gute Art und Weise. Es lässt meine Hüften schmal aussehen und bringt meine Schultern zur Geltung. Die Farbe steht mir. Ich liebe es.

Luz und ich treten gleichzeitig aus der Umkleide. Wir mustern uns gegenseitig von Kopf bis Fuß und bekommen große Augen. Das ist es.

»Du siehst heiß aus, *hermana*«, sage ich.

»Das Kompliment kann ich nur zurückgeben, *ma sœur.*«

Wir drehen uns immer noch vor den bodenlangen Spiegeln hin und her, als das Handy in meiner Tasche piept. Ich sehe nach. Es ist eine Nachricht von Ben. Er hat mir ein Bild von einem Baguette geschickt. Die Farbe ist perfekt, wie Honig, und ich meine durch den Bildschirm zu spüren, wie knusprig es ist.

Pour le goûter, hat er geschrieben. Ich hab auch Erdbeermarmelade.

Goûter ist Französisch für Snack, genauer gesagt für den Snack am Nachmittag. Es ist das, was wir essen, wenn wir aus der Schule kommen, damit wir bis zum Abendessen nicht verhungern. Wobei die Erwachsenen auch *goûters* haben dürfen.

Ich antworte ihm.

😊😊😊 So was von Französisch von dir.

Kurz darauf erhalte ich eine weitere Nachricht.

Was machst du gerade?

Ich werfe einen Blick in den Spiegel. Der Look steht mir sehr viel besser als der aus der Küche, wenn ich verschwitzt in einer siedend heißen Dampfwolke der Spülmaschine hantiere. Ohne darüber nachzudenken, ziehe ich eine Grimasse, mache ein Foto von meinem Spiegelbild und schicke es Ben.

Brautjungfernkleid kaufen

Luz wirft mir einen fragenden Blick zu.

»Ich schreibe Ben«, sage ich.

Sie stemmt beide Hände in die Hüften. »Bist du sicher, dass du ihn nicht zur Hochzeit einladen willst?«

Ich zucke mit den Schultern. Ich nehme an, es könnte spaßig werden. Und wenn Luz meint, man könne auch mit einem Freund kommen … Ach, ich weiß nicht.

Ben antwortet.

Sieht gut aus! Ich habe überlegt, dass wir als Nächstes zu Katz's Deli gehen. Vielleicht morgen vor der Arbeit?

Ich lächle.

Yep! Du bist der Beste!

Meinst du, ich bin *le meilleur?*

Oui

»Margot?«, sagt Luz.

Sie steht da und starrt mich an.

»Sorry.« Ich werfe mein Handy auf den Kleiderhaufen in der Umkleide, dann komme ich wieder heraus, um mich im Spiegel zu bewundern. »Die Kleider sind perfekt. Heißt das, wir sind hier fertig?«

Luz nickt. »Ich sage, zehn von zehn Punkten!«

Mit einem letzten Blick in den Spiegel stelle ich mir Ben in einem Anzug vor, der mich auf die Tanzfläche führt.

Es würde Spaß machen.

Aber nur, falls ich Zach nicht vorher finde.

Kapitel Vierzehn

»Chef hat schlechte Laune.«

Das ist die Warnung, die ich von Raven bekomme, noch ehe ich das Restaurant betreten habe. Sie trinkt Kaffee aus einem To-go-Becher, nicht weit vom Vordereingang entfernt, etwas, von dem wir immer zu hören bekommen, dass wir es nicht tun sollen. Wir sind die Leute im Hintergrund. Die Unsichtbaren. Unsere Pausen, so wir es denn wagen, sie zu nehmen, sollen in der Hintergasse stattfinden, verborgen vor den Blicken der Gäste. Ich überlasse sie ihrem Handy – es sieht aus, als schriebe sie sich mit jemandem – und frage mich, wer das wohl sein könnte. Nach Chef Boyd scheint Raven die Person zu sein, die am härtesten arbeitet. Sie ist stets hier; wenn ich ankomme, wenn ich gehe, wenn ich eine Frage habe, auch wenn sie sie nicht immer gern beantwortet.

Die Sache ist die: Chef hat immer schlechte Laune, also gehe ich einfach davon aus, dass Raven heute besonders erschöpft ist. Sobald ich in der Umkleide eintreffe, beginne ich meine Meinung zu ändern. Zwei der Köche aus dem Vorbereitungsteam unterhalten sich lebhaft auf

Spanisch, ausholende Gesten inklusive, aber ich verstehe nur ein Wort hier und da.

»Alles okay?«, frage ich.

Ich glaube nicht, dass sie mich gehört haben. Mein Job überschneidet sich kaum mit dem des Vorbereitungsteams, außerdem bin ich eine der Neusten. Wir mischen uns nicht unter die Dienstälteren. Es ist einer der Nachteile meiner Rolle hier: Ich komme erst rein, nachdem der Großteil des Teams schon den ganzen Nachmittag zusammen gearbeitet hat, was heißt, dass ich die Dramen der Tagschicht verpasse.

In der Küche entdecke ich einen hochkonzentrierten, angespannten Ben. Wir hatten so viel Spaß im *Katz's Deli*, obwohl wir Zach schon wieder nicht gefunden haben, aber heute nickt er kaum in meine Richtung. Ein paar andere Köche flitzen schweigend hin und her, sie tragen Tabletts und arrangieren alles an ihren Stationen: schwarzen Pfeffer, natürlich handgemahlen, Meersalzflocken, Zitronenscheiben, eine Flasche Olivenöl, verschiedenen Essig, Saucen und ein Stück Butter. Sie verfügen außerdem über einen Stapel weißer Stoffservietten, um die Ränder eines jeden Tellers abzuwischen, bevor sie ihn an die nächste Station weiterreichen.

Ich sehe Chef Boyd nicht, bis wir uns zum Essen setzen. Seine Miene ist wie versteinert, noch strenger als sonst.

»Alle mal herhören.«

Normalerweise begrüßt er uns erst mal. Das hier ist der Moment, der unsere Mannschaft zusammenschweißt, die Zeit, die wir wirklich zusammen verbringen. Der Chef lobt uns dann, dass am vergangenen Abend dreihundert

Gerichte die Küche verlassen haben und es nur sehr wenige Rückläufer gab. Er liest uns Kritiken vor oder erwähnt die tolle Besprechung eines Influencers. Chef weiß um die Bedeutung einer guten Moral in der Truppe, aber heute hat er keine Zeit dafür.

»Wir befinden uns auf einer gefährlichen Talfahrt«, beginnt er am Kopf des Tisches stehend. »Ich bin heute Morgen in die Küche gekommen und der Kühlschrank sah aus, als wäre er geplündert worden. Es war ein unfassbares Chaos! Das ist das eine. Jetzt zum Service gestern Abend.«

Er zählt eine ganze Reihe von Missständen auf. Beschwerden von Gästen, dass die geröstete Beete zu sauer war, der Caesar Salat nicht knackig genug und die Tarte mit grünen Erbsen zu fad. Es ist nicht zu überhören, dass alle Gerichte, die Chef Boyd erwähnt, zur Kaltstation gehören. Das ist Aris Herrschaftsgebiet und Chef starrt ihn zudem ganz offen an, sodass wir alle den Kern seiner Tirade erfassen. Am ganzen Tisch herrscht nun Schweigen, und ich werfe Ari einen raschen Blick zu. Ich kann mir nicht vorstellen, dass er es angenehm findet, vor allen anderen heruntergeputzt zu werden.

»Und deine Station!«, sagt Chef Boyd mit erhobener Stimme und bohrendem Blick. »Sie ist der reinste Schweinestall und es wird von Tag zu Tag schlimmer.«

»Ich habe Ihnen gesagt, warum!«, entgegnet Ari.

Spannung erfüllt den Raum. Keiner genießt das hier.

»Wir haben zu wenig Personal«, fährt Ari fort. Etwas ruhiger sagt er: »Wir brauchen mehr Leute in der Küche, und bis wir die haben …«

»Was soll das heißen, bis wir die haben?«, unterbricht

ihn Chef Boyd. »Es steht dir nicht zu, mir ein Ultimatum zu stellen. Das hier ist mein Restaurant.«

Ari wirft Raven einen nach Unterstützung suchenden Blick zu. Sie ignoriert ihn und wendet sich Chef Boyd zu, was für Ari wie ein Schlag ins Gesicht ist. Es hat keinen Sinn, es bei Bertrand zu versuchen, der mischt sich nie in die Konflikte ein. Wenn man ihn während einer Schicht beobachtet, könnte man meinen, dass nur Chef Boyd existiert, so wenig Aufmerksamkeit schenkt er dem Rest von uns. Als Nächste in der Rangordnung hat Raven einen gewissen Einfluss auf den Chef. Sie mildert seine Nackenschläge ab, setzt sich für Anliegen ein – zum Beispiel besseres Essen bei den gemeinsamen Mahlzeiten oder mehr Personal – und hört sich die Klagen von beiden Seiten an. Aber heute ist sie offenbar nicht bereit, ihren Kopf für Ari hinzuhalten.

»Dann sind Sie das Problem«, sagt Ari zu Chef Boyd. Er presst die Lippen aufeinander, aus seinen Augen schießen Blitze. Das hier wird nicht gut enden. »Ich habe mir gestern zweimal in den Finger geschnitten, Angela ist ausgerutscht und hat sich den Knöchel verletzt. Ben möchte mehr arbeiten, aber Sie geben ihm keine weitere Schicht, weil es in diesem Laden nur darum geht, Geld zu sparen. Wir tun unser Bestes mit dem, was uns zur Verfügung steht.«

»Dann ist euer Bestes eben nicht gut genug«, sagt Chef Boyd.

Ari steht auf. Die beiden Männer sehen sich schweigend an.

»Hat sonst noch jemand ein Problem damit, seinen Job zu machen?«, fragt Chef mit einem Blick in die Runde.

Seine Frage wird mit Schweigen und dem einen oder anderen Kopfschütteln beantwortet.

»Echt jetzt?«, sagt Ari und stößt seinen Stuhl zurück. Er schrammt über den Boden. »Niemand hat den Mut, den Mund aufzumachen? Ich bin es leid. Ich habe alles für dieses Restaurant geben. Alles!«

»Und trotzdem sind deine Endivien immer noch wässrig.«

Autsch.

Aris Gesicht läuft rot an. Dann tritt er vom Tisch zurück und atmet tief durch. Ich halte den Atem an und wage es nicht, jemanden anzusehen.

»Ich hau hier ab«, sagt Ari.

»Sehr schön«, erwidert Chef Boyd kühl.

Die Zeit scheint stillzustehen. Nach einer gefühlten Ewigkeit, die wahrscheinlich nur einige Sekunden andauert, stößt Ari ein Schnauben aus und stürmt in die Umkleide. Chef schüttelt den Kopf und kehrt in die Küche zurück. Es dauert ungefähr eine weitere Minute, bis die Mannschaft sich die Teller füllt. Alles, was man bald darauf hört, sind Kaugeräusche.

»Müssen wir uns alle Sorgen um unsere Jobs machen?«, frage ich Ben, als wir nach dem Essen den Tisch abräumen.

»Nö, solche Dinge passieren.«

Aber ich kann sehen, dass ihm die ganze Sache immer noch zu schaffen macht. »Echt?«

»Du kennst nicht die ganze Geschichte. Ari hat um eine Gehaltserhöhung gebeten, und Chef Boyd hat nicht mit sich reden lassen. Aber Ari hat mit dem Souschef eines italienischen Restaurants in Tribeca verhandelt, er war also wahrscheinlich eh versucht zu gehen.«

»Ari kommt also nicht wieder?«

»Wer weiß das schon? Leute kommen und gehen ständig.«

Eine Idee kommt mir in den Sinn. »Glaubst du, ich meine, wer wird heute für Ari einspringen?«

Ben hebt eine Augenbraue. Er weiß genau, worauf ich damit hinauswill. »Raven findet vielleicht noch jemandem auf den letzten Drücker. Manchmal springen wir alle mit ein und überbrücken die Lücke bis zur nächsten Schicht.« Er hält inne, wendet sich mir zu. »Ich nehme an, du könntest fragen.«

Aber das letzte Mal, als ich es versucht habe, ist es nicht besonders gut gelaufen. Und Chef Boyd hatte nicht annähernd so schlechte Laune.

Ben liest mir meine Zweifel vom Gesicht ab. »Ich kenne dich.

Du wirst es bereuen, wenn du es nicht tust.«

Meine Finger kribbeln, aber ob vor Angst oder Aufregung, kann ich nicht sagen. »Wenn ich mir deswegen Ärger einhandle …«, sage ich. Aber ich beende den Satz nicht, weil ich weiß, dass Ben recht hat. Ich muss erneut fragen.

Ich finde den Chef im Kühlraum, wo er ins Gespräch mit Raven und Bertrand vertieft ist. Er überprüft anhand einer Liste die Vorräte und kramt Gläser und Behälter durch, während sie reden.

»Hi«, sage ich vorsichtig und gehe langsam auf die Gruppe zu. »Da Ihnen jetzt ein Stationskoch fehlt …«

Raven wendet sich mir zuerst zu. Sie überlegt, dann

sieht sie Chef Boyd an. »Leo könnte vielleicht einspringen.« Leo ist einer unserer Tellerwäscher, er arbeitet, wenn ich frei habe.

Chef und Raven wechseln einen Blick. Sie verstehen sich ohne Worte. Da sie seit Jahren zusammenarbeiten, sind sie solche Situationen wahrscheinlich gewöhnt. Bertrand geht weiter die Vorräte durch. Ich glaube nicht, dass er einen Schimmer hat, wer ich bin.

Chef Boyd wendet sich mir zu. »Na schön.«

Ich bin perplex. Wie kann es so einfach sein?

»Du wolltest deine Chance«, sagt Chef Boyd, als er die Überraschung auf meinem Gesicht bemerkt. »Du hast mir erzählt, du wärst eine großartige Köchin. Das ist deine Chance, es mir zu beweisen.«

»*Merci*«, sage ich, aber schon bevor das Wort meine Lippen verlassen hat, ist mir klar, dass es den falschen Eindruck vermittelt. Daher füge ich rasch hinzu: »Ich schaffe das. Es wird funktionieren.«

Chef Boyd nickt. Er lässt die Liste in seine Jackentasche gleiten und reibt sich die Augen. Er sieht müde aus. Ich habe miterlebt, was es Maman kostet, ein Restaurant zu führen. Der Stress hängt fast nie mit dem tatsächlichen Kochen zusammen. Die Lieferung des Gemüsehändlers kommt zu spat, oder es gab einen Fehler in der Bestellung, und einem wird wahrscheinlich nach der Hälfte des Abends der Salat ausgehen. Deine Köchin verbrennt sich, und du musst für sie einspringen, während sie sich um ihre Wunde kümmert. Kochen ist eine glorreiche, fast spirituelle Erfahrung, aber ein Restaurant zu führen geht mit einer Menge Kopfzerbrechen einher.

»Und, Margot«, sagt Chef Boyd, als ich mich bereits

zum Gehen gewandt habe, »du musst dich wirklich ins Zeug legen. Wenn du den Job willst.«

Ich bin versucht zu fragen, ob er für immer meint, aber da erklingt plötzlich Luz' Stimme in meinem Ohr. *In New York ist nichts für immer, Bella. Alles ist für den Moment.*

»Wird gemacht.«

Okay, so ganz glaube ich es noch nicht. Tief im Innern habe ich Angst davor, den Sprung ins Ungewisse zu wagen, aber ich habe keine Zeit, mir deswegen Gedanken zu machen, ich habe einen Job zu erledigen. Meinen Job. Ich finde eine Kochuniform in der Umkleide. Die Jacke ist frisch gebügelt und die Baumwolle steif, als ich sie überstreife, so als nähme sie ihre Aufgabe ernst. Sie ist mir ein bisschen zu groß, deswegen kremple ich die Ärmel hoch. Dann bin ich so bereit, wie ich es je sein werde.

*

Ich werde nicht lügen. Die Schicht verlangt mir alles ab.

Ivan, der an der Kaltstation mit mir arbeitet, murrt vor sich hin, weil er mir die Rezepte beibringen muss. Wieder mal ist ein begehrter Posten an ein junges Teammitglied gegangen, und ich spüre die Blicke der anderen den ganzen Abend auf mir ruhen. Sie wollen sehen, wie ich stolpere. Aber das werde ich nicht. Ich gehöre hier hin. Dieser Tanz, diese perfekten Abfolgen liegen mir im Blut.

Es läuft so ab:

Chef ruft jede Bestellung aus, die hereinkommt, und wir halten alle inne, um zuzuhören. Wir müssen uns über alles im Klaren sein, das vor sich geht, damit wir perfekt aufeinander abgestimmt zusammenarbeiten können.

Wenn es einen Rückstau bei den warmen Gerichten gibt – zum Beispiel beim beliebten gerösteten Blumenkohl mit Pistazien, eingelegten roten Zwiebeln und Safransauce –, dann muss ich langsamer arbeiten, damit die Bestellungen eines Tisches gleichzeitig bei den Gästen ankommen.

»*Oui*, Chef!«, antworten wir alle, wenn er die Bestellung komplett vorgelesen hat.

Sobald wir alle Zutaten beisammen haben, die gerösteten Walnüsse, die Ziegenkäsewürfel von dem Hof in New York State, das Dressing, das ein Koch vom Vorbereitungsteam angerührt hat, ist es Zeit zu zerteilen, schneiden, hacken, schaufeln und auszupressen. Es wird laut, eine ohrenbetäubende Mischung aus Knallen, Brüllen, Scheppern und Quietschen.

Im nächsten Schritt wird alles sorgfältig auf dem Teller arrangiert und bis zur letzten Station weitergereicht, wo Raven oder Bertrand und dann Chef Boyd den Gerichten den letzten Schliff verleihen.

Es bleibt nur wenig Zeit, jedes meiner Werke zu bewundern, bevor das nächste an der Reihe ist. Jeder Handgriff zählt, jeder falsche Schritt könnte dafür sorgen, dass ich in Rückstand gerate. Ich muss alles genau berechnen. Wann muss ich jenen Behälter herausziehen? Wie viel Platz kann ich auf der Anrichte für das Hacken der Kräuter beanspruchen? Kochen beinhaltet so viel: Gefühle, Chemie, Kultur, Geschmack und sogar Mathematik. In unserem endlosen Wettstreit gegen die Zeit muss all das zusammengebracht werden.

Zu meinem Glück ist Ben direkt hinter mir an der Grillstation, und es scheint, als wüsste er, was ich brauche, noch ehe ich danach fragen kann. Er legt das passende

Messer auf die Anrichte, deutet auf den Unterschrank, wo ich die Zutat finde, nach der ich gerade gesucht habe. Jedes Restaurant hat seinen eigenen Tanz und ich muss den spezifischen dieser Küche noch lernen. Und obwohl ich dankbar für Bens Hilfe bin, steigt Panik in mir auf, als die Schicht sich ihrem Ende zuneigt. Das hier darf einfach nicht meine einzige Schicht bleiben, meine einzige Chance zu zeigen, was ich draufhabe. Die Arbeit ist unfassbar hart, aber ich bin hier genau richtig. Ich arbeite als Köchin. In einem schicken Restaurant. Im Herzen von Manhattan. Zwickt mich mal.

Der Chef kommentiert meine Leistung mit keinem Wort, und ich habe keinen Schimmer, ob das ein gutes oder ein schlechtes Zeichen ist. Ich weiß, ich bin nicht die einzige, über die er sich Gedanken machen muss, aber bis er mir den Job anbietet, hänge ich in der Luft.

»Gute Arbeit, Kollegin«, sagt Ben am Ende des Abends zu mir, als wir die Küche saubermachen. Es ist die Aufgabe der Jungköche, die anderen gehen, ohne sich noch einmal umzudrehen.

»Danke«, sage ich. Das Adrenalin hat meinen Körper verlassen. Zurück bleiben Zweifel und Erschöpfung. »Ich möchte das hier unbedingt«, flüstere ich, damit niemand mich hört.

»Du hast den Job sicher.«

Ich weiß, er möchte mich aufbauen, aber ich will mir keine falschen Hoffnungen machen. Wir sind inzwischen in der Umkleide, wo wir unsere Kochjacken ausziehen und sie in den Korb mit der dreckigen Wäsche legen.

»Aber bis Chef es bestätigt …«

Ben öffnet seinen Spind, dann zeigt er hinter mich.

Ich fahre herum und sehe Raven in der Umkleide stehen.

»Margot, ich trage dich für die Schicht morgen ein, okay?«

Ben schüttelt den Kopf, was mich daran hindern soll nachzuhaken, aber ich kann nicht anders. Ich muss ganz sicher sein. »Als Köchin?«

Raven nickt. »Ja. Sei um 14 Uhr hier, okay?«

Das Herz springt mir fast aus der Brust. »Dauerhaft?«

Sie stößt einen genervten, tiefen Seufzer aus, der nicht wirklich mir gilt, wie ich weiß. »Klar. So dauerhaft, wie die Dinge hier nun mal sind.«

Und einfach so habe ich einen neuen Job.

Ich warte, bis Raven außer Hörweite ist, bevor ich jubelnd auf und ab springe. »Ich habe den Job, ich habe den Job, ich habe den Job!«

Ben sieht mir lächelnd zu.

»Was ist? Jetzt wäre der Moment für ein Hab-ich-doch-gleich-gesagt!« Ich grinse so breit, dass meine Wangen schmerzen.

»Nein, das ist der Moment für ein Bravo-du-hast-es-verdient!«

Er nimmt mich in den Arm, und ich erwidere seine Umarmung. So fühlt sich Glück an.

Siehst du, New York? Du kannst mich nicht davon abhalten, meine Träume zu leben. Und ich weiß, dass noch so viel mehr auf mich wartet.

Kapitel Fünfzehn

Das hier ist kein Date, aber es ist das erste Mal, dass Ben und ich einfach so abhängen. Wir arbeiten heute Abend nicht, und wir suchen nicht nach Zach. Wir essen nur zusammen … in seiner Wohnung. Das rede ich mir zumindest ein, während ich mein Outfit zusammenstelle, und es ist das, was ich Luz immer wieder sage, die einfach nicht lockerlassen will.

»Klar«, sagt Luz, während sie zusieht, wie ich einen schwarzen Kunstledergürtel um meine Taille binde. »Du ziehst einen süßen Overall an, um bei ihm zu Abend zu essen, nur ihr beide …«

»Seine Mitbewohner sind vielleicht da!«

Luz verdreht die Augen so doll, dass sie ihr eigentlich aus den Höhlen kullern müssten. »Nur ihr beide«, fährt sie fort. »Und seien wir mal ehrlich, du hast Zach schon seit einigen Tagen nicht mehr erwähnt.«

Sie ist rübergekommen, als ich angefangen habe, mich für dieses definitive Non-Date fertigzumachen, und ich beginne, es zu bereuen. Ich liebe Luz, aber ich sage *non merci* zu dieser Art von Druck.

Ich blicke an mir herunter. »Es ist bloß ein Outfit.« Ich

trage es mit meinen schwarzen Veloursledersandalen. Sie haben den höchsten Absatz, den ich besitze, und lassen meine Beine sehr viel trainierter aussehen, als sie sind, aber trotzdem ist es nur ein Outfit.

»Margot, es ist okay, wenn du diesen Kerl magst. Selbst wenn du mit ihm zusammenarbeitest, selbst wenn du ihn auch als Freund magst, selbst wenn …« Sie verstummt, da sie weiß, dass ich es nicht hören möchte.

Ich habe ja nicht wirklich aufgehört, nach Zach Ausschau zu halten. Es ist nur so, dass mir die Orte ausgehen, an denen ich suchen könnte. Und vielleicht, nur ganz vielleicht, habe ich begonnen, meine Erinnerungen an jene Nacht infrage zu stellen. Ich habe ihn nicht geliebt. Ich spürte nur … ein Feuerwerk. So als stünde jede Faser meines Herzens in Flammen. Aber in diesem Moment? Fühle ich immer noch wie damals oder klammere ich mich nur an das, was ich in jener Nacht empfand? Ich kenne die Antwort auf diese Frage noch nicht, und es gelingt mir nicht, sie einfach loszulassen. Ich kann nicht ignorieren, dass Zach immer noch da draußen ist, dass wir immer noch zusammen sein könnten.

»Ben ist ein Freund, Luz. Und ich werde seine Zwiebelsuppe probieren.«

Luz grinst vielsagend. »Ich wette, die ist wirklich gut!«

Ich schnappe mir kopfschüttelnd meine Tasche, aber insgeheim bin ich ganz ihrer Meinung. Das würde ich jedoch niemals offen zugeben. »Lass uns abhauen.«

Wir überlassen Papa und Miguel ihrer Hochzeitsplanung – der DJ hat um ihre Playlist gebeten – und laufen zusammen zur U-Bahn-Station. Luz trifft sich bei einem berühmten veganen Mexikaner auf der Lower East Side mit David, und so, wie sie ständig ihr Kleid glatt streicht, ist sie anscheinend sehr nervös. Ich habe den Kerl noch immer nicht kennengelernt, aber sie hat versprochen, uns bald einander vorzustellen, wenn wir mal alle zur selben Zeit frei haben. Basierend auf ihrer Schilderung wird das schwierig werden, da wir beide herausfordernde Arbeitszeiten haben.

»Viel Spaß bei deinem Date«, sage ich, als sich unsere Wege trennen. »Ich erwarte einen ausführlichen Bericht.«

»Und ich möchte auch alles über dein Date erfahren.«

Das Rauschen der heranfahrenden U-Bahn übertönt meinen Protest, und sie rennt die letzten Schritte auf den Bahnsteig und springt in den Waggon, kurz bevor sich die Türen schließen.

Ich fahre in die entgegengesetzte Richtung, nach Williamsburg, das auf der anderen Seite des Flusses liegt. Offenbar war Brooklyn früher hipper, bevölkert von Künstlern und Trendsettern, aber jetzt sind hohe Gebäude mit Luxusappartements in Ufernähe aus dem Boden geschossen und junge Unternehmer sind in Scharen hergezogen, um die angesagten Restaurants, Cocktailbars und Vintage-Läden zu genießen.

Der Duft karamellisierter Zwiebeln steigt mir in die Nase, als ich die Treppe zu Bens Wohnung hinaufsteige, eine aromatische Erinnerung daran, warum ich hier bin. Einer seiner Mitbewohner, ein Typ namens Karim mit einer dichten Mähne schwarzer Haare, öffnet die Tür. Karim ist Bens bester Freund aus der Schulzeit, und er beendet gerade sein erstes Studienjahr am College, während er gleichzeitig ein Praktikum bei einem Start-up aus der Technologiebranche macht.

»*Bonjour*«, sagt Karim, ehe er sich umdreht und in die Wohnung hineinruft: »Sie ist hier!« Dann wendet er sich wieder mir zu. »Komm rein. Tut mir leid, mehr Französisch hab ich nicht drauf.«

»Kein Problem«, sage ich und sehe mich erst mal um. An der Wand stehen Turnschuhe in einer Reihe, auf einer Sitzbank liegt ungeöffnete Post, und ein Fahrrad verstopft den Flur. Die Möbel passen nicht zusammen, aber die braune Couch sieht gemütlich aus. Es ist aufregend, in meinem ersten echten New Yorker Appartement zu stehen. Papas und Miguels Wohnung zählt nicht, sie ist zu piekfein und schick, viel zu erwachsen. Diese hier ist zusammengewürfelt und echt, man spürt praktisch die Träume, die in der Luft liegen. Es ist die Art von Heim, das ich gern für mich selbst hätte, wenn auch weniger männlich. Ben steckt den Kopf aus der Küche. Er wischt sich die Hände an der Schürze ab, während hinter mir Karim in sein Zimmer zurückschlüpft.

»*Bienvenue*«, sagt Ben und bedeutet mir, ihm in die Küche zu folgen. Sie ist klein und verfügt über sehr wenig Arbeitsfläche. Auf dem Herd köchelt etwas in einem großen Suppentopf vor sich hin. Er ist fast bis zum Rand gefüllt und verbreitet die Aromen der Zwiebeln und des salzigen Fonds im ganzen Raum.

Einen Augenblick lang bin ich zurück im *Chez l'ami Janou*, Mamans Restaurant. Ich widerstehe dem Drang, die Besteckschublade zu öffnen – ich wüsste sowieso nicht, welche das ist – und einen Löffel in den Topf zu stippen.

»Ich dachte, du machst die Zwiebelsuppe für mich«, sage ich, um ihn aufzuziehen. »Wer soll das alles essen?«

»Ich koche immer für eine ganze Armee. Darum geht

es mir im Grunde. Leute zusammenzubringen und eine der ursprünglichsten Erfahrungen miteinander zu teilen, die wir Menschen machen können.« Er lacht und fügt hinzu: »Das und die Tatsache, dass meine Mitbewohner furchtbare Köche sind. Sie würden verhungern, wenn ich sie nicht bekoche.«

»Respekt, mein Freund. Das ist sehr edel von dir.«

Ich nehme an der Kücheninsel Platz. Ben erzählt mir mehr davon, wie ihn das Kochen für viele geprägt hat, während er die Suppe umrührt. Als er noch ein Kind war, wohnte der Großteil seiner Familie in der Nähe, seine Großeltern, Tanten, Onkel, Cousins und Cousinen. Es gab die unausgesprochene Regel, dass ihre Tür immer offen stand. Freunde und Familie durften jederzeit vorbeikommen. Wenn es Zeit fürs Abendessen war, fragten sie die Leute nie, ob sie zum Essen bleiben wollten, sie holten einfach zusätzliche Teller und tischten auf, was immer sie gerade zur Hand hatten. Sie ließen keine Gelegenheit aus, eine Mahlzeit mit geliebten Menschen zu teilen.

»Ich brauche noch mehr Informationen über diese Zwiebelsuppe.« Ich werfe einen Blick auf den Topf. Der Duft ist so verführerisch, dass mir das Wasser im Mund zusammenläuft.

»*Évidemment*. Selbstverständlich gehört ein gutes Baguette hinein, das die Flüssigkeit aufsaugt«, sagt er und holt ein Stück aus dem Topf, um sein Argument zu untermauern. »Aber ich bin der Meinung, es kommt vor allem darauf an, sich die Zeit zu nehmen, die Zwiebeln zu karamellisieren, bis sie perfekt sind.«

»Machst du den Fond eigentlich selbst?« Ich möchte ihn nicht ins Kreuzverhör nehmen, aber ich muss wissen, wie ernst er die Sache nimmt. Es geht schließlich um Zwiebelsuppe. Eine französische Angelegenheit von nationaler Bedeutung.

Er mustert mich mit gespielter Empörung und führt einen Löffel unter die Nase, um an der Suppe zu riechen. »Natürlich! Man kann schließlich nichts auf die Schnelle kreieren, das die Sache wert wäre.« Dann nimmt er zwei Schüsseln vom Regal und wendet sich zu mir. »Ich koche das französischste Gericht von allen für ein französisches Mädchen. Glaubst du wirklich, ich würde es mir leicht machen? Der Druck ist immens.«

Er macht Witze, aber aus seinen Worten klingt eine gewisse Anspannung heraus. Ich weiß nicht, wie ich darauf reagieren soll. Wir sind Kollegen. Wir sind Freunde. Wir sind Komplizen bei der Suche nach Zach. Wir verbringen einfach Zeit miteinander. Oder etwa nicht?

Die traditionelle Zwiebelsuppe wird überbacken, was heißt, dass sie unter den Grill geschoben wird, damit die Käseschicht obenauf ihren wunderschönen Glanz bekommt. Schon bald mischt sich der Zwiebelduft mit einem weiteren, dem nach geschmolzenem Gruyère. Wenig später setzt sich Ben neben mich an die Kücheninsel. Wir können essen.

Um ehrlich zu sein, ist September zu früh im Jahr für Zwiebelsuppe. Es ist ein Wohlfühlessen, eines, das man mitten im Winter zubereitet, wenn man sich in Wärme und Behaglichkeit hüllen möchte. Aber es handelt sich dabei nicht nur um eine Suppe, sondern vielmehr um die Verkörperung der französischen Küche. Sie zelebriert die einfachen Freuden, die Verwandlung von ein paar Grundnahrungsmitteln – Zwiebeln, Fond, Brot und Käse – in etwas Ikonisches und Schlichtes zugleich. Und sie wurde offensichtlich mit Liebe zubereitet. Freundschaft, meine ich. Sie wurde mit Freundschaft zubereitet.

Ich nehme voller Vorfreude den Löffel in die Hand, grinse Ben an, und er lächelt zurück. Es ist, als teilten wir einen Moment … mit der Suppe.

»Ich probiere jetzt«, sage ich und wende den Blick von ihm ab.

Die Käseschicht obenauf ist dick, lückenlos, und ich muss etwas Kraft aufwenden, um mich hindurchzuarbeiten. Als es mir gelungen ist, gleite ich mit dem Löffel durch die Schüssel, um die Bestandteile der Suppe aufzunehmen. Schließlich hebe ich den Löffel an, der jetzt mit Zwiebeln, Fond und einem kleinen Stück perfekt durchgeweichtem Brot gefüllt ist. Ben sagt kein Wort. Ich bin mir sogar ziemlich sicher, dass er den Atem anhält, während ich meinen ersten Schluck nehme.

Die Aromen explodieren in meinem Mund, der Geschmack von Zuhause trifft mich mitten ins Herz. Ben behält mich von der Seite im Blick, und ich komme mir vor wie eine Restaurantkritikerin, die seine Zukunft in Händen hält. Ich nehme einen weiteren Löffel Suppe, während er die Zähne aufeinanderpresst und die Fassade seines lächelnden Gesichts ein wenig zu bröckeln beginnt. Ist es gemein, dass ich irgendwie Spaß daran habe?

Endlich gebe ich es zu. »O mein Gott, du bist wirklich der Beste.«

Ich bin nicht sicher, ob ich tatsächlich vorhatte, das zu sagen, oder ob ich mich nur versprochen habe. Es liegt ein Knistern in der Luft, als wir uns in die Augen sehen und einen Blick wechseln, der … schwer zu beschreiben ist. Ich räuspere mich und lege meinen Löffel ab. »Die Suppe ist echt heiß. Ich brauche eine Pause.«

Ben gluckst verlegen. »Klar. Darf ich mich solange einfach darüber freuen, dass meine Zwiebelsuppe eine französische Köchin beeindruckt hat?«

»*Oui*, Chef. Jedes französische Restaurant würde dich sofort als Lehrling einstellen.«

Sein Lächeln erstirbt. »Das wäre unglaublich, aber das gehört nicht zu meinem Plan.«

»Pläne sollten unglaublich sein.«

»Mein Dad steigt mir sowieso schon aufs Dach, dass ich einen besser bezahlten Job finden soll. Er kann nicht nachvollziehen, dass ich auf etwas Größeres hinarbeite. Ich wage kaum, mir den Ausdruck auf seinem Gesicht auszumalen, wenn ich ihm eröffnete, dass ich als Nächstes nach Frankreich ziehe.«

»Aber du kochst im *Nutrio!* Gib mir seine Telefonnummer, ich werde ihm erklären, was für eine große Sache das ist.«

Ben lacht nicht über meinen Witz, stattdessen seufzt er laut. »Ich habe ihn gebeten, mir etwas Geld zu leihen, und das ist nicht besonders gut angekommen. Raven sagt ständig, sie würde mich öfter einteilen, aber bisher ist das nicht passiert.«

»Das wird es! Denk daran, was du mir geraten hast. Du musst nachfragen. Wieder und wieder nachfragen.«

»Klar, aber in der Zwischenzeit benutzt mein Dad es als Argument gegen mich. Meine Pläne werden nicht schnell genug Wirklichkeit.«

»Das tut mir leid. Das klingt schmerzhaft. Ehrlich gesagt glaubt meine Mom auch nicht an mich. Jahrelang hat sie es für einen Witz gehalten, dass ich nach New York ziehen wollte. Und seit ich hier bin, bekomme ich bloß Kommentare darüber zu hören, wie hart das Leben hier ist. Wie anstrengend das Restaurantgeschäft in der Stadt wäre und wie müde ich aussähe. Sie fragt ständig, ob ich auch anständig behandelt werde, und erinnert mich dauernd daran, dass ich jederzeit nach Hause kommen könne, wenn es nichts wird. Von außen betrachtet klingt es nach Unterstützung, aber ich weiß, was sie damit meint. Das kleine Bambi ist verloren in der großen Stadt.«

Es ist ein gutes Gefühl, das bei jemandem loswerden zu können, der mich versteht.

Ben schüttelt den Kopf, als wäre er genauso sauer darüber wie ich. »Kapieren sie denn nicht, wie hart wir für das kämpfen, was wir wollen?«

Ich zucke mit den Schultern. »Ich glaube, meiner Mom ist wichtiger, was sie sich für mich erhofft. Was genau das Gegenteil von dem ist, was sie getan hat.«

»Und das wäre?«

Ich erzähle ihm davon, wie sie nach New York gezogen ist, als sie in meinem Alter war, um Chefköchin zu werden, Franklin Boyd traf, dann meinen Vater, hart gearbeitet hat und jede Menge Spaß hatte, bis ich auf die Welt kam.

Ben reißt die Augen auf. »Ich wusste gar nicht, dass du hier geboren bist!«

Ich nicke. »Aber ich erinnere mich an nichts. Wir sind nach Frankreich gezogen, als ich zwei war. Meine Mutter hat einen Job in einem Restaurant in der Gegend gefunden, in der sie aufgewachsen ist, und dann hat sie den Laden übernommen, als die Besitzer sich zur Ruhe gesetzt haben. Sie spricht es nicht offen aus, aber ich weiß, sie wünscht sich, dass ich das Restaurant übernehme, wenn die Zeit dafür gekommen ist.«

Ben hebt eine Augenbraue. »Aber wäre das nicht toll?«

»Ich will dich nicht beleidigen, aber ich glaube, du hast keine Ahnung vom Kleinstadtleben. Dass an den Sonntagen das Zwitschern der Vögel noch der interessanteste Klatsch ist ..., weil niemand sonst da ist.«

»Ihr habt einen Garten? Das ist der ultimative Luxus.«

»Schon klar, aber er macht auch eine Menge Arbeit. Maman baut ihr eigenes Gemüse an, natürlich bio, damit sie alles möglichst frisch anbieten kann. Ich bin früher immer noch vor der Schule zum Gießen in den Garten gegangen.«

Ben grinst verschmitzt. »Biogemüse vor der eigenen Haustür? Dafür werde ich dich ganz bestimmt nicht bemitleiden!«

»Na schön, dann sieh dir das hier an. Du bist daran gewöhnt, in einem Restaurant zu arbeiten, das eines der schönsten Designs der ganzen Stadt hat.«

Ich zeige ihm Bilder von Mamas Restaurant auf meinem Handy. Die quadratischen Tische mit den karierten Tischdecken, die schon millionenfach gewaschen wurden, die dunklen, mit rotem Leder bezogenen Nischen, der blinde Spiegel, auf dem das *menu des jour* in handgeschriebenen kursiven Buchstaben steht, und die uneinheitlichen Kronleuchter, die von der Decke hängen. Es ist alles so altmodisch. Im Grunde ist es nur alt. Nicht zu vergessen, dass das *Nutrio* ungefähr zehnmal so groß ist.

Aber als ich aufblicke, leuchtet Bens Gesicht. »Es ist urgemütlich.«

»Es ist düster.«

»Es hat Charme.«

»Manch einer würde es steif nennen.«

»Und es ist nur anderthalb Stunden von Paris entfernt?«

»Eher zwei Stunden!«, erwidere ich ein wenig zu laut.

Ben stößt ein Lachen aus. Selbst ich habe gemerkt, wie albern das geklungen hat.

»Komm schon, Margot. Das sieht alles ziemlich traumhaft aus.« Er deutet auf mein Display. »Und sieh dir die begeisterten Bewertungen an! Du hast ein Restaurant, das auf dich wartet. Wenn es erst einmal dir gehört, kannst du alles damit machen, was du möchtest, sogar andere Tischdecken anschaffen. Stell dir das mal vor!«

Ich verrate ihm nicht, wie sehr ich an den Tischdecken hänge. Sie sind so weich. Ich erwähne auch nicht, dass *Chez l'ami Janou* eine Bib-Gourmand-Auszeichnung bekommen hat, weil Mamans Essen wirklich herausragend ist. Und obwohl es kein Michelin-Stern ist, ist es dennoch eine tolle Sache.

»Aber es ist nicht New York«, sage ich, um das Thema zu beenden. »New York ist mit nichts anderem auf der Welt zu vergleichen.«

»Darauf sollten wir anstoßen«, sagt Ben und hebt seine fast leere Suppenschüssel.

Wir füllen unsere Schüsseln wieder auf und reden noch gefühlte Stunden weiter. Ben hat viele Geschichten von der Zeit auf Lager, die er mit seiner Familie in Frankreich verbracht hat. Für seinen Großvater, einen Geschichtsfan, war es sehr aufwühlend, in der Normandie am Strand zu stehen, wo die Alliierten am D-Day landeten. Seine

Großmutter spricht heute noch von den *grands magasins*, in denen sie in Paris einkaufen war.

Es gibt auch viel über das *Nutrio* zu tratschen. Bertrand wird von einem anderen Restaurant uptown umworben, und Chef Boyd wäre am Boden zerstört, wenn er tatsächlich ginge. Erica hat begonnen, mit einer anderen Kellnerin auszugehen, und es gibt ein Gerücht, dass Chef Boyd und Raven was miteinander hatten, während sie noch mit ihrem Ex zusammen war. Ben raunt Letzteres, als wäre es skandalös, aber war er nicht derjenige, der gemeint hat, in einer Restaurantküche würden die Emotionen hochkochen?

»Ich bringe dich noch zur U-Bahn«, sagt Ben, als ich beschließe aufzubrechen.

Ich überlege kurz zu protestieren, doch ich komme mir immer noch wie ein New-York-Neuling vor, und im Dunkeln sieht alles anders aus. Tief im Innern bin ich immer noch das Mädchen vom Land, noch dazu eines aus einem anderen Land. Ich bin es gewöhnt, mit dem Fahrrad durch Sonnenblumenfelder zu radeln, und nicht, mitten in der Nacht U-Bahn zu fahren.

In Anbetracht dessen, was draußen los ist, würde man nie denken, dass es spät an einem Montag ist. Menschen strömen aus Restaurants und Bars, ein fröhliches Stimmengewirr erfüllt die kühle Luft. Manchmal frage ich mich, warum man sich in New York überhaupt die Mühe macht, die Woche in verschiedene Tage zu unterteilen. Hier gibt es nur ein Tempo, es existiert kein Rhythmus. Auf dieser Seite des Flusses herrscht zwar ein anderer Vibe, alle sind jung und chillig drauf, aber trotzdem findet sich auch hier der gleiche Mix aus Leuten und Partys und überschäumender Energie. Ich kann nicht fassen, dass ich jetzt ein Teil des Ganzen bin. Es ist die Art Abend, wie ich ihn mir immer mit Zach erträumt habe: Wir würden fantastische Dinge essen, an diesem magischen Ort herumspazieren und stundenlang reden. Dennoch, der heutige Abend war wundervoll, und das habe ich allein Ben zu verdanken.

Ben hat eine MetroCard mit unbegrenzten Fahrten, daher bietet er mir an, mich auf den Bahnsteig zu begleiten. Ich protestiere lieber nicht, weil ich mich letzte Woche zweimal in der falschen Bahn wiedergefunden habe, einmal sogar im Express, aus dem ich erst wieder aussteigen konnte, als ich schon die halbe Strecke zum Central Park zurückgelegt hatte.

Unten angekommen, verrät die Anzeige auf dem Monitor, dass die L in drei Minuten kommt.

»Ich hatte einen tollen Abend«, sage ich, während die Zeiger der Uhr heruntersticken.

»*Moi aussi.* Wir …« Ben verstummt, dann holt er tief Luft. »Wir sollten das wiederholen.«

»*Oui!*« Mein Mund ist plötzlich trocken. »Vielleicht kann ich das nächste Mal etwas für dich kochen. Aus meinem Repertoire.«

»Das fände ich schön.«

Diese vier schlichten Worte verursachen ein Feuerwerk in meinem Körper. Ben tritt auf mich zu, und meine Gedanken fahren Achterbahn. Wie er mich ansieht, wie ich mich fühle, wenn er mich ansieht … Ich weiß einfach nicht, was ich jetzt tun soll. Wie verabschiedet man sich von einem Freund/Kollegen/Nicht-Date? Denn das hier war kein Date. Ist immer noch kein Date. Doch andererseits … Ist das hier ein Date?

Und gerade als ich denke, dass alles unmöglich noch verwirrender werden kann, kommt Ben noch näher.

»Tja, also«, sagt er, »ich möchte, dass du weißt, dass Olivia und ich, äh, wir …«

Auf der anderen Seite des Bahnsteigs braust eine Bahn herein, die den Rest von Bens Satz übertönt. Ein paar Sekunden später fährt sie weiter, und der Blick auf die Menschen, die ausgestiegen sind, wird frei. Das ist der Moment, in dem ich ihn sehe. Seine blonden Haare sind etwas länger. Sein blauer Rucksack ist derselbe. Sein Unterkiefer ist noch genauso kantig. Dieses Mal ist er es, das weiß ich. Ich spüre es in meinem Herzen, in meinen Knochen.

»Zach!«, brülle ich, so laut ich kann. Er ist so nah. So nah. »Zach!«

Mir bleibt nur der Bruchteil einer Sekunde, um zu reagieren.

Ich renne davon, die Treppenstufen hinauf und suche mit Blicken die ganze U-Bahn-Station ab. Ein steter Strom von Leuten kommt von der anderen Seite des Bahnsteigs, und ich habe keine Ahnung, ob Zach noch unter ihnen ist oder schon weg.

»Zach! Zach! Zach!« Ich rufe und keuche und bin voller Hoffnung und Angst zugleich. Er war es. Er ist hier. Es ist nicht wie am Flughafen.

Aber niemand rührt sich. Ich drehe mich im Kreis, spüre, wie mir die Sekunden zwischen den Fingern zerrinnen. Dann hetze ich erneut los wie eine Verrückte, die Stufen hinauf bis nach draußen. Er *muss* hier sein.

Ich rufe wieder und wieder seinen Namen. Menschen kommen mir entgegen, streifen mich im Vorbeigehen, ignorieren mich, aber keiner von ihnen ist Zach.

Ich habe ihn verloren. Schon wieder. Ich weiß, dass es so ist, und kann es dennoch nicht akzeptieren.

Es kann nicht sein, dass das Universum mir das antut. Es kann nicht sein, dass New York mir das antut.

Und trotzdem ist Zach fort.

Kapitel Sechzehn

Als ich zurück auf die Manhattan-Seite des Bahnsteigs komme, ist Ben ebenfalls verschwunden. Es ist zwar nicht so, dass ich davon ausgegangen bin, er würde auf mich warten, aber ich möchte jetzt nicht allein sein. Es kommt mir vor, als sei der Himmel über mir eingestürzt. Im einen Moment hatte ich noch einen fantastischen Abend und im nächsten werde ich daran erinnert, wie viel ich verpasse, dass sich mein Traumabenteuer mit Zach in Luft aufgelöst hat wie eine Fata Morgana. Mit einem unguten Gefühl in der Magengrube halte ich nach Ben Ausschau. Er wollte mir etwas über Olivia erzählen. Der ganze Abend hat ein unschönes Ende genommen, und das ist meine Schuld. Ich schreibe Ben eine Nachricht.

> Es tut mir leid, dass ich dich einfach hab stehen lassen! Blöderweise habe ich ihn schon wieder verpasst. Die Suppe war der Hammer. *Merci!*

Ich starre mein Handy an, während ich auf die Bahn warte, während der ganzen Fahrt und während ich nach Hause laufe.

Bens Antwort kommt erst, als ich vor unserem Gebäude stehe und in der Tasche nach den Schlüsseln krame.

Kein Problem

Das war's? Zwei kleine Wörter? Das klingt nicht nach Ben. Er hat die ganze Zeit gesagt, er wolle mir helfen, Zach zu finden, sogar ehe wir uns richtig kannten. Ich meine, das hier war seine Idee. Ich bin nicht sicher, ob ich selbst zu hoffen gewagt hätte, ich könnte Zach wiederfinden, wenn Ben mich nicht ermutigt hätte. Und siehe da, wir haben Zach gefunden! Ben sollte sich mit mir freuen. Ich würde ihm gerne noch etwas schreiben, aber ich weiß nicht, was.

Am Freitag, als die nächste gemeinsame Schicht bevorsteht, weiß ich es immer noch nicht. Seit Montag haben wir uns nicht geschrieben, obwohl ich viele Male darüber nachgedacht habe. Es juckte mich in den Fingern, ein weiteres Zach-Abenteuer vorzuschlagen, aber Bens unterkühlte Antwort hat mich jedes Mal davon abgehalten, wenn ich unsere Unterhaltung geöffnet habe.

Ben ist in der Umkleide, als ich hereinkomme, aber es sind noch ein paar Kellner und zwei Frauen vom Vorbereitungsteam bei ihm. Ich weiß nicht, ob ich erleichtert oder enttäuscht sein soll.

»Hi«, sage ich zu ihnen allen, den Blick fest auf Ben gerichtet.

»Hi«, antworten die anderen. Ben nickt nur mit einem schwachen Lächeln.

Ist es noch schlimmer, als ich dachte?

*

»Bambi! Machst du eine Kaffeepause zwischen zwei Bestellungen, oder was?«

Ari mag fort sein, aber Chef Boyd ist definitiv hier: Er beobachtet jeden meiner Handgriffe, sitzt mir im Nacken, wartet darauf, dass ich versage. Zumindest fühlt es sich so an. Er hat mich noch nie Bambi genannt – ich hatte gedacht, das sei unter seinem Niveau –, aber heute Abend ist alles anders. Die Wochenenden sind die Hölle: Die ersten Gäste treffen gegen achtzehn Uhr ein, und wir arbeiten pausenlos, bis gegen dreiundzwanzig Uhr die letzten Bestellungen rausgegangen sind. Manchmal sogar später. Der Druck ist so viel höher als unter der Woche.

»Kommt sofort!«, rufe ich quer durch die Küche, kaum dass ich mit einem Gericht begonnen habe.

»Noch eine Sekunde!«

»Ich arbeite dran!«

»*Chef, oui, Chef!*«

Ich weiß nicht, ob es mir gelingt, jemanden zu täuschen, aber mir selbst kann ich nichts vormachen. Ich hatte gedacht, Geschirrspülen sei zermürbend, aber da kannte ich die Bedeutung dieses Wortes noch gar nicht. Während des ganzen Abends ist mein Timing daneben. Ich beginne etwas zu früh, und das Essen steht da und wartet und ist im Weg, oder ich habe mich verschätzt und bin zu spät fertig, wodurch alle anderen in Verzug geraten: die Grillstation, der Souschef, Chef Boyd und sogar die Kellner.

Falls es eine Person geben sollte, die mich am Ende des Abends noch erträgt, kann ich von Glück sprechen.

»Wenn du so weitermachst, teile ich dich wieder zum Geschirrspülen ein«, raunzt mich Chef Boyd irgendwann an.

Niemand kommt zu meiner Verteidigung – Raven hat Verständnis für mich, aber sie legt sich nicht mit dem Chef an, wenn es nicht unbedingt sein muss –, und Ben ist sogar für einen Blick in meine Richtung zu beschäftigt.

Es gelingt mir, die Schicht durchzuhalten, aber der ganze Abend verschwimmt in einem Gefühlschaos aus Angebrülltwerden und Versagensängsten. Ehe ich mich's versehe, räumen wir alle Behälter weg und wischen unsere Stationen ab. Meine Beine tragen mich kaum noch, als ich auf Chef Boyd zugehe.

»Ich werde es morgen besser machen, versprochen. Ich werde Sie nicht enttäuschen.«

Er schnaubt als Antwort.

Das Gute ist, dass ich so lange brauche, in meine normale Kleidung zu wechseln – jeder Körperteil schmerzt –, dass Ben und ich allein in der Umkleide sind, als ich damit fertig bin.

»Hey«, sage ich zögernd. Wir haben den ganzen Abend kein Wort miteinander geredet, und es fühlt sich komisch an. Zu komisch.

»Hey. Heute war es etwas viel für dich, hm?«

»Ja … Ich sollte das wahrscheinlich nicht offen zugeben, aber heute wusste ich nicht, wo mir der Kopf stand.«

Ben schlägt seine Spindtür zu und kommt näher. »Du musst durchhalten, Margot. Chef Boyd stellt die jüngeren Köche auf die Probe. Wir müssen uns wieder und wieder beweisen, wenn wir einen guten Eindruck hinterlassen wollen. Wir haben keine Wahl. Hier wird uns nichts auf dem Silbertablett serviert.«

Ich höre in den Worten seinen eigenen Frust mitschwingen und vielleicht etwas Sorge darüber, dass meine ungute Performance auf ihn zurückfallen könnte. Jeder Chefkoch hat seinen Kreis engster Vertrauter, seine Lieblingsmannschaft. Wenn wir in diesen Kreis aufgenommen werden wollen, müssen wir doppelt so hart arbeiten und dürfen nicht aufbegehren. Es wird Monate, wenn nicht gar Jahre dauern, bis Chef Boyd mich als eine der seinen betrachtet. Aber werde ich in der Lage sein, noch lange so weiterzumachen? Ich weiß es nicht.

Für den Moment wechsle ich lieber das Thema. »Das letztens tut mir leid«, sage ich auf dem Weg durch das fast dunkle und verlassene Restaurant.

Draußen ist die Luft beißend kalt, ein starker Kontrast zu der feuchten Wärme der Küche. Ich knöpfe meine dünne Strickjacke zu. Luz und ich werden bald eine Wintersacheneinkaufstour planen müssen. Ben zuckt mit den Achseln. Wir gehen beide in dieselbe Richtung. Er läuft zur Union Square Station, um die L zu nehmen, und ich weiter südlich ins West Village.

»Ich möchte weiter nach ihm suchen«, füge ich hinzu. Es ist schwierig, Zeit für die Suche nach Zach zu finden, bei der vielen Arbeit, dem Hochzeitskram und dem Bemühen, den Kontakt zu Freunden und Familie in Frankreich zu halten. Selbst wenn ich Zeit habe, ist es schwer, mich nicht von all den Hinweisen entmutigen zu lassen, die sich als Sackgasse herausgestellt haben. Aber dass ich ihn letztens gesehen habe, ist ein Zeichen. Ich muss unbedingt weitersuchen. »Ich könnte mir vorstellen, am Montag nach Bushwick zu gehen«, fahre ich fort.

Zach hatte eine bekannte Pizzeria in Brooklyn erwähnt, in deren Nähe es ein paar abgefahrene Wandmalereien geben soll, und Ben war sofort das *Roberta's* in den Sinn gekommen.

»Cool«, erwidert Ben, ohne mich richtig anzusehen.

Mir schnürt es die Kehle zu. Hier ist offensichtlich etwas im Gange, aber ich bin noch nicht bereit aufzugeben. »Ich weiß, dass ich ihn dort wahrscheinlich nicht finden werde, aber wir haben diese Sache angefangen und …« Vielleicht liegt es an der beinharten Schicht oder der Gefühlsachterbahn, auf der ich mich befinde, seit ich Zach so nahe war, aber ich bin völlig erledigt, gar nicht ich selbst. Und Ben, der normalerweise so warm, so lieb, so zugänglich ist, hat sich komplett abgeschottet. »Möchtest du mitkommen?«

Meine Stimme klingt unsicher. So als würde ich betteln.

»Montag? Da habe ich schon was vor. Die Familie braucht mich.«

»Oh.« Ich bemühe mich sehr, mir meine Enttäuschung nicht anmerken zu lassen. »Alles okay?«

Meine Gedanken fahren Karussell. Ist das eine Ausrede?

»Ja, mach dir keine Sorgen.«

»Okay. Es muss auch nicht unbedingt Montag sein. Wir könnten …«

Ich verstumme. Nach dem vergangenen Montagabend habe ich das Gefühl, meine Anstrengungen, Zach zu finden, verdoppeln zu müssen. Dass es jetzt oder nie passieren muss. Aber ich möchte es nicht ohne Ben machen. Es ist unser Ding. Und wir sind Freunde. Oder etwa nicht?

»Du solltest so bald wie möglich dorthin gehen, Margot. Menschen wie du folgen ihren Träumen, und Zach zu finden bedeutet dir alles, nicht wahr?«

»Nun ja, nicht alles …« Verunsichert greife ich den Riemen meiner Handtasche fester.

Ben zuckt wieder mit den Schultern, und ich sage nichts mehr.

»Tut mir leid, ich kann nicht«, sagt er.

Ich denke an Olivia, das Mädchen, mit dem er ausgeht, und habe einen Kloß im Hals. Ich würde gern nach ihr fragen, danach, was er mir an jenem Abend erzählen wollte, aber er ist eindeutig nicht in Plauderlaune. Außerdem kommt es mir vor, als sei diese Unterhaltung schon eine Million Jahre her.

Wir bleiben vor den Stufen stehen, die zur U-Bahn hinunterführen.

Ben hat den Blick gesenkt, er ist auf dem Sprung. »Ich hoffe, du findest ihn. Das wünsche ich dir wirklich.«

»Ben, ich …«

»Und falls es dir gelingt, *wenn* es dir gelingt, dann hoffe ich, es war das alles wert.«

Dann ist er weg, und ich glaube, so allein habe ich mich seit meiner Ankunft in New York nicht mehr gefühlt.

Kapitel Siebzehn

Montagvormittag liegen Luz und ich auf einer Parkbank im Washington Square Park. Ich arbeite erst nachmittags, und sie hatte nur ein paar frühe Kurse. Wir haben jede einen Kaffeebecher in der Hand und Sonnenstrahlen im Gesicht. Im Park spielt jemand Klavier. Es ist ein wunderschöner Oktobertag in New York City.

»Du hast mir noch immer nichts über dein Date mit David erzählt«, sage ich nach einem Schluck von meinem Kaffee.

»Möchtest du wirklich davon hören?«

Natürlich haben wir uns Nachrichten geschrieben, aber wir hatten bisher noch keine Gelegenheit, ausführlich darüber zu reden.

»Warum nicht?«

Sie verzieht das Gesicht.

»Oh, du glaubst, nur weil mein Liebesleben so ein absolutes Desaster ist, möchte ich nichts über deins wissen? Nein, *guapa.* Ich liebe die Liebe noch immer. Ich möchte unbedingt alles über den romantischen Abend mit deinem geheimnisvollen David erfahren. Rück schon raus damit.«

Luz scheint darüber nachzudenken, aber dann gibt sie

nach. »Ich mag ihn. Er ist echt lieb und hat ständig nachgefragt, ob mir das Essen schmeckt oder ob ich noch etwas anderes möchte. Es schien ihm sehr wichtig zu sein, dass ich mich gut amüsiere. Und das habe ich.«

»Das hattest du schon erwähnt.« Ich nehme noch einen Schluck von meinem Kaffee und warte auf den Rest.

»Er ist irgendwie schüchtern«, fährt Luz fort. »Oder vielleicht ist er nicht schüchtern, sondern … vorsichtig? Wenn ich ihm eine Frage stelle, gibt er eine kurze Antwort, und dann muss ich nachbohren, um mehr zu erfahren. Du weißt, wie gern ich rede«, ich kichere zustimmend, »und es ist so unangenehm, wenn die Unterhaltung einschläft. Ich meine, ich kann ja nicht die ganze Zeit alle Lücken füllen.«

»Das könntest du bestimmt«, sage ich scherzend, »aber ich verstehe, dass es schöner wäre, wenn du nicht den ganzen Abend Selbstgespräche führen würdest.«

Luz wirft mir einen Blick zu. »Du machst dich über mich lustig.«

»*Lo siento.*«

Wir trinken eine Weile schweigend unseren Kaffee, ehe Luz hinzufügt: »Er ist ein sehr guter Küsser. Mehr als das, er ist der beste.«

Ich stoße einen langen neidischen Seufzer aus. Zach war, ist auch ein großartiger Küsser. Zweifellos mein bester. Ich erinnere mich noch an jeden einzelnen unserer Küsse, so unglaublich waren sie.

»Das muss unbedingt in die Bewertung miteinfließen«, sage ich.

Ich bemühe mich, unbeschwert zu klingen, aber vielleicht habe ich Luz vorhin tatsächlich angelogen. Es schmerzt ein wenig, mir ihre Geschichte anzuhören. Sie führt mir vor Augen, was mir fehlt, was ich einfach nicht zuwege bringe. Ich sollte glücklich sein. Ich bin in New York, habe meinen Traumjob, lebe ein tolles Leben. Wenn ich mal eine freie Minute habe, jedenfalls. Zach wäre das wundervolle Sahnehäubchen ganz oben auf dem leckersten Kuchen der Welt gewesen. Und ich liebe den Kuchen, aber kann ich wirklich ohne die Sahne leben? Ich war so nah dran. Warum sollte ich mich von diesem Traum verabschieden? Und würde ich das wirklich wollen?

Luz unterbricht mein Gedankenkarussell. »Also, was machen wir heute?«

Ich habe es ihr bis jetzt noch nicht verraten, weil ein kleiner Teil von mir hoffte, Ben würde seine Meinung noch ändern und wir würden das hier zusammen machen. Wir haben beide das Wochenende über gearbeitet, aber nicht mehr miteinander gesprochen, seit er am Freitag in der U-Bahn-Station verschwand. Ich schüttle den Gedanken ab und erläutere Luz den Plan: Pizza und Straßenkunst in Bushwick mit einer ganz, ganz kleinen Chance auf eine Zach-Sichtung. Zu der Kombi muss ich sie nicht lange überreden.

Wir stehen auf und laufen Richtung U-Bahn.

»Ich weiß, du und ich ticken in Sachen Liebe ein bisschen anders, aber ist das hier wirklich das, was du willst?«, fragt Luz.

»Pizza?«

Sie hebt eine Augenbraue. »Margot!«

Ich tue ganz unschuldig, daher fährt sie fort: »Ich möchte nicht, dass du verletzt wirst. Was ist, wenn du Zach niemals findest?«

»Ich habe ihn ja gefunden. Ich habe in der ganzen Stadt nach ihm gesucht, und als ich am wenigsten damit gerechnet habe, war er plötzlich da.«

»Aber …« Luz unterbricht sich selbst. Wir wissen beide, was sie sagen wollte. Was ist, wenn er es gar nicht war? Was ist, wenn ich ihn so sehr finden wollte, dass ich mir nur eingeredet habe, er wäre es gewesen? Als ich ihr vorhin mein Herz ausgeschüttet habe, ließ Luz mich jedes Detail meines Abends mit Ben wiedergeben, bis hin zu dem Tonfall, in dem er gesagt hat, er habe heute keine Zeit.

Wir gehen die Stufen zur U-Bahn hinunter.

»Margot, ich sage ja gar nicht, dass du aufgeben sollst …«

»Doch, genau das tust du. Ich bin nicht stolz darauf, wie es mit Ben gelaufen ist. Wir hatten einen tollen Abend und dann … bin ich einfach davongerannt. Ich weiß, dass er sauer auf mich ist, und ich finde es furchtbar. Aber dadurch habe ich das Gefühl, ich müsste Zach umso dringender finden. Es darf nicht alles umsonst gewesen sein.«

»Okay«, sagt Luz, »ich hör ja schon auf.«

Die Fahrt nach Bushwick dauert ungefähr fünfundvierzig Minuten, und ich halte die ganze Zeit über Ausschau nach Zach, genau so wie ich es jedes Mal mache, wenn ich in der Stadt unterwegs bin. Ich habe in überfüllten Bahnen und auf vollen Bürgersteigen nach ihm gesucht. Ich habe den Blick durch jeden Laden und jeden Coffeeshop schweifen lassen, den ich betreten habe. Ich habe Typen offen angestarrt, die ihm auch nur ansatzweise ähnlich sahen, und dabei comicreife Bewegungen gemacht, mein Kopf fuhr herum, mein Herz setzte einen Schlag aus.

Auch jetzt halte ich den Atem an, spähe hierhin und

dorthin. Ich hoffe. Ich erlaube mir selbst zu hoffen. Luz beobachtet mich. Manchmal scheint ihr Blick zu sagen: Ist er das? Passiert es gerade? In anderen Momenten guckt sie leicht genervt.

»Weißt du was?«, sagt Luz, als wir auf die Straße treten. »Ich habe nichts gegen diesen Teil der Operation Zach. Ich wollte schon seit Ewigkeiten herkommen.«

Bushwick ist ganz anders als Manhattan, aber wie jeder andere Ort in der Stadt hat auch dieses abgelegene Fleckchen seinen eigene Vibe. Jedes zweite Gebäude wirkt in die Jahre gekommen, mit unebenen, von Graffiti bedeckten Mauern. Dazwischen befinden sich große eingezäunte Parkplätze, in denen Lkws stehen. Strommasten heben sich vor einem blauen Himmel ab und tragen zu dem Eindruck bei, in einem Industriegebiet zu sein. Zwischen alldem ist das *Roberta's* mit seinem knallroten Eingang leicht zu entdecken. Es ist alles ausgesprochen cool.

»Siehst du, nicht alle meine Pläne sind Reinfälle.« Ich ringe mir ein Lächeln ab, aber in Wahrheit wäre ich viel lieber mit Ben hier. Und zwar nicht nur, damit wir ein wildes Streitgespräch über unsere italienischen Lieblingskäsesorten führen könnten. Ich neige dazu, Gorgonzola für unterschätzt zu halten, wohingegen Mozzarella unfairerweise viel zu oft im Rampenlicht steht. Es ist einfach so, dass Ben derjenige ist, der eins und eins zusammengezählt hat und auf das *Roberta's* gekommen ist.

Weil es ein Wochentag ist, müssen wir nicht auf einen Tisch warten. Das Lokal ist trotzdem ziemlich voll. Ungefähr auf der Hälfte der Holztische stehen runde Metalltabletts, der Geruch von Pfeffer und Basilikum liegt in der Luft. Junge, tätowierte, in Vintagemode gekleidete Leute trinken Bier oder Saft und knabbern Brot und eingelegte Oliven, während sie auf den Hauptgang warten.

Luz und ich entscheiden uns, mit gegrillten Maiskolben zu beginnen und dann die weiß-grüne Pizza zu nehmen, mit einem Belag aus Mozzarella, Sareptasenf, Zitrone und Parmesan. Als das erledigt ist, wiederhole ich denselben Tanz, den ich schon in der ganzen Stadt performt habe: Ich zeige Zachs Foto allen, die gewillt sind, es sich anzusehen. Schulterzucken folgt. Köpfe werden geschüttelt. *Kenn ich nicht. Eine Menge Leute kommen hierher.* Ich lächle und bedanke mich bei allen. Ich möchte nicht, dass sie merken, wie leid ich es bin, das zu hören. Zach ist nirgendwo. Ich hab's kapiert. Es ist hoffnungslos.

Die Pizza ist nicht von dieser Welt. Pizza gibt es überall, wahrscheinlich stets nur wenige Minuten von dem Ort entfernt, an dem man sich gerade befindet. Vermutlich ist es sogar das eine Gericht, das keine Übersetzung benötigt. Pizza ist einfach Pizza, in ihrer ganzen schlichten Genialität. Mehl, Wasser und Salz bedeckt von ein paar sorgfältig ausgewählten Zutaten, die perfekt miteinander harmonieren. Tomatensoße und Basilikum. Ricotta, Knoblauch und Olivenöl. Würstchen, Pilze und rote Zwiebeln. Die Möglichkeiten sind endlos.

Mir ist aufgefallen, dass die New Yorker sehr stolz auf ihre Pizza sind. Ich habe eine Menge Beste-Pizza-der-Stadt-Ranglisten studiert, und sie waren sich alle uneins. Meine Meinung zu dem Thema? So etwas wie das beste Irgendwas gibt es nicht, weil es für jeden etwas anderes ist. Ich mag meinen Teig lieber weich und dick als knusprig. Ein bisschen gebräunt, aber nicht verbrannt. Die hier war bis zum letzten Bissen perfekt.

Bushwick ist nicht nur berühmt für das *Roberta's,* sondern auch für seine Street Art, die hier ganze Wände ziert. Wir reden nicht von Graffiti, sondern von aufwendigen Fassadenmalereien, die sich über viele Meter erstrecken und sich in den unterschiedlichsten Stilen um Gebäude winden. Ein Leopard vor einem hellblauen Hintergrund hier, hübsche rosa Pfingstrosen, die den Eingang zu einer Garage einrahmen, dort. Es ist fast wie in einem Vergnügungspark.

»Es tut mir leid, dass es nicht funktioniert hat«, sagt Luz, während wir an einem Haufen grinsender Schädel vorbeilaufen. »Was wirst du jetzt tun?«

Ich stoße einen tiefen Seufzer aus. »Es war von Anfang an aussichtlos, stimmt's?« Ich habe nichts in den Händen außer dieser Liste und ein paar Bildern, die in einer dunklen Pariser Nacht geschossen wurden.

»Margot, es ist in Ordnung, wenn du aufgeben willst. Denk an das große Ganze. Du wolltest ein Abenteuer, und hast du nicht genau das bekommen? Manchmal entwickeln sich die Dinge einfach nicht wie geplant, und das ist okay.«

»Ich wollte ein Abenteuer und eine große Liebesgeschichte. Warum sollte ich wählen müssen? Und was ist, wenn ich kurz davor bin, ihn zu finden? Was, wenn es nur noch einen einzigen Versuch braucht?«

Luz antwortet mit einem zerknirschten Blick. Wenn es um Zach geht, gibt es nur Fragen, keine Antworten.

Ich werfe einen Blick auf die Karte auf meinem Handy, um zu sehen, welche Richtung wir einschlagen sollten, als mir etwas auffällt. »Williamsburg ist nicht weit von hier«, sage ich gedankenverloren.

Etwas blitzt in Luz' Augen auf. »Dort hast du Zach gesehen, oder?« Ich nicke. »Komm mit«, sagt sie und greift nach meiner Hand. »Ich habe eine Idee.«

Sie verrät mir nicht, was für eine Idee das ist, bis wir wieder in der U-Bahn sind und an der Haltestelle Bedford Avenue aussteigen, wo Ben lebt. Ich verspüre einen Stich, als ich die kleine Bodega an der Ecke mit dem überbordenden Blumenschmuck wiedererkenne.

»Ich habe mir Folgendes überlegt«, sagt Luz, als wir vor dem U-Bahn-Ausgang stehen, den Zach an jenem Abend genommen haben muss. »Vielleicht war er nur auf der Durchreise. Er hat jemanden besucht oder war etwas trinken.« Meine Gedanken kreisen kurz darum, wer dieser jemand wohl sein könnte. Eine Freundin? Aber ich schiebe den Gedanken beiseite. »Oder«, fährt Luz fort, »er kommt hier öfter lang, weil er in der Nähe lebt oder arbeitet.«

Ich beginne, mich langsam um die eigene Achse zu drehen, studiere alles genau, begeistert von den zahlreichen Möglichkeiten.

»So wirst du ihn nicht finden«, sagt Luz und geht auf einen Laternenmast zu. Ein paar Flyer und Aufkleber sind daran befestigt. Auf einem steht: *Geht wählen!* Ein anderer bietet Gitarrenunterricht an. Daran sind Streifen zum Abreißen, damit die Leute sich die Telefonnummer mitnehmen können.

»Ich wollte schon immer mal Gitarre spielen lernen«, sage ich. Luz reißt die Augen weit auf, als wäre mir der entscheidende Punkt entgangen. »Wir sollten einen Flyer wegen Zach machen!«, füge ich hinzu, als mir endlich ein Licht aufgeht.

»*Mais oui!*«

Wir finden ein paar Treppenstufen, auf die wir uns setzen können, und beugen uns über mein Handy, um einen Text zu schreiben.

Auf der Suche nach Zach, tippe ich.

»Nein, warte. Das muss interessanter klingen, sonst wird es niemand lesen«, sagt Luz.

Ich nicke. »New Yorker verschwenden keine Zeit, stimmt's?«

»Du lernst dazu«, sagt Luz kichernd.

Wir denken beide eine Weile nach, dann schlägt sie vor: ENTLAUFEN, süßer Typ, hört auf den Namen ZACH.«

»O ja. Sehr süßer Typ.«

»Wir müssen ihn genauer beschreiben.« Luz trommelt auf meine Schulter, als würde ich dann schneller tippen.

Blond, groß, füge ich hinzu.

»Die letzte Begegnung …«, beginnt Luz und lässt mich den Satz beenden.

Die letzte Begegnung fand unter dem Eiffelturm statt.

»Was ist mit dem Mal, als du ihn in der U-Bahn gesehen hast?«, fragt Luz.

Ich zucke mit den Schultern. »Die letzte Begegnung fand auf dem Bahnsteig der Haltestelle Bedford Avenue statt, klingt einfach nicht so toll. Und was glaubst du, wie viele Zachs da jeden Tag vorbeikommen? Wohingegen es sehr viel weniger Zachs sein dürften, die dort vorbeikommen *und* den Eiffelturm besichtigt haben.«

»Gutes Argument.«

Wir diskutieren noch eine ganze Weile über jedes Wort und entscheiden uns schließlich für folgenden Text:

ENTLAUFEN
Sehr süßer Typ namens ZACH
Blond. Groß. Ein Traum (objektiv betrachtet)
Die letzte Begegnung fand vergangenen Sommer nach einer magischen Nacht unter den funkelnden Lichtern des Eiffelturms statt.
Das Universum ruft Dich, Zach. Antworte via Text unter:
347–330–1994
Bisous, Margot (erinnerst Du Dich an mich?)

Dann rennen Luz und ich zum nächsten Copyshop und bitten sie, zwanzig Kopien davon zu drucken.

»Oder sollte ich noch mehr bestellen?«, sage ich an Luz gewandt. »Wenn wir das hier wirklich ernst nehmen, müssen wir die ganze Stadt damit pflastern. Es ist meine letzte Chance.«

»So was wie eine letzte Chance gibt es nicht, aber klar«, sagt Luz.

Die Blätter sind noch warm vom Drucker. Bevor wir den Laden verlassen, kaufe ich noch eine Rolle Klebeband und eine Schere. Dann wenden Luz, meine Hoffnung und ich uns den Straßen von Williamsburg zu. Wir gehen methodisch vor, von Laternenmast zu Laternenmast zu Laternenmast. Immer wieder bleiben Leute stehen, um unsere Flyer zu lesen, sobald wir sie festgeklebt haben, was mich mit wilder Freude erfüllt. Ich beuge mich über Mülleimer, weiche Hundeleinen aus und werde fast von ein paar Fahrradkurieren mit Elektrofahrrädern umgenietet.

Schon bald ist mein Hilferuf überall in der Nachbarschaft verteilt.

Nachdem wir den letzten Zettel angebracht haben, treten wir einen Schritt zurück, um unser Werk zu bewundern.

»Hast du den Eindruck, dass wir dem Universum genug geholfen haben?«, fragt Luz lächelnd.

»Ja«, erwidere ich froh.

Aber ich sehe ihrem Gesicht an, dass es für sie nur ein Spaß ist, eine lustige Art, den Nachmittag zu verbringen. Zach und ich hatten vor einem Jahr einen wunderschönen Abend, und unser großer Plan, uns am Times Square wiederzusehen, ist komplett fehlgeschlagen. Ich bin nicht sicher, ob sie überhaupt jemals daran geglaubt hat, dass er Wirklichkeit werden könnte; Wirklichkeit werden würde. Aber sie war an jenem Abend nicht dabei. Ich glaube, ich habe mich noch nie jemandem so geöffnet wie Zach. Ich habe ihm meine größten Ängste anvertraut: wie mich die Frage umtreibt, ob ich jemals so gut werde kochen können wie meine Mutter, und ob es mir gelingen würde, meinen eigenen Weg zu gehen. Ich habe ihm erzählt, wie sehr ich mich während meiner ganzen Kindheit danach gesehnt habe, nach New York zu fliegen, und wie enttäuscht ich jedes Mal war, wenn mein Vater stattdessen uns besuchte. Ich habe über meine Freunde geredet, die ich über alles liebe, die aber nie richtig verstanden haben, warum ich unbedingt aus unserer Kleinstadt wegwollte. Die ganze Zeit hat Zach mir zugehört. Er nahm mich fester in den Arm und gab mir das Gefühl, mich besser zu verstehen als alle anderen Menschen zuvor. Ich möchte dieses Gefühl wiederhaben.

Ich kann nicht einfach so weitermachen und mir sagen, dass es von seiner Seite aus nicht echt war, dass er gelogen hat, als er sagte, er wolle mich wiedersehen. Hat er mich einfach vergessen? Hatte er nie vor, mich am Times Square zu treffen? Nein, ich will mir das gar nicht vorstellen, es ist zu schmerzhaft.

Dennoch kommt es mir so vor, als schwänden meine Chancen rapide. Oder vielleicht sind sie auch schon dahin. Wenn das hier nicht funktioniert, wenn Zach nicht zu mir kommt, nachdem ich alles darangesetzt habe, ihn zu finden, dann bin ich zumindest kämpfend gescheitert.

Kapitel Achtzehn

Da es nur noch drei Wochen bis zur Hochzeit sind, beunruhigt es mich etwas, von Raven zu hören, dass Chef Boyd in der näheren Zukunft alle Mann an Deck braucht.

»Es geht auf die Weihnachtszeit zu«, erklärt sie mir am Ende des Abends, als wir eine kurze Pause in der Gasse machen. Ich habe aufgehört, nach Ratten Ausschau zu halten, obwohl ich immer noch zusammenfahre, wenn der Wind eine einsame schwarze Plastiktüte durch die Gegend wirbelt. »Die Zeit von jetzt bis Januar wird sich sehr laaang ziehen. Sei gewarnt.«

Mir war nicht klar, dass aus den unfassbar schlauchenden Stunden, die ich gearbeitet habe, noch mehr werden könnten, aber mir ist der Stimmungswechsel aufgefallen, der in der Luft liegt. Luz ist voll ins Studentenleben eingestiegen, die Hochzeitsplanung ist so gut wie abgeschlossen, überall sieht man Kürbisse, und Halloween-Dekorationen haben die Straßen erobert. Es kommt mir vor, als hätte ich schon fünf verschiedene Versionen von New York kennengelernt, und ich bin erst seit zwei Monaten hier.

»Chef Boyd legt letzte Hand ans Weihnachtsmenü, und seine Investoren werden bald vorbeikommen.«

»Um was zu tun?«, frage ich neugierig. Maman hat keine Investoren, denen sie Rechenschaft schuldig ist. Sie macht einfach gutes Essen, und den Leuten schmeckt es gut genug, dass sie wiederkommen. Ende.

Raven zuckt mit den Schultern. An ihr scheint alles abzuprallen; was wahrscheinlich dabei hilft, die enge Zusammenarbeit mit Chef Boyd zu überleben. »Sie prüfen, ob der Laden läuft und ihr Geld gut angelegt ist. Es geht ihnen natürlich um ihr Investment, aber viele von ihnen wollen auch ein Restaurant in ihrem Portfolio haben, das einen gewissen Ruf hat. Sie könnten nicht mal, wenn ihr Leben davon abhinge, einen Spargel schälen, aber sie möchten von sich sagen können, dass sie am Erfolg des *Nutrio* beteiligt sind, dass unser Artischockenpüree ohne sie nicht existieren würde.«

»Klingt nicht, als hätten sie Sinn für Humor.« Ich necke sie nur, aber Raven nickt.

»Wir brauchen sie nicht wegen ihres Sinns für Humor, sondern allein wegen ihres Geldes. Und das ist der Punkt, an dem du ins Spiel kommst.«

»Ich?« Die Überraschung steht mir zweifellos ins Gesicht geschrieben. Das Thema Geld ist nicht gerade meine Stärke. Mir ist es gelungen, etwas anzusparen, seit ich hergezogen bin, aber nur deshalb, weil ich nichts für Miete und Essen zahle, was in New York das ultimative Privileg ist. Alles in allem habe ich nicht besonders viel auf der hohen Kante. Ich verstehe, warum Bens Vater ihm wegen seines Einkommens in den Ohren liegt.

»Du und alle anderen Köche«, sagt Raven. »Der Chef wird das neue Menü an den Mittagsgästen testen.« Meine Augen leuchten auf, und Raven lächelt. »Ich dachte schon, dass dir das gefallen würde. Also kann ich morgen gegen zwölf auf dich zählen?«

Eigentlich hätte ich frei haben sollen, aber ich kann mir die Gelegenheit, mit Chef Boyd zu kochen, nicht entgehen lassen.

Als ich am nächsten Tag ins Restaurant komme, erfahre ich, dass er plant, mit jeweils zwei Köchen am Menü zu arbeiten, bis es fertig ist. Dann entdecke ich, dass ich mit Ben eingeteilt bin, und meine Freude ist so groß wie mein Entsetzen.

Seit dem Zwiebelsuppenabend sind ein paar Wochen vergangen, und wir reden kaum noch miteinander. Einoder zweimal war ich kurz davor, ihm vorzuschlagen, dass wir uns verabreden, aber dann hörte ich, wie Ben einem anderen Koch von einem Franchise-Restaurant erzählte, das bald ein paar neue Lokale in der Stadt aufmachen würde. Ich weiß, das gehört zu seinem Plan. Es ist der nächste Punkt auf seiner Liste. Ich habe außerdem beobachtet, wie er sämtliche Pausen damit verbracht hat, seine Nase in der Biografie eines berühmten Kochs zu vergraben. Es ist also offensichtlich, dass er sich im Moment auf seine Karriere konzentriert, auf den folgerichtigen nächsten Schritt. Ehrlich gesagt macht mich das traurig. Ich kann nicht glauben, dass Ben tatsächlich in so einer Art Restaurant arbeiten will.

»Nun gut«, sagt Chef Boyd, als wir drei uns in einer Ecke der Küche zusammenfinden, während die anderen an ihren Stationen alles für die Abendschicht vorbereiten. »Hier sind die zwei Gerichte, an denen wir arbeiten werden.« Er wendet sich Ben zu. »Ein grünes Nudelgericht mit Erbsen, Grünkohl, Zitrone und Ricotta.« An mich gewandt fährt er fort: »Und ein wunderbar knackiges Ratatouille.«

Jetzt verstehe ich, warum er das französische Mädchen für den Job eingeteilt hat. Ratatouille ist eine von Mamans Spezialitäten, aber dummerweise kann ich ihr nicht schreiben und sie um Tipps bitten. Chef Boyd hat die Regel aufgestellt, dass wir unsere Handys nicht mit in die Küche bringen dürfen. Zum einen sind viele Bakterien darauf, und zum anderen lenkt es die Leute ab, und sie versuchen heimlich, Blicke aufs Display zu werfen.

Er legt ein Blatt mit der Zutatenliste vor uns ab, die in einer unleserlichen Handschrift gekritzelt ist, aber ich brauche sie nicht zu lesen, um zu wissen, was in ein Ratatouille gehört. Ben und ich gehen sofort in den Kühlraum, um die Zutaten zu holen, die wir brauchen.

Er: frische Rigatoni, handgemacht von einem der Vorbereitungsköche, grüne Erbsen, lange Grünkohlblätter, die noch am Stängel hängen, ein paar Zitronen und einen Behälter mit frischem Ricotta.

Ich: jede Menge Gemüse, darunter Tomaten, Auberginen, Zucchini, rote Paprika und gelben Kürbis, einen Krug Olivenöl und eine Handvoll Knoblauchzehen.

Wir bereiten alles schweigend nebeneinander vor, während Chef Boyd zu Bertrand hinübergeht, um mit ihm zu reden. Es überrascht mich immer wieder, wie wenig der Chef tatsächlich selbst am Herd steht. Maman ist nicht nur die Chefin des *Chez l'ami Janou*, sie ist die Hauptköchin, die Person hinter jedem Gericht, von Anfang bis Ende.

Aber in einem großen Restaurant wie diesem hier verbringen die Chefköche einen Großteil ihrer Zeit mit, nun ja, so ziemlich allem außer Kochen. Sie treffen die Lieferanten, überprüfen die Lagerbestände, entwerfen das Menü, führen Vorstellungsgespräche und halten die Investoren bei Laune. Und obwohl jedes Gericht durch seine Hände geht, bevor es den Gästen serviert wird, bedeutet das oftmals nur, dass Chef Boyd derjenige ist, der die *sauce au vin* drübergießt oder überprüft, ob das Zwiebelconfit die richtige Süße hat.

Während Ben die Grünkohlstiele entfernt und Wasser zum Kochen auf den Herd setzt, schneide ich das Gemüse in ordentliche kleine Würfel.

Ich bin nach New York gekommen, um etwas Neues und anderes zu machen, aber es gibt nur eine Möglichkeit, ein Ratatouille zuzubereiten: Mamans. Ich höre geradezu die Anweisungen, die sie mir stets gegeben hat. *Bei einem Ratatouille ist die wichtigste Zutat die Geduld*, sagt sie immer. Ich habe jedes Mal die Augen verdreht, wenn sie damit ankam, aber sie hatte recht. Man kann versuchen, alles Gemüse auf einmal zu kochen, um Zeit zu sparen. Doch dann hat man am Ende nur matschige Zucchini und ungare Auberginen. Jedes Gemüse braucht seine ganz eigene Zuwendung und eine sehr exakte Kochzeit. Das und eine unglaubliche Menge Olivenöl.

Sobald mein erster Schwung Gemüse auf dem Herd vor sich hin köchelt, kehre ich in den Kühlraum zurück, um in den Kräutern herumzukramen, die wir vorrätig haben. Frischer Oregano erweckt als Erstes meine Aufmerksamkeit, obwohl ich gern und viel Basilikum verwende. Und dann sind da noch die *herbes de Provence*, die so ziemlich jedes Gericht verbessern. Ich nehme ein paar Gläser und Zweige mit zurück und reihe sie auf der Anrichte auf.

»Ich brauche deine Meinung«, sage ich zu Ben. Seine Ecke ist mit ausgedrückten Zitronenhälften bedeckt, Zitrusduft hängt zwischen uns in der Luft. Der Mixer neben ihm, bis oben hin voll mit gekochtem Grünkohl und geröstetem Knoblauch, läuft auf der höchsten Stufe. »*Herbes de Provence* sind die richtige Wahl hier, *oui ou non?*«

Chef Boyd hat nur *Kräuter* auf die Liste geschrieben, und ich frage mich, ob er extra so vage geblieben ist, um mich zu testen.

»*Absolument*«, sagt Ben. Er senkt die Stimme, als wäre er im Begriff, mir ein Geheimnis zu verraten. »Aber wenn ich du wäre, würde ich für den Kick ein paar Flocken roten Paprika hinzufügen.«

Ich nicke nachdenklich. Ratatouille schmeckt mitunter sehr mild, sobald die Tomatensoße untergerührt wurde. Eine kleine Extrawürze kann nicht schaden. Tatsächlich könnte sie genau das sein, was dem Ratatouille den letzten Pfiff verleiht.

Der Mixer verstummt, und Ben nimmt den Deckel ab. »Probierst du die Soße bitte mal?« Er reicht mir einen Löffel. »Wie viel Zitrone ist zu viel Zitrone?«

Ich tauche meinen Finger ein und lecke die Soße ab, damit die Geschmacksknospen auf meiner Zunge entscheiden können. »Ich finde, es könnte ein bisschen mehr sein.«

Chef Boyd sieht von Zeit zu Zeit nach uns. Er stellt ein paar Fragen, aber seine Miene bleibt ungerührt, während wir antworten. Ich beginne, mir Sorgen zu machen. War es zu riskant, das Gericht auf die altmodische Art zu kochen? Es entspricht nicht wirklich dem Stil des *Nutrio.* Ich habe das Gefühl, in einer dieser Kochshows zu sein. Ich werde nicht wissen, ob ich erfolgreich war, bis es zu spät ist, noch etwas zu ändern.

Endlich sind Ben und ich fertig. Seine Pasta und mein Gemüse sind gekocht, unsere Saucen cremig und bereit. Wir müssen uns keine Gedanken um die Präsentation auf den Tellern machen, das wird Chef Boyd übernehmen, sobald alles am Rezept stimmt.

Chef nimmt eine Gabel und stößt sie als Erstes in meine Kreation. Nachdem er sie in den Mund geschoben hat, kaut er einige Sekunden konzentriert und lässt die Aromen auf sich wirken.

Das Warten ist die Hölle, doch endlich fällt er sein Urteil. »Deine Zwiebeln sind nicht weich genug. Ich denke, sie hätten noch ein paar Minuten Kochzeit vertragen.«

»Verstanden«, erwidere ich. Innerlich verfluche ich mich selbst. Ungare Zwiebeln? Anfängerfehler.

Er nimmt noch ein paar Bissen, und ich halte den Atem an. Ben steht sehr dicht neben mir. Ich weiß nicht, ob er sich Sorgen um mich oder um sich selbst macht, aber der Druck ist enorm.

Schließlich nickt Chef Boyd und legt seine Gabel ab. »Okay, Margot. Jetzt weiß ich, warum ich dir eine Station anvertraut habe.«

Ich hole tief Luft und versuche, die Ruhe zu bewahren. Das ist eindeutig das beste Kompliment, das ich je von ihm bekommen werde. Ich ziehe in Erwägung, ihn zu umarmen, aber das wäre nicht sehr französisch von mir, geschweige denn professionell. Trotzdem kann ich nicht anders. Ich drehe mich von Ohr zu Ohr grinsend zu Ben um. Er lächelt strahlend und wirkt ganz wie ein Freund, der sich von Herzen für mich freut. Seine gebräunte Haut hebt sich schimmernd von der weißen Kochjacke ab, der leichte Bartansatz an seinem Kinn verleiht ihm eine gewisse Rauheit. Einen Moment lang kommt es mir vor, als wäre zwischen uns wieder alles in Ordnung.

Chef Boyd macht noch ein paar Bemerkungen zu Bens Gericht – sogar noch mehr Zitrone, aber etwas weniger Ricotta, damit die Soße leicht bleibt –, und dann sind Ben und ich vom Haken.

»Ich freue mich für dich«, sagt Ben, sobald Chef Boyd uns allein gelassen hat.

Alle anderen sind ebenfalls weg, es ist Zeit für das Familienessen. Wir können sie im Hintergrund reden hören, aber hier in der Küche sind wir unter uns.

Ich möchte meinen Erfolg feiern. Das möchte ich wirklich, aber es gibt noch etwas Dringenderes zu erledigen. Das ist das erste Mal seit langer Zeit, dass ich Ben für mich allein habe, und ich muss ihm sagen, was mich beschäftigt. »Ich finde es schade, dass wir gar nichts mehr zusammen machen. Du fehlst mir.«

Zum Ende meiner Ansprache schnürt sich mir die Kehle zu. Die Worte klingen seltsam kratzig.

Ben weicht meinem Blick aus. Er greift nach ein paar Grünkohlstielen und wirft sie in den Biomüll. »Ich hatte viel um die Ohren.«

Ich stoße einen Seufzer aus, der lauter wird als beabsichtigt. Um ehrlich zu sein: ich weiß, dass er viel um die Ohren hatte. Ich werfe ihm nicht vor, dass er keine Zeit für meine Fantasterei hatte, Zach zu finden. Aber Ben war mein Freund, und dann war er es nicht mehr, und das ist … einfach nicht auszuhalten für mich.

Ben mustert mich mit geschürzten Lippen. Ein paar

Momente vergehen, ehe er sagt: »Du hast mir auch gefehlt.«

»Ich hatte echt nicht vor, dich an jenem Abend einfach so stehen zu lassen. Das war schäbig von mir.«

»Das ist es gar nicht.« Seine Stimme klingt leise, bedächtig. »Du hast geglaubt, du hättest Zach gesehen. Ich werfe dir nicht vor, dass du ihm nachgelaufen bist.«

Aber in seinem Blick steht ein Schmerz, der mir das Herz zerreißt. »Ben …«

Ich frage mich, ob er die Flyer in seiner Nachbarschaft hat hängen sehen und findet, ich wäre zu weit gegangen.

»Nein, warte. Lass mich das hier sagen.« Er wischt sich die Hände an der Schürze ab und dreht sich wieder zu mir um. »Ich finde dich großartig, Margot. Und ich bewundere dich dafür, dass du deinen Träumen folgst. Ich wünschte, ich wäre so mutig wie du.«

»Du bist mutig«, sage ich. »Du arbeitest so hart und hilfst allen um dich herum. Außerdem weiß ich, welchen Druck dein Vater auf dich ausübt und …«

Ben schnaubt, und ich lasse das Thema fallen. Die Stille, die daraufhin zwischen uns herrscht, scheint mit Händen greifbar.

»Hey«, sage ich schließlich. »Ich wollte dich was fragen …« Ich verstumme, weil ich erst all meinen Mut zusammennehmen muss, ehe ich weiterspreche. Es ist seltsam, wie nervös ich bin. Ben ist der Erste, mit dem ich in New York Freundschaft geschlossen habe. Ich möchte, dass er zu meinem Leben gehört. »Können wir uns noch mal treffen? Nur so, um abzuhängen.« Ich bin nicht sicher, wie ich das, was ich meine, sonst ausdrücken soll. *Nicht wegen Zach.* »Ich weiß, du hast viel zu tun, und die Hochzeit meines Dads ist bald, aber vielleicht finden wir trotzdem Zeit dafür? Wenn du das willst, meine ich.«

Ben nickt langsam. Einen unerträglichen Moment lang fürchte ich, er könnte Nein sagen, was wahrscheinlich dazu führen würde, dass mir die Gesichtszüge entgleisen. »Ja.«

Meine Antwort ist ein Lächeln. Nein, ein Strahlen. Ich glaube, so glücklich war ich nicht mehr, seit ich Zach auf dem Bahnsteig entdeckt habe.

»Lass uns einen klassischen New Yorker Abend zusammen verbringen«, schlägt er vor.

»Das hört sich absolut *parfait* an.«

Mir ist zwar nicht klar, was zu einem klassischen New Yorker Abend alles dazugehört, aber ich kann es kaum abwarten, es herauszufinden.

Kapitel Neunzehn

Die nächsten Tage sind eine endlose Folge von Arbeit und noch mehr Arbeit. Unglaublich toller und extrem schlauchender Arbeit. Als ich am Sonntagmorgen aufstehe, finde ich Dad am Esstisch über einen Notizblock gebeugt vor.

»Ich schreibe mein Ehegelübde«, erklärt er, als ich ihn frage, was er macht.

Auf der Seite steht noch nichts, es liegt nur ein schimmernder schwarzer Stift darauf.

»Wie lange sitzt du schon daran?«

Er lehnt sich auf seinem Stuhl zurück. »Worte sind nicht gerade mein Ding, aber es würde Miguel sehr verletzen, wenn ich nicht etwas ganz Besonderes über ihn zu sagen hätte. Ist es nicht merkwürdig, dass man seine Gefühle für jemanden, den man seit Jahren liebt, noch einmal in aller Öffentlichkeit verkünden soll?«

»Ich glaube, so etwas nennt sich Hochzeit«, erwidere ich und setze mich neben ihn.

Ich trage immer noch meinen Schlafanzug, meine Haare stehen in alle Richtungen ab, und meine Augen sind mit Schlaf verklebt. Ich weiß, ich habe es mir so ausgesucht, aber für eine Station verantwortlich zu sein, beschert mir ein Maß an Erschöpfung, wie ich es bisher nicht gekannt habe, sowohl mental als auch körperlich. Wer hätte gedacht, dass Träume so kräftezehrend sein können?

Papa nimmt den Stift und starrt die leere Seite an.

»Kannst du nicht einfach sagen, dass du dich freust, den Rest deines Lebens mit ihm zu verbringen?«

»Ich glaube, es sollte ein wenig mehr Tiefe haben. So, wie ich Miguel kenne, hat er bestimmt fünf Seiten geschrieben, und ich werde in Tränen ausbrechen, bevor er die Hälfte davon vorgelesen hat.«

Ich nutze den Stuhl neben mir, um die Beine hochzulegen. Meine Füße schmerzen so, als wollten sie mich nie wieder tragen. »Warum muss Liebe so kompliziert sein? Ich wünschte, man könnte sich einfach in jemanden verlieben und mit ihm zusammen sein. Ende der Geschichte.«

Papa wirft mir einen verwunderten Blick zu. »Hm, so kann man es natürlich machen. Es passiert andauernd. Aber ich habe den Verdacht, dass wir nicht mehr über mein Ehegelübde sprechen.«

»Tut mir leid.«

Ich reibe meine Augen in dem Versuch, wacher zu werden.

»Geht es dir gut, *ma chérie?*«

»Ja.« So klingt es aber nicht, und das wissen wir beide.

»Rede mit mir. Ich habe das Gefühl, dass ich dich kaum zu Gesicht bekommen habe, seit du hier bist. Wie hat New York dich bisher behandelt?«

In Wahrheit weiß ich das nicht so genau. So viel ist passiert, seit ich hier angekommen bin, und ich hatte noch nicht mal die Gelegenheit, die Hälfte davon zu verarbeiten. »Du kennst doch das New York aus den Filmen. Den

Glanz, die hellen Lichter, das ganze Treiben, die Stadt, die niemals schläft?« Er nickt. »Also … so ist es tatsächlich. Was toll ist, aber es ist auch verdammt hart.« Ich breite die Arme weit aus. »All das hier ist HEFTIG.«

Papa gluckst. »Yep. Diese Stadt ist fantastisch, aber du bekommst hier nichts geschenkt. Die Fahrt ist holprig, doch ich finde, sie ist das Durchhalten wert. Es gibt keinen Ort auf der Welt, der sich mit New York vergleichen lässt.«

»Wahnsinnig holprig! Aber ja, ich verstehe, was du meinst. Ich bin seit drei Monaten hier, und manchmal kommt es mir vor, als wäre ich niemals irgendwo anders gewesen, als wäre es der einzige Ort der Welt. New York oder gar nichts.

»Das ist die richtige Einstellung!« Er blickt sich suchend nach allen Seiten um, obwohl Miguel gerade Besorgungen macht. »Aber sag das nicht, wenn Miguel dabei ist. Er redet ständig von einem beschaulicheren Leben in der Sonne, in der Nähe seiner Familie.«

Das überrascht mich nicht. Miguel hat schon einige Bemerkungen darüber fallen lassen, dass er lieber im Spätsommer geheiratet hätte, aber der Veranstaltungsort war da schon ausgebucht. Beide waren sich einig, dass sie nicht bis zum nächsten Jahr warten wollten, also haben sie den nächsten freien Termin genommen, und es kam Anfang November dabei heraus. Trotzdem beklagt sich Miguel darüber, dass es vielleicht zu kalt sein könnte.

»Und wie stehst du dazu?«, frage ich.

Papa muss über die Antwort nicht nachdenken. »Es ist so, wie du gesagt hast: New York oder gar nichts. Und du wirst dich an alles gewöhnen. Du wirst schon sehen.«

Ich habe längst damit aufgehört, mich über die orangefarbenen Hütchen zu wundern, die in der Mitte der Straße stehen. Diejenigen, die Gullylöcher verdecken und aus deren Spitzen Abwasserdämpfe aufsteigen. Ich bin seit Wochen nicht mehr in den falschen Zug gesprungen, und ich bleibe nicht mehr mitten auf dem Bürgersteig stehen. Luz ist so stolz auf mich. Aber es gibt noch so viel zu lernen, zu erkunden. An ein und demselben Tag kann ich mir wie die perfekte New Yorkerin vorkommen und mir gleichzeitig denken, dass ich all die unausgesprochenen Regeln, die es hier gibt, nie begreifen werde.

»Klar«, sage ich und stehe auf.

Mein knurrender Magen verlangt nach Frühstück, obwohl es inzwischen wahrscheinlich Zeit fürs Mittagessen ist. Ich gehe in die Küche und hole die Milch aus dem Kühlschrank, der viel besser bestückt ist, seit ich hier wohne.

»Und du solltest aufhören, so angestrengt nachzudenken und lieber deinem Herzen folgen. Die Worte werden kommen«, füge ich hinzu und deute mit dem Kinn auf seinen Notizblock.

Papa lächelt. »Sieh an, sieh an. Plötzlich ist meine Kleine erwachsen und gibt mir Beziehungstipps.«

»Gib nicht mir die Schuld, falls sie nicht fruchten. Ich lerne selbst jeden Tag dazu.«

Nach dem Frühstück überlasse ich Papa seiner großen, epischen Liebeserklärung – er hat vier Zeilen geschrieben und wieder durchgestrichen, während ich mein Müsli gegessen habe – und mache mich fertig.

Ben und ich treffen uns nachher. Ich dusche ausgiebig, knete ein Produkt in meine Haare, damit sie sich wellen, und wähle ein Kleid aus, das Luz und ich zusammen gekauft haben. Es ist schwarz mit einem Blümchenmuster, dazu körperbetont und recht kurz. Es ist nicht das, was ich normalerweise trage, aber mir gefällt, was ich im Spiegel sehe. Ich weiß, Mädchen sollen das eigentlich nicht sagen. Von uns wird erwartet, dass wir über unsere krumme Nase meckern, unsere runden Hüften oder schiefen Zähne. Niemals sollen wir unser tolles Lächeln erwähnen oder unsere schönen Beine. Ich frage mich, wer sich das ausgedacht hat.

Aber ich pfeife darauf. Und ich wette, New York ebenfalls.

*

Ben ist die Kinnlade heruntergefallen, als ich ihm gesagt habe, dass ich noch nie Dim Sum gegessen habe. Er hat darauf bestanden, diese Bildungslücke sofort zu schließen. Es ist ihm schwergefallen, ein Restaurant auszuwählen, sagt er, aber er hat sich schließlich für eines der ältesten in Chinatown entschieden. Der *Nom Wah Teesalon* sieht aus, als käme er direkt aus einem Wes-Anderson-Film. Der Name steht in einer skurrilen gelben Schrift auf verblassten rot gestrichenen Brettern und wiederholt sich noch einmal in einer Sprache, die vermutlich Kantonesisch ist. Er befindet sich in der Doyers Street, einer kurvigen kleine Gasse, in der noch ein paar andere Restaurants und eine billige Cocktailbar zu Hause sind. Aber er ist zweifellos das angesagteste Lokal hier.

Drinnen sieht es aus, als hätten ein chinesisches Restaurant und ein amerikanischer Diner Nachwuchs bekommen: gemusterte Fliesen, diverse Portraits an den Wänden, Barstühle aus Metall an der Theke und ringsherum Nischen, deren Sitzbänke mit rotem Kunstleder überzogen sind. Das alles verleiht dem Restaurant eine bezaubernde Note, die einem das Gefühl gibt, aus der Zeit gefallen und nicht mehr in New York zu sein.

»Du siehst sehr hübsch aus«, sagt Ben, als wir zu unserem Tisch geführt werden.

Ich bin überrumpelt. Ben hat mir noch nie ein Kompliment zu meinem Outfit gemacht. Ich bin froh, dass er hinter mir geht und nicht sehen kann, wie ich erröte. Ich werde normalerweise nicht so schnell rot, aber ich habe manchmal den Eindruck, als brächte New York eine andere Margot in mir zum Vorschein. Ich bin immer noch dabei, sie kennenzulernen.

»Du auch«, erwidere ich.

Ben trägt ein schwarzes Hemd und Jeans. Unsere Sachen passen gut zueinander. Seine kurzen Haare schimmern und liegen perfekt. Sein Gesicht ist glattrasiert. Er riecht nach Minze und frischer Luft.

»Ich bin hübsch?!« Er guckt amüsiert, als wir uns setzen.

»Warum nicht? Es ist ein Wort unter vielen. Vor allem aber ist es ein Kompliment. Nimm es einfach an.«

Unsere Blicke treffen sich, und er schenkt mir ein kleines Lächeln. Die Art, wie Ben mich ansieht, hat etwas Besonderes. Sie ist wie eine visuelle Umarmung, die mir versichert, dass ich mir um nichts Sorgen machen muss, solange ich mit ihm zusammen bin. Und nicht nur, weil er zu meinem inoffiziellen Stadtführer geworden ist.

»Ich nehme es mit Freuden an.« Er wirft mir ein noch

breiteres Lächeln zu und greift nach einem der Blätter, die zwischen zwei Serviettenspendern klemmen. Dann nimmt er den Stift in die Hand, der auf dem Tisch liegt. »Es funktioniert folgendermaßen: Man kreuzt das Kästchen neben jedem Gericht an, das man probieren möchte, und gibt den Zettel dann dem Kellner.«

Ich lasse meinen Blick darüber schweifen. Alles steht auf Chinesisch und Englisch da. »Wähl du etwas aus«, sage ich und schiebe meinen Zettel zu ihm rüber. »Ich vertraue dir.«

Er mustert das Menü mit gerunzelter Stirn. Dann beginnt er die Kästchen anzukreuzen. Shrimp-Teigtaschen. Pfannkuchen mit Frühlingszwiebeln. Klebereis. Ich verliere schnell den Überblick und gebe mich einfach damit zufrieden, dass die Chancen gut stehen, dass mir das schmecken wird, was Ben schmeckt.

Bald darauf trifft unser Tee ein, gefolgt von mit Schweinefleisch gefüllten Brötchen. Der Teig ist so weiß und glatt, dass sie fast wie Spielzeugessen aussehen. Aber dann beiße ich hinein. Sie sind angenehm zu kauen und fettig – genau richtig.

»Wie geht es Luz?«, fragt Ben.

Er hat sie nur einmal getroffen, als wir alle zusammen ausgegangen sind, daher überrascht es mich etwas, dass er nach ihr fragt. Aber ich nehme an, ich erwähne sie ziemlich häufig. »Sie ist sehr mit Lernen beschäftigt, deswegen sehe ich sie nicht mehr so oft. Und sie trifft sich mit diesem Typen. David. Ich glaube, ich habe dir von ihm erzählt, oder?«

Ben räuspert sich. »Ja, kann sein.«

»Es hört sich so an, als liefe es wirklich gut. Momentan können sie sich nicht viel sehen, aber sie schreiben sich.«

»Du klingst ungläubig«, sagt Ben lächelnd.

Der Kellner bringt ein zugedecktes Bambuskörbchen. Dampf steigt daraus empor, sobald wir den Deckel anheben. Sechs knallheiße Teigtaschen begrüßen uns im Innern. Sie sind länger als die Momos aus Queens, die hübsch rund waren.

»Ich glaube, sie mag ihn. Aber sie lassen sich viel Zeit.«

»Und das entspricht nicht deinem Vorgehen.«

Meine Gedanken wandern automatisch zu jener Nacht mit Zach in Paris. Zu den Schmetterlingen, die stundenlang in meinem Bauch flatterten, dem Adrenalin, das mit jeder verstrichenen Minute anstieg, weil wir wussten, dass die Nacht bald enden würde. Ich denke daran, wie jeder Moment eine Fülle an neuen und wundervollen Gefühlen bereitzuhalten schien. Es war unglaublich. Zumindest denke ich das. Das Gefühl verblasst allmählich.

Ben fährt fort. »Du möchtest Liebe auf den ersten Blick, unsterbliche Leidenschaft und ein Zeichen vom Universum, dass ihr füreinander bestimmt sein.« Sein Tonfall ist etwas scharf, und er klingt zu ernst, gar nicht wie er selbst.

»Ist das etwas Schlechtes?«

»Nein. So bist du eben.«

Sein Ton bereitet mir Unbehagen.

»Und du glaubst, du brauchst einen Zehnjahresplan, selbst wenn das bedeutet, tolle Möglichkeiten in den Wind zu schlagen, wie zum Beispiel nach Frankreich zu gehen und währenddessen deinen eigenen Weg zu finden. Hast du je darüber nachgedacht, dass du zulässt, wie die

Vorstellung deines Dads, wie sich Erfolg definiert, dein ganzes Leben bestimmt?«

Ben sieht mich eine Weile an, bevor er etwas darauf erwidert. »Vielleicht bin *ich* eben so.«

Ich nicke. Er hat recht, wir sind unterschiedlich, und das ist in Ordnung. Also warum sagt mir mein Gefühl etwas anderes?

Wir essen alles restlos auf, und als wir das geschafft haben, ist der Abend erst angebrochen. Ben hat eine Idee, wohin wir gehen könnten, aber er verrät mir nicht, was es ist.

»Etwas für Touristen«, ist alles, was er sagt, als wir die U-Bahn zum südlichsten Punkt von Manhattan nehmen. »Es gibt noch so viel, was du unbedingt sehen musst.«

Am anderen Ende der U-Bahn-Fahrt wirbelt der Herbstwind auf dem Weg zum Eingang der Staten Island Ferry meine Haare durcheinander.

»Was gibt es auf Staten Island?«, frage ich.

Ben lächelt. »Ich gebe dir einen Tipp: Es geht nicht um das Ziel.«

Ich bin immer noch nicht schlauer, also werde ich wohl oder übel abwarten müssen.

Als wir an Bord der Fähre gehen, hat der Abendhimmel fünf verschiedene Grautöne angenommen. Er sieht unecht aus, als wären die Wolken von Meisterhand gemalt. Eine frische Brise weht uns ins Gesicht, als das Boot ablegt. Am Ufer hebt sich die Skyline funkelnd vor dem Abendhimmel ab. Es ist magisch. Sie besteht aus Tausenden glitzernden Lichtpunkten, die aussehen wie Sterne. Jeder dieser Sterne steht für einen Menschen an dieser großen wilden Stätte. Einer von ihnen muss Zach sein.

Es sind jede Menge Menschen an Deck, und wir müssen uns dicht aneinanderdrängen, um einen Platz an der Reling zu erwischen, von dem aus man über das Wasser blicken kann. Ich weiß nicht, ob es daran liegt, dass wir hier draußen sind, oder daran, dass ich Bens Körper an meinen gepresst spüre, aber ich bin so entspannt wie noch nie, seit ich nach New York gekommen bin.

Und gerade, als ich denke, der Abend könnte unmöglich noch besser werden, kommt eine große grüne Statue in Sicht. Sie steht allein mitten im Hafen und blickt über uns alle hinweg. Ich habe die Freiheitsstatue schon oft auf Bildern gesehen, aber das ist nicht mit dem echten Anblick zu vergleichen. Ich stoße einen Freudenschrei aus, als wir näher kommen, und beuge mich zusammen mit allen anderen, die ebenso aufgeregt darüber sind, sie aus der Nähe zu sehen wie ich, über die Reling.

»Es wird nie langweilig«, sagt Ben.

»Wusstest du, dass sie Französin ist?« Ich kann mein Frohlocken darüber nicht verbergen.

Ben wirft mir einen Seitenblick zu. »Das ist einer der Gründe, warum wir sie so lieben.«

Sein Lächeln wärmt mich von Kopf bis Fuß, und einen Augenblick lang höre ich nichts anderes als den Schlag der Wellen. Ein Gedanke blitzt in meinen Kopf auf.

»Möchtest du mich zur Hochzeit meines Vaters begleiten?«

Ben zuckt überrascht zurück, und um ehrlich zu sein, geht es mir genauso. Ich hatte nicht geplant, ihn das zu fragen. Die Worte sind meinem Mund entwischt, ehe ich selbst sie richtig erfasst hatte.

Er hebt eine fragende Augenbraue. »Bist du sicher?«

Ich muss nicht lange darüber nachdenken. »Ja. Er fragt mich ständig, ob ich nicht jemanden mitbringen möchte, und sie müssen die Gästeliste fertigstellen. Die Hochzeit ist in ein paar Wochen.«

»Schon klar, aber ich war davon ausgegangen, dass du Zach mitnehmen willst.«

Natürlich möchte ich mit Zach auf die Hochzeit gehen. Das war eines der ersten Dinge, die mir in den Sinn kamen, als Papa und Miguel verkündeten, sie seien verlobt und würden noch diesen Herbst heiraten. Zach und ich würden zusammen sein. Wir wären so ein süßes Paar, und es würde so romantisch sein, diesen Abend gemeinsam zu verbringen, nachdem wir uns endlich wiedergefunden hätten. Es war alles vorherbestimmt.

»Nur dass ich keinen Schimmer habe, wo er gerade ist.«

Ich gestehe es mir in diesem Moment ein: Die Flyer, die Luz und ich aufgehängt haben, waren wirklich nur ein Spaß. Sie waren eine alberne Aktion, die mich aufheitern sollte. Ben hat sie nie zu Gesicht bekommen. Da bin ich mir sicher, sonst hätte er es erwähnt. Und das heißt, dass sie inzwischen bestimmt schon abgerissen worden sind.

»Es ist möglich, dass du ihn noch findest«, sagt er.

Mein Herz hüpft bei der Vorstellung, aber es ist okay. Wirklich. Die Alternative spukt seit jenem Abend am Times Square in meinem Kopf herum: Wir haben einander verpasst. Es gibt keinen Grund, es noch länger zu leugnen. Und tief im Innern habe ich es doch das ganze letzte Jahr über geahnt, oder? Das Risiko, dass unser Plan nicht funktionieren würde, bestand von Anfang an. Er war aufregend und hat mich jeden Abend im Bett träumen lassen, als ich es nicht erwarten konnte, die Schule zu beenden und mein neues Leben zu beginnen. Aber in meinen Träumen haben wir uns jedes Mal am Times Square gefunden. Es war jedes Mal der Beginn einer großen Liebesgeschichte. Vielleicht war es nie mehr als das. Ein Traum.

»Und womöglich finde ich ihn nicht«, erwidere ich.

»Du lädst mich allen Ernstes ein?«, fragt Ben.

»Natürlich! Wir werden so viel Spaß haben.«

»Einverstanden. Dann nehme ich die Einladung gerne an.«

Ben blickt in meine Augen, und mich überkommt wieder dieses Gefühl, dass es etwas … Doch dann hebt sich das Schiff plötzlich, und ich werde zur Seite geworfen. Ein anderes, größeres Boot fährt an uns vorbei und verursacht eine hohe Welle, die uns alle aus dem Gleichgewicht bringt und herumtorkeln lässt. Die Dame hinter mir greift nach meiner Hand und verhindert, dass ich umfalle. Ben hält sich an der Reling fest. Er beobachtet lachend, wie ich mich bemühe, Halt zu finden.

Wir sehen uns lachend an. Was für ein Gefühl das gerade auch gewesen sein mag, es ist verflogen.

Kapitel Zwanzig

Das Erste, was mir am Wochenendhaus von Papas und Miguels Freunden in den Hamptons auffällt, ist, dass es nicht einfach nur ein Wochenendhaus ist. Es ist noch nicht einmal ein Haus. Es ist ein Landsitz, ein Palast, ein modernes Schloss womöglich. Ich fing an zu vermuten, dass etwas seltsam war, als wir rechts in eine von Bäumen gesäumte Allee einbogen, die kein Ende zu nehmen schien. Der Schotter war so weiß, dass er aussah, als sei er von Hand gebleicht worden, und die ungeheure Weite des Areals ließ unseren gemieteten Audi winzig erscheinen.

Und dann ist da noch das … Gebäude. Ich zähle zehn Fenster an der Vorderseite, die so hoch und breit sind, dass ich tatsächlich den Ozean durch das Haus hindurch sehen kann. Den Ozean! Jetzt verstehe ich, warum Miguel leise lachte, als ich ihn fragte, ob wir Luftmatratzen mitnehmen sollten. Das machen wir immer, wenn wir Mamans Cousins in La Rochelle besuchen. Es gibt nicht genug Betten für uns Kinder.

»Und das ist nur ihr Strandhaus«, flüstert Luz mir zu, als wir unsere Taschen aus dem Kofferraum nehmen.

»Kannst du dir vorstellen, wie ihr Penthouse in der Park Avenue aussieht?«

Papa und Miguel haben uns auf der Fahrt von ihren Freunden erzählt: Dev, ein Hedgefondmanager, und Leonard, der Erbe eines Softwareunternehmens, kennen sich aus Stanford. Sie hatten Miguel als Innenarchitekten für ihre erste gemeinsame Wohnung engagiert und haben sich sofort super mit ihm verstanden. Nichts davon sagte mir etwas, als ich die Worte hörte, und ich begreife erst jetzt, als ich in Devs und Leonards zweistöckigem Foyer stehe – das in Sonnenlicht getaucht und halb so groß wie unser gesamtes Appartement im West Village ist –, dass es nur eine Umschreibung für *unvorstellbar reich* war.

*

Das Motto der Party am nächsten Tag lautet Herbstfeuerwerk: Perfekt geformte Kürbisse in allen Größen sind im Haus verteilt, überall flackern Kerzen, auch auf dem Sims des brennenden Kamins. Es gibt große, mit Decken gefüllte Bastkörbe und Heizpilze, damit niemand friert. Auf einem langen Tisch vor den bodentiefen Fenstern, die auf das Anwesen hinausgehen, stehen Käseplatten und Canapés.

Der für die Party engagierte DJ baut sein Equipment auf der Terrasse auf, während die Angestellten der Cateringfirma die Küche übernommen haben. Die Kellner tragen gestärkte Westen und marineblaue Hosen mit Bügelfalten. Eine Gummihexe und ein aufblasbares Skelett treiben im Pool. Nächste Woche ist Halloween, nur für den Fall, dass es jemand vergessen haben sollte. Die Gastgeber hatten ursprünglich vor, eine Kostümparty daraus zu machen, aber Miguel hat diese Idee sehr schnell zu den Akten gelegt. Ihr Junggesellenabschied sollte nicht mit der Lieblingsgruselnacht sämtlicher Amerikaner verwechselt werden.

Luz und ich teilen uns ein Zimmer mit einem King-Size-Bett – und Ozeanblick! Dort machen wir uns den Morgen über fertig. Gestern Abend sind wir lange wach gewesen und haben noch ewig geredet, und meine Hoffnung, eine gute Mütze Schlaf zu bekommen, löste sich schnell in Luft auf. Aber es war die Sache wert. Eine Playlist spielt auf meinem Handy, während wir die Wahl unserer Outfits begutachten. Luz hat sich für einen tollen burgunderroten Rock entschieden, und ich trage ein marineblaues Spitzenkleid mit weißer Bordüre. Dann kämpfen wir um einen Platz vor dem Spiegel, um unser Make-up aufzulegen. Wir haben unser eigenes Bad, und es ist nicht so, als wäre es darin beengt, aber Luz hat genug Sachen dabei, um sämtliche Ablageflächen zu füllen.

»Ist das hier zu viel des Guten?«, frage ich und deute auf einen dicken Goldreif an meinem Arm, die dreireihige Kette an meinem Hals und die schwarzen Riemchensandalen aus Wildleder.

Luz muss mich noch nicht einmal ansehen, um zu erwidern: »Wir sind in den Hamptons, *bébé.* Es kann gar nicht genug Glanz in der Hütte geben!«

Ich habe bei Sephora ein Pröbchen eines blumigen Parfüms geschenkt bekommen, das ich nun vor mir versprühe, um dann durch die Duftwolke hindurchzulaufen.

Und dann sind wir bereit für die Party.

Als die Gäste eintreffen, in Designerkleidern und

hochhackigen Schuhen oder mit Blazer, Hemd und Schlips, werden sie mit Tabletts voller Drinks begrüßt, in denen regenbogenfarbene Schirmchen stecken. Alle sehen aus wie auf Hochglanz poliert und strahlen so sehr, dass es fast übertrieben wirkt, so als handle es sich um den mit Photoshop bearbeiteten Feed eines Influencers. Das Haus duftet nach Limetten und Koriander, mariniertem Thunfisch und geschmolzenem Käse. Draußen genießt man frische Seeluft und Sonnenschein, und es ist noch nicht einmal unangenehm kalt. Ein perfekter Tag.

Schon bald haben sich alle um die Bräutigame versammelt, die zueinander passende hellblaue Outfits und Fedoras tragen. Luz und ich halten uns etwas im Hintergrund und beobachten alles aus der Ferne von unserem Platz neben dem Pool.

»Sie sehen so glücklich aus«, sagt Luz freudestrahlend. »Ich bin echt froh, dass mein Onkel deinen Dad kennengelernt hat, und nicht nur, weil ich dadurch dich abbekommen habe.« Sie schließt mich in die Arme, und ich gurre etwas Albernes. Es wäre möglich, dass wir einen Cocktail abgezweigt haben. Luz hat darauf bestanden, dass es ebenso unser Junggesellenabschied sei! Und auf der Hochzeit dürfen wir uns keinen Fehltritt erlauben. Ich bin etwas beschwipst und spüre die damit einhergehende Leichtigkeit.

Luz schnappt sich zwei Miniburger von einem Tablett und reicht mir einen.

»Folgendes«, sagt sie, nachdem sie einmal hineingebissen hat. »Ich weiß, dass wir uns gestern Abend darauf geeinigt haben, nicht über Jungs zu reden, aber ich muss dir unbedingt etwas erzählen.«

Es ist meine Idee gewesen. Als ich Luz erzählt habe, dass ich ihren Vorschlag umgesetzt und Ben zur Hochzeit eingeladen habe, ließ sie mir einfach keine Ruhe deswegen. Ich brauchte eine Pause, und sie erklärte sich bereit, das Thema fallen zu lassen, zumindest für dieses Wochenende.

Sie zieht eine Schnute, wendet den Blick ab und sagt dann schnell: »David und ich gehen jetzt fest miteinander. Wir haben es letztens besprochen. Er hat mich gefragt, ob er mich als seine Freundin bezeichnen dürfte, und ich habe Ja gesagt.«

»Wie süß«, sage ich und spüre einen Stich. »Heißt das, dass ich ihn bald kennenlernen werde?«

»Er ist einer von den Guten, Margot.«

»Äh, okay? Ich habe nie etwas anderes behauptet.«

Sie stößt einen Seufzer aus. »Ich glaube, ich werde ihn jetzt doch zur Hochzeit mitbringen, also ja, du musst ihn unbedingt vorher kennenlernen.«

»Juhu!«, rufe ich und recke eine Siegesfaust in den Himmel. »Der berühmte David! Dir ist schon klar, welche Vorstellung ich inzwischen in meinem Kopf von ihm habe? Da ist er dieser gut aussehende, freundliche, kluge, superperfekte Typ.«

Luz isst ihren Burger auf und wischt sich die fettigen Finger an einer Serviette ab, bevor sie aufsteht und das Tellerchen auf einem nahe stehenden Tisch abstellt. Außer uns genießen noch ein paar andere Gäste die frische Luft hier draußen, aber sie unterhalten sich zu angeregt, um uns besondere Aufmerksamkeit zu schenken.

Als Luz mich wieder ansieht, ist ihre Miene ernst geworden. »Ich habe etwas vor dir verheimlicht. Es tut mir leid, Margot. Es war so viel los, und du hattest auf der Arbeit viel um die Ohren, aber ich kann es nicht ausstehen, Geheimnisse vor dir zu haben.«

Ich knülle meine Serviette zusammen. Luz ist extrem merkwürdig. »Dann lass es!«

»Du hast recht, aber zuerst musst du mir versprechen, nicht böse zu sein. Ich hatte meine Gründe.«

»Versprochen!« Das sagt sich leicht, wenn man keine Ahnung hat, worum es geht. Ich möchte einfach, dass Luz es hinter sich bringt. Die Tanzfläche wartet auf uns.

Sie atmet tief durch, und ihr Gesichtsausdruck verändert sich. Ich kann es nicht mit Sicherheit sagen, aber einen Moment lang habe ich den Eindruck, als habe sie ihre Meinung geändert und wolle mich doch nicht in das Geheimnis einweihen.

Im nächsten Moment sagt sie: »Miguel hat ein Jobangebot in Miami von einer wahnsinnig tollen Firma für Innenarchitektur.«

Ich warte auf mehr, weil es sich für ein Geheimnis ein wenig lahm anhört. »Er hat schon einen Job bei einer wahnsinnig tollen Firma für Innenarchitektur in New York.«

»Ja, aber es ist nicht Miami. Weißt du, wie kalt es hier im Winter wird?«

Offensichtlich weiß ich das nicht, aber ich habe Fotos von Papa und Miguel gesehen, auf denen sie gigantische Parkas tragen, die ihnen bis zu den Knöcheln gehen. Und Luz hat letztes Jahr ununterbrochen darüber geklagt, als sie ihren ersten Winter in der Stadt erlebte. »*Sie* wissen, wie kalt es hier wird, und sie sind glücklich in New York.«

Sie wirft einen Blick nach allen Seiten, um sicherzugehen, dass wir nicht belauscht werden. »Dein Vater weiß nichts davon.«

Ich beuge mich näher zu ihr, in mir macht sich Unruhe breit. »Willst du damit sagen, Miguel möchte den Job annehmen?«

»Er vermisst seine Familie. Ich glaube nicht, dass er jemals vorhatte, so lange in New York zu bleiben, doch dann hat er deinen Dad getroffen ...«

Bruchstücke vergangener Gespräche kommen mir in den Sinn: Miguels Klage über das Wetter und Papas Aussage, was ihn anginge, sei New York die einzige Option.

»Wann wird Miguel es ihm sagen?«

Luz zuckt mit den Schultern. »Sie haben sich so sehr auf die Hochzeit konzentriert ... Miguel hat es meiner Mom erzählt, und die konnte nicht widerstehen, es mir zu erzählen. Bitte verrate nichts.«

»Von euch beiden konnte also keine das Geheimnis bewahren, aber von mir erwartet ihr, dass ich es tue?«

»Tut mir leid«, sagt sie. »Aber Margot«, sie tut so, als wären ihre Lippen ein Reißverschluss, den sie zuzieht, »es geht uns echt nichts an.«

Nur dass es uns irgendwie doch etwas angeht, zumindest mich. Ich lebe bei ihnen. Ich hatte stets vor, auszuziehen und eine eigene Wohnung zu finden, aber ich habe noch nicht genug gespart. Außerdem bedeutet New York Papa alles. Er ist hier aufgewachsen und hat sein ganzes Leben hier verbracht. Vielleicht ist es selbstsüchtig von mir, aber ich kann mir nicht vorstellen, dass er sich bereiterklärt, der Stadt den Rücken zu kehren. Warum hat Miguel ihm nicht längst davon erzählt? Es scheint nicht fair, damit bis kurz vor der Hochzeit zu warten. O mein Gott, was ist, wenn Miguel es ihm erst nach der Hochzeit sagt? Jemand muss die Interessen meines Dads im Auge haben. Ich weiß, Maman würde ihm das niemals verheimlichen, wenn sie davon wüsste.

Jetzt verstehe ich, warum ich Luz versprechen musste, niemandem davon zu erzählen. Und ich weiß gerade besser als jede andere, wie uns das Glück entschlüpfen kann, weil es Dinge gibt, die außerhalb unserer Kontrolle liegen. Außerdem würde es diese Familie völlig überfordern, wenn Papa und ich beide ein gebrochenes Herz hätten.

O Gott.

Ich muss etwas tun. Oder nicht?

Kapitel Einundzwanzig

Während die Party voranschreitet, bemühe ich mich, das Grübeln abzustellen. Luz und ich mischen uns unter die Gäste, stellen uns als Brautjungfern vor und genießen die freudigen Reaktionen. Wir feiern die großartige Musik, den wunderschönen Ausblick und das noch bessere Essen. Den ganzen Nachmittag lang lassen wir uns Chips mit Guacamole, Wassermelonen-Feta-Salat, Bruschetta und Shrimps schmecken. Ich muss es zugeben: Das Leben in den Hamptons sagt mir sehr zu.

Als die Sonne untergeht und alle zufrieden zu sein scheinen, klopfen Papa und Miguel mit dem Messer an ein Glas, um die Aufmerksamkeit auf sich zu ziehen. Dann suchen sie in der Menge nach Luz und mir und bedeuten uns, zu ihnen zu kommen, was wir auch tun.

Miguels Rede konzentriert sich auf leichte Themen. Er bedankt sich bei Dev und Leonard für die tolle Party, spricht davon, welche Freude es ihm bereitet, all ihre Freunde an diesem wunderschönen Tag um sich zu haben, und wie viel Glück wir haben, dass das Wetter mitspielt und wir den Nachmittag teilweise an der frischen Luft verbringen können.

Papa hält seine Ansprache im Anschluss. Er sagt, dass er es kaum erwarten kann, die Liebe seines Lebens zu heiraten, falls sie es schaffen, sich vorher nicht umzubringen. Sie bemühten sich nun schon seit Tagen, die ersten Schritte ihres Hochzeitstanzes zu lernen, aber das Ergebnis sei bisher nicht sehr vielversprechend. Und dann legt er den Arm um meine Schultern und zieht mich an sich. »Und ich bin besonders glücklich, dass meine Tochter Margot hier bei uns ist. Es war schwer für mich, so weit von meiner Familie entfernt zu sein, und ich bin sehr froh über ihre Entscheidung, nach New York zu ziehen.«

Ein paar Leute stoßen ein ergriffenes »Aaah« aus. Papas Augen schimmern feucht, als er mich ansieht, und auch ich bin den Tränen nahe.

Dann wendet er sich mir mit geröteten Wangen zu. »Ich bin so stolz auf dich und kann es kaum erwarten mitzuerleben, was du in unserer wundervollen Stadt alles erreichen wirst.«

Alle klatschen, während er mich umarmt. Ich halte das alles nicht mehr aus, Tränen rollen meine Wangen hinunter, ich kann sie nicht länger zurückhalten.

»Papa, ich muss mit dir reden.«

Ich ziehe ihn schnell zur Seite. Er wirft Miguel und den Gästen ein unsicheres Lächeln zu. Luz funkelt mich wütend an. Ich muss schnell machen.

»Miguel hat eine Stelle in Miami angenommen«, flüstere ich. »Er möchte, dass ihr dorthin umzieht, und er hat es dir die ganze Zeit verschwiegen. Es tut mir leid, aber ich finde, du solltest das wissen.«

Miguel hat etwas mitbekommen und nähert sich uns. »Worüber redet ihr zwei da?«

»Du hast einen Job in Miami?«, stößt Papa hervor.

Alle beobachten uns jetzt.

»Lass uns das unter vier Augen besprechen.« Miguel nimmt Papas Hand, und sie gehen an allen vorbei in die Küche.

»Margot!«, sagt Luz, sobald sie weg sind.

»Ich musste es ihm sagen, okay? Er hat das Recht, es zu wissen.«

Aber als die Stimmen der Bräutigame aus der Küche hörbar werden, beginne ich, meine Entscheidung infrage zu stellen.

»Hattest du vor, die Stelle anzunehmen, ohne mit mir darüber zu reden?«

»Natürlich nicht!«

Die Gäste sind vollkommen still geworden. Man könnte eine Stecknadel fallen hören. Mein Magen hat sich in einen Eisklumpen verwandelt. Wir sollten nicht alle zuhören, wie sie sich streiten, aber es zu lassen, fällt schwer. Wir feiern ihre bevorstehende Hochzeit, daher ist es eine große Sache, dass sie davongestürmt sind und sich angiften.

»Das ist alles deine Schuld, Margot«, sagt Luz ein wenig zu laut. »Wenn sie die Hochzeit absagen …«

Ich schnappe erschrocken nach Luft. »Das werden sie nicht tun!«

Tief in meinem Inneren bin ich mir da nicht so sicher, besonders nach einem Blick in die Mienen um uns herum. Ein paar Leute haben Luz gehört und angefangen zu flüstern. Darüber, ob die Hochzeit noch stattfinden wird. Weitere Teile der Auseinandersetzung dringen an unsere Ohren. Ich halte die Luft an, während wir alle zuhören:

»Wir waren so beschäftigt mit der Hochzeitsplanung. Ich wollte mir die Zeit nehmen, in Ruhe mit dir darüber zu reden. Deshalb habe ich diese Reservierung am Dienstag für uns gemacht.«

»Du hast mir erzählt, wir würden zu einem Arbeitsessen gehen!«

»Das habe ich erfunden. Ich wollte dir erklären, wie viel es mir bedeutet. Ich hatte nie vor, für immer in New York zu bleiben.«

»Nun, ich schon. Und was noch schlimmer ist, du hast es deiner Familie erzählt und mir nicht.«

Luz stößt einen übertriebenen Seufzer aus. »Tolles Timing, Margot.«

Na, die hat Nerven. »Hey, dann hättest du es eben für dich behalten müssen!«

Trotzdem ist mir schlecht vor lauter Schuldgefühlen.

»Kann schon sein, aber ich hätte nie gedacht, dass du deinen Dad auf der Party damit überfällst.«

Ich schnaube und bin noch damit beschäftigt, mir eine passende Antwort auszudenken, als wir eine Tür knallen hören.

Einen Moment später taucht Miguel auf. Sein Gesicht ist rot, und er versucht ein Lächeln vorzutäuschen. »Entschuldigt bitte. Nehmt euch doch noch einen Drink. Die Party geht weiter.«

Ich starre hinüber zu dem Flur, in dem Papa verschwunden sein muss.

»Nicht«, sagt Luz, die genau weiß, was ich gerade denke. »Wir müssen uns da raushalten.«

Ich sehe mich um. Die anderen haben begonnen, ihre Aufgabe zu erfüllen und so zu tun, als würden sie sich amüsieren. Aber ich weiß, dass der Abend für mich gelaufen ist. Habe ich gerade dieses wichtige Wochenende ruiniert? Falls die beiden die Hochzeit absagen, werde ich mir das nie verzeihen.

*

Die Matratze senkt sich, und ich rolle Richtung Bettkante, weil sich jemand neben mich setzt. Licht fällt durch die Vorhänge, aber ich bin noch zu schlaftrunken, um das alles richtig zu registrieren.

»Margot«, flüstert Papa und berührt mich sanft am Arm. »Ich gehe eine Runde am Strand spazieren. Möchtest du mitkommen?«

Gestern Abend bin ich weinend und schamerfüllt eingeschlafen. Als Luz ins Zimmer kam, hatte ich mich unter der Decke verkrochen und habe so getan, als würde ich schon schlafen.

»*Oui*«, sage ich mit rauer Stimme.

Eine Viertelstunde später laufen wir am Strand entlang, unsere Zehen graben sich in den nassen Sand, am Horizont geht langsam die Sonne auf. Papa hat uns große To-go-Becher mit Kaffee besorgt, was mir immer noch seltsam vorkommt. In Frankreich geht es beim Kaffeetrinken – und bei allem anderen auch, wenn man es genau nimmt – darum, eine Pause zu machen und das Leben zu genießen: auf einer Terrasse zu sitzen und zu beobachten, wie die Welt an einem vorbeizieht, sich das Neueste von einem Freund erzählen zu lassen oder einfach nur für einen Moment durchzuatmen. Amerikaner schnappen sich ihren riesigen Kaffeebecher und rennen los, los, los. Sie haben keine Minute zu verschwenden.

»Das mit gestern Abend tut mir leid«, sage ich, nachdem ich einen Schluck genommen habe. Ich weiß nicht genau, wie viele Stunden ich geschlafen habe, aber es ist erst acht Uhr morgens und ich bin noch nicht so richtig wach. »Ich habe euch die Party versaut.«

»Das hast du nicht.«

»Ist Miguel sauer auf mich?«

»Natürlich nicht. Und falls doch, ist er vor allem sauer auf seine Schwester und Luz. Du kommst erst an dritter Stelle.«

Ich grinse beschämt. »Und wie geht es dir mit der ganzen Sache?«

»Ganz ehrlich? Ich grüble noch darüber nach. Mir gefällt nicht, dass er es vor mir verheimlicht hat, aber ich kann verstehen, warum er es getan hat. Trotzdem …«

»Kommst du dir verraten vor.«

Er nimmt einen Schluck von seinem Kaffee, während er darüber nachdenkt. »So was in die Richtung. Die Sache mit dem Heiraten … irgendwie ist das alles seltsam. Im Grunde sollte sich dadurch nichts ändern – man ist einfach mit dem Menschen zusammen, mit dem man zusammen sein will –, aber irgendwie ändert sich doch etwas. Unsere Leben werden für immer miteinander verbunden sein, und wenn Miguel sich nicht vorstellen kann, seines hier in New York zu verbringen, dann muss ich darüber nachdenken, welche Folgen das für mich hat.«

Wir kommen an einer Gruppe junger Leute vorbei, die in Decken gehüllt auf Badetüchern am Strand liegen. Einem der Mädchen ist das Augen-Make-up bis zu den

Wangenknochen hinuntergelaufen, und das T-Shirt eines Jungen ist voller Rotweinflecken. Sie sehen aus, als wären sie direkt von einer Party an den Strand gekommen, ohne auch nur eine Minute mit Schlafen verbracht zu haben. Jetzt komme ich mir noch schuldiger vor, weil ich uns den ganzen Spaß versaut habe, den wir eigentlich hätten haben sollen.

»Es tut mir leid, dass ich alles noch schwieriger gemacht habe.«

»Das hast du nicht.« Ich ziehe eine Grimasse, und er grinst. »Okay, vielleicht ein wenig, aber du wolltest nur mein Bestes. Und ich bin froh, dass wir etwas Zeit zusammen haben. Ich habe dich in letzter Zeit kaum zu Gesicht bekommen.«

Ich öffne den Mund, um mich erneut zu entschuldigen, aber Papa hebt abwehrend die Hand. »Nein, warte. Ich muss das unbedingt loswerden. Ich bin wahnsinnig beeindruckt von dir. Du arbeitest unglaublich hart, und es zahlt sich aus. Deine Mutter hatte ihre Zweifel, aber ich habe dir die Daumen gedrückt, dass es klappen würde.«

»Das hast du mir beigebracht. Wir müssen uns für die Dinge ins Zeug legen, die uns etwas bedeuten. Gilt dasselbe nicht auch für Beziehungen?«

»Da hast du ganz recht. Ich weiß, wir werden eine Lösung finden. Am liebsten noch vor der Hochzeit.«

Er stößt ein Lachen aus, und wir bleiben stehen, um auf den Ozean hinauszublicken.

»Auch wenn das alles im Grunde nichts mit mir zu tun hat«, sage ich gegen das Rauschen der Wellen an, »aber dir ist schon klar, dass ich in New York auch ohne dich klarkomme, oder?«

»Margot, ich habe …«

»Jetzt hör mal, Maman und du, ihr habt viele Opfer für mich gebracht. Sie arbeitet so hart, und ich weiß, einer der Gründe, warum du diesen Job all die Jahre gemacht hast, ist, dass du auf die Weise regelmäßig nach Frankreich reisen konntest, um uns zu sehen. Die ganze Kindheit über habe ich die Familien meiner Freunde vor Augen gehabt, deren Eltern sich entweder stritten oder sogar scheiden ließen und die alle möglichen Dramen mit ihren Geschwistern erlebten, und mich gefragt, womit ich so viel Glück verdient hatte. Mir war klar, dass ich das Beste von allem hatte: zwei Eltern, die zusammen mehr waren als nur ein Paar. Ich will dir nicht sagen, was du tun solltest, aber wenn Miguel tatsächlich meint, er brauche seine Familie unbedingt in seiner Nähe …«

Er nickt lange. »Und Miami ist ziemlich schön.«

Wir setzen uns wieder in Bewegung. Die salzige Luft tut mir gut und macht meinen Kopf frei.

»Außerdem bin ich achtzehn. Ich sollte mich also wie eine Erwachsene benehmen.«

Papa lächelt. »Aber nimm bloß nicht alles zu ernst. Diese Zeit in deinem Leben ist dazu da, Fehler zu machen.« Ich werfe ihm einen schiefen Blick zu, aber er bleibt dabei: »Es kann leicht passieren, dass man Angst vor den eigenen Ambitionen bekommt, aber genau so sollte es in deinem Alter sein. Es ist die Zeit, dem Leben Raum zu geben. Dem Ungewissen, Ungeplanten und Unerwarteten.«

Ich stupse seinen Kaffeebecher mit meinem an. »Auf das Unerwartete! Davon ist schon eine Menge passiert.«

»Irgendetwas, von dem du mir erzählen möchtest?«

Sein Gesichtsausdruck verrät mir, dass es sich um keine x-beliebige Frage handelt. »Was hat Luz dir erzählt?«

Er lacht. »Wenn es um das Bewahren von Geheimnissen geht, ist Luz die absolut ungeeignetste Person, lass dir das gesagt sein.«

Ich schüttle empört den Kopf. »Ich fürchte, wir werden mehr Kaffee brauchen. Ich begreife nicht, wie Beziehungen überhaupt funktionieren sollen.«

»Das weiß niemand, Margot. Ich glaube, es gibt keinen Menschen auf dieser Erde, der die Antwort auf diese Frage kennt.«

Vielleicht hat er das nur gesagt, um mich aufzumuntern, aber es klappt. Das mit Zach und mir war von Anfang an schwierig.

Wir haben uns darauf eingelassen und, nun ja, wir alle wissen, was dabei herausgekommen ist.

Kapitel Zweiundzwanzig

Gestern ist Ben mit einem Funkeln in den Augen ins Restaurant gekommen. Sein Vater hat über die Arbeit vier Karten für ein Yankees-Spiel ergattert und sie seinem Sohn geschenkt, weil er selbst an dem Tag nicht kann. Ich weiß so gut wie nichts über Baseball – ist das überhaupt der Sport der Yankees? -, aber Ben war dermaßen aus dem Häuschen, dass seine Begeisterung schnell auf mich übersprang. Dann schlug er vor, wir könnten mit Luz und ihrem Freund hingehen, und plötzlich gewannen Ballspiele für mich einiges an Faszination.

Das Yankee-Stadion liegt in der Bronx, und obwohl es bis dahin ganz schön weit ist, macht die Bahnfahrt großen Spaß. Wir sind umringt von Fans in Mannschaftstrikots und -kappen. Alle sind megagut drauf und können die Ankunft kaum erwarten. Luz hat mir geschrieben und vorgeschlagen, ein gestreiftes T-Shirt zu tragen. Es hat mehr Frankreich- als Yankee-Bezug, aber das braucht ja niemand zu wissen, und ich bin froh, ihren Ratschlag befolgt zu haben. Als Ben und ich schließlich aus der U-Bahn steigen, ist die Begeisterung der Menge auf mich übergesprungen.

Obwohl es in meinem Fall weniger mit der Vorfreude auf das Spiel zu tun hat und mehr damit, endlich David kennenzulernen. Luz und er hatten heute schon etwas geplant, und Ben wollte so früh wie möglich zum Spiel fahren, daher stoßen sie etwas später zu uns. Ich habe ungelogen seit Wochen darum gebettelt, dass sie mir ihren Freund mal vorstellt. Wenn ich mir dafür also ein paar Stunden lang ansehen muss, wie Männer Bälle durch die Gegend werfen, und dabei so tue, als verstünde ich die Regeln des Spiels, ergebe ich mich hiermit in mein Schicksal.

Ben fällt die Kinnlade herunter, als er unsere Plätze sieht. Ich habe keinen Vergleich, aber sogar mir ist klar, dass sie der Hammer sind. Wir stehen in einer Firmenloge mit viel Platz um uns herum und einem tollen Blick aufs Spielfeld. Als ich mich im Stadion umsehe, wird mir schwindelig beim Anblick der vielen Menschen. Die meisten wirken wie kleine Punkte an diesem traditionsreichen Ort. Die Musik ist laut, die Atmosphäre mit Energie aufgeladen, und Ben hat ein Ass im Ärmel, um mir das Erlebnis schmackhaft zu machen.

»Hier gibt es die besten Brezeln der Stadt!«

Ich habe sie schon überall in New York erschnuppert, meistens von kleinen Ständen auf der Straße, diesen unverkennbaren Duft nach Salz und Hefe, aber ich habe bisher noch keine probiert.

»Ooh!«, sage ich. »Ich finde es toll, dass du aus allem ein kulinarisches Erlebnis machst, sogar aus einer Sportveranstaltung.«

Ben sieht mir streng in die Augen. »Es ist nicht bloß irgendeine Sportveranstaltung, Margot. Die Yankees spielen!«

Die Ernsthaftigkeit, mit der er das sagt, wärmt mein Herz. Er ist offensichtlich überglücklich, hier zu sein, und er hat mich eingeladen. Wie nett ist das denn? Ich bin überzeugt, dass er auch andere Freunde hätte mitnehmen können.

Mein Handy summt. Ich habe eine Nachricht von Luz bekommen.

Gehen gerade durchs Tor!

Wuhu!

schreibe ich zurück.

Kurz darauf bekomme ich eine weitere Nachricht.

Vergiss nicht, dass du mich liebst, okay?

Ich runzle die Stirn. »Luz benimmt sich manchmal ganz schön merkwürdig.« Ich zeige Ben das Display.

Er schenkt mir einen seltsamen Blick. »Aber sie hat recht. Du liebst sie, und alles wird gut werden.«

»Okay, jetzt benimmst du dich merkwürdig.«

Statt einer Antwort zuckt er mit den Schultern. Dann wirft er einen besorgten Blick hinter mich.

Ich drehe mich um und entdecke Luz ein paar Meter entfernt. Sie kämpft sich mit einem übertrieben breiten Lächeln im Gesicht durch die Menge.

»Wo ist David?«, frage ich sie, als sie näher kommt.

Ich sehe keinen Mann an ihrer Seite. Es sind natürlich viele Männer hier, aber … Moment mal. Bevor sie antworten kann, entdecke ich jemanden, den ich kenne. Ari. Den ehemaligen Koch des *Nutrio*. Denjenigen, der so ätzend zu mir war.

»Hast du Ari eingeladen?«, frage ich Ben verwirrt.

Er schüttelt den Kopf, ohne mir in die Augen zu sehen. »Hab ich nicht.«

»Das war ich«, sagt Luz. Dann spricht sie schnell weiter: »Es tut mir so leid, dass ich dich angelogen habe, Margot. Ich habe mir einen anderen Namen ausgedacht, weil ich wusste, dass du ihn nicht magst …« Sie verstummt, als Ari näher kommt. Er verschränkt seine Finger mit ihren.

Luz und Ari halten Händchen.

Wie bitte?

Ich gucke von einem zum anderen, dann wende ich mich Ben zu, der meinem Blick ausweicht.

»Hey«, sagt Luz beschämt. »Äh, also … das ist mein Freund.«

Das … Nein. Nein, nein, nein. Ich begreife das nicht.

»Hey, Margot, schön, dich wiederzusehen«, sagt Ari, als hätte er mich schon immer bei meinem richtigen Namen genannt und nicht Bambi.

Eine Ankündigung kommt aus den Lautsprechern. Die Mannschaften und Spieler werden vorgestellt, aber das Baseballspiel ist gerade das Letzte, woran ich denke.

»Ich hole uns was zu trinken«, sagt Ari zu Luz.

»Und ich besorge die Brezeln«, ergänzt Ben und folgt Ari schnell aus der Loge heraus die Stufen hinauf.

Luz sieht Ari hinterher, und ich spüre, wie sich alles in mir verkrampft. Ich habe ihr so viele Male mein Herz ausgeschüttet, und sie hat sich hinter meinem Rücken heimlich mit diesem Arsch getroffen.

Sobald die Jungs außer Hörweite sind, wendet sie sich zerknirscht mir zu. »Ich weiß, du kannst ihn nicht leiden …«

Ich unterbreche sie. »Kann ich tatsächlich nicht. Und du weißt, wie er mich behandelt hat, als ich im *Nutrio* angefangen habe.«

»Er hat so ein schlechtes Gewissen deswegen.«

Mir egal, was mit Ari ist. Hier geht es nicht um ihn. »Du hast mich angelogen!«

Ich spiele hier nicht die Dramaqueen. Ich bin ehrlich aufgebracht. Luz bedeutet mir alles. Wenn ich von ihr als einer Schwester spreche, ist das kein Witz. Sie gehört zu mir. Wir gehören zusammen.

»Ich … ja, du hast recht. Das war echt erbärmlich von mir. Als ich ihn an jenem Abend kennengelernt habe, als wir im East Village aus waren, hat er mir seinen Namen erst genannt, als wir uns schon eine Weile unterhalten hatten, und da mochte ich ihn schon irgendwie. Du warst mit Ben auf der anderen Seite des Raumes, und ich dachte, das kann nicht der Kerl sein, den Margot verabscheut. Ich wollte es dir auf dem Junggesellenabschied sagen, aber mir war klar, dass du mich dafür hassen würdest. Also habe ich stattdessen Miguels Geheimnis verraten.«

Ich kann es nicht fassen. »Und dann hast du mich dafür verurteilt, dass ich es meinem Dad erzählt habe.«

»Ich bin in Panik geraten, okay?« Es sieht aus, als würde Luz jeden Moment in Tränen ausbrechen.

Ich denke an all unsere Gespräche über den falschen David. Wie sehr sie ihn mochte und wie sehr sie darauf beharrte, er sei ein netter Kerl, der bisher ein hartes Leben hatte. Ich war davon ausgegangen, sie sei sich ihrer Gefühle für ihn vielleicht nicht sicher. Dabei war sie sich nicht sicher, was *meine* Gefühle anging.

»Aber er ist so …« Ich kann mich nicht zwischen arrogant und überheblich entscheiden. »Er ist so ein Arsch!« Ich sage es nicht, um ihr wehzutun. Ich sage nur die Wahrheit.

»Das ist er nicht!«

Ich verdrehe die Augen und sehe mich um. Die Menge tobt, das Spiel wird jeden Moment losgehen. Ben und der falsche David Schrägstrich Ari sind auf dem Rückweg. Der eine trägt ein Tablett mit Plastikbechern, der andere gestreifte Papiertüten. Ich kann die Brezeln sehen, die daraus hervorragen, aber der Appetit ist mir vergangen.

Luz bemerkt die näher kommenden Jungs und beugt sich zu mir. »Hör zu, Margot. Es war alles ein großes Missverständnis. Er hat so hart gearbeitet, um dorthin zu kommen, wo er ist, und dann kamst du, eine hübsche perfekte Französin, die mit ihren Verbindungen angegeben und versucht hat, sich ihren Platz als Köchin mit Ellbogentaktik zu erkämpfen. Er hat dich für überheblich und privilegiert gehalten und darauf reagiert. Er hat dich falsch eingeschätzt, das weiß er inzwischen. Ihr zwei hattet nur einen schlechten Start.«

Die beiden sind wieder bei uns, und Ari reicht mir einen Becher. »Hey, Margot …« Ich nehme das Getränk mit aufgeblähten Nasenflügeln. Ich bin stinkwütend. »Es tut mir leid, wie ich dich behandelt habe.« Ich hebe eine Augenbraue. »Echt. Ich kannte dich nicht und hätte mich nicht so benehmen sollen.« Ich schnaube. »Und es freut mich für dich, dass du eine Station bekommen hast. Du hast es verdient.«

Okay, langsam wird es ein wenig schwer, ihn zu hassen. Besonders als er Luz ansieht und beide Herzchen in den Augen haben, als wären sie bereits über beide Ohren ineinander verliebt.

»Hm, danke.«

Ich bin immer noch sauer auf ihn, auf sie beide, aber wir sind hierhergekommen, um Spaß zu haben, und das Spiel fängt an. Ich kann nachher immer noch wütend sein.

Wir setzen uns. Die Spieler tragen gestreifte Trikots, die wie Schlafanzüge aussehen, wenn ich ehrlich bin, und stehen auf dem Spielfeld rum, das wie ein Diamant geformt ist, während einer einen Ball zugeworfen bekommt, den er mit dem Schläger treffen muss. Und aus einem mir schleierhaften Grund muss derselbe Typ dann hoffen, dass niemand ihn fängt, damit er im Kreis herumlaufen kann, nur um wieder zu seinem Ausgangspunkt zurückzukehren. Verwirrend? Trotzdem ist es irgendwie unterhaltsam. Wir jubeln, wir kreischen, wir springen von unseren Sitzen, wir klatschen und hüpfen auf und ab. Außerdem sind die Brezeln so gut, wie Ben gesagt hat. Natürlich hat es gestimmt.

Eine Stunde später habe ich vergessen, dass Luz eine fiese Lügnerin ist und ich ihren Freund nicht ausstehen kann. Ich bringe uns vier näher zusammen, damit wir ein Selfie machen können.

Luz strahlt: »Ruft Hochzeitscrew!«

Ben hat den längsten Arm und bekommt uns alle drauf, während wir Grimassen schneiden. Danach beugen wir uns über seine Schulter, um das Foto zu sehen. Es ist süß geworden.

Dann legt Ari Luz den Arm um die Schulter und küsst

sie. Es wird eine Weile dauern, bis ich mich daran gewöhnt habe.

»Ich kann es kaum erwarten, dass wir auf die Hochzeit gehen«, flüstert mir Ben zu. »Es wird so toll werden.«

Der Countdown läuft. Es bleibt nur noch eine Woche.

»Ich habe mir einen Anzug von meinem Mitbewohner geliehen«, fügt Ben hinzu. »Die Hose ist ein bisschen zu lang.«

Er zieht sein Handy hervor und zeigt mir ein Bild.

Mein Herz flattert, als ich ihn dermaßen in Schale geworfen und stolz in den Spiegel blickend sehe. Der Anzug steht ihm ausgezeichnet. »Du siehst darin perfekt aus«, sage ich.

»Und ich habe das hier fürs Revers gefunden.« Er wischt zu einem anderen Bild, auf dem ein Stück pinkfarbener Stoff zu sehen ist. »Passt das zu deinem Kleid?«

Ich bin beeindruckt. Der Farbton stimmt fast exakt mit dem meines Kleides überein. Ich weiß, dass ich ihm ein Bild davon geschickt habe, als ich es anprobiert habe, aber trotzdem … so viel Liebe zum Detail ist umwerfend. Ich nicke. »Du wirst zum Anbeißen aussehen.«

Er errötet und stößt ein überraschtes Glucksen aus. »Das ist der Plan. Ich muss mich ganz schön ins Zeug legen, um neben dir bestehen zu können.«

Die Worte bleiben mir im Halse stecken. Und so erwidere ich nichts. Die Wahrheit ist: Ich bin ganz seiner Meinung. Wir werden unglaublich toll zusammen aussehen. Aber das kann ich ja nicht laut sagen. Wir sind Freunde. Nicht so wie die zwei da drüben, die sich gerade gegenseitig die Zunge in den Hals stecken. Total widerlich, aber auch irgendwie beneidenswert. Nicht, dass ich gern Ari küssen würde, aber … ihr wisst schon, was ich meine. Liebe ist was wahnsinnig Schönes, und ich freue mich für Luz. Ich hoffe nur, ich werde auch mal so etwas haben.

Das Spiel geht weiter. Es ist die letzte Runde, auch bekannt als das letzte Inning. Ben hat mir so nebenbei alles Mögliche beigebracht, und ich muss zugeben, dass ich langsam Feuer fange. Wir befinden uns am Ende des neunten Innings, und die Yankees sind mit Schlagen dran. Es herrscht Gleichstand, und nahezu jeder hier im Stadion hält die Luft an, oder zumindest kommt es mir so vor. Der Spieler, jemand Berühmtes, dessen Namen ich sofort wieder vergessen habe, tritt ans Schlagmal. Er trifft den Ball, der auf ihn zufliegt, mit der vollen Wucht seines Schlägers und schickt ihn hoch hinaus und weit von sich, bis auf die Tribüne. Neben mir bricht Ben in lauten Jubel aus. Der berühmte Spieler trottet um das Feld herum, und sobald er wieder am Schlagmal ist, bricht die Menge in so lautes Freudengeheul aus, dass mir fast die Trommelfelle platzen.

»Homerun!«, schreien Ben und Ari gleichzeitig. Es ist leicht, von der Euphorie mitgerissen zu werden. Ich habe mich nie lebendiger gefühlt oder amerikanischer.

»Ich nehme an, das heißt, dass die Yankees gewonnen haben?«

Ben lacht und macht eine ausholende Armbewegung, um auf die Menge im Glückstaumel zu zeigen. »Äh, ja, Margot. Die Yankees haben gewonnen.« Dann deutet er lächelnd in die Luft. »Und jetzt kommt das da.«

Bevor ich fragen kann, was er meint, erklingt Frank Sinatras *New York, New York* aus den Lautsprechern.

»Start spreading the News, I'm leaving today. I want to be a part of it, New York, New York …«

Zehntausend Menschen singen im Chor, die Freude und Emotionen um uns herum sind geradezu greifbar. Mein Blick schweift mit solchem Staunen durch das Stadion, dass mir kein Wort über die Lippen kommt, obwohl ich den Text kenne. Gibt es Menschen, die sich an das hier gewöhnen? Dieses Gefühl, sich im Zentrum des Universums zu befinden, dass es nichts Spannenderes auf der Welt geben kann als das, was hier passiert? Hiervon habe ich so lange geträumt, aber die Realität besitzt so viel mehr Strahlkraft. Und ich darf das alles mit tollen Freunden erleben. Werde ich das Wunder des Ganzen auch noch spüren, wenn erst einmal sechs Monate ins Land gegangen sind? Oder zwei Jahre. Oder gar fünf? Wird das hier tatsächlich mein Leben sein? Nicht bloß jetzt, sondern für immer? Ben legt einen Arm um meinen Nacken und zieht mich in einen kleinen Tanz. Plötzlich ist mir ein wenig schwindelig, und mein einziger Gedanke ist: Ich hoffe, dieses Gefühl wird niemals vergehen.

Kapitel Dreiundzwanzig

Zwei Tage später hat Luz immer noch ein schlechtes Gewissen, weil sie mich angelogen hat. Und das sollte sie auch! Sie lädt mich zum Essen bei *Jacks's Wife Freda* ein, einem mediterranen Restaurant in Chelsea. Ari hat heute keine Zeit, und sie wollte, dass wir beide was allein machen. Ich bin sicher, ich werde mich früher oder später daran gewöhnen, dass sie mit ihm geht, aber ich werde ihn nicht über Nacht plötzlich mögen. Außerdem ist das hier meine letzte Verschnaufpause vor der Hochzeit, und ich bin froh, dass wir Mädchen etwas Zeit für uns haben.

»Das Spiel war echt klasse«, sagt Luz, als wir uns an unseren Tisch setzen. »Ich bin ziemlich sicher, dass du viel Spaß hattest.«

Ich hebe zweifelnd die Augenbraue. »Meinst du etwa, nachdem ich entdeckt hatte, dass du mich hintergangen hast, mich, deine Quasi-Schwester, die dich über alles liebt?«

Luz setzt ihren traurigen Hundeblick ein, und ich schüttle den Kopf. Ich bin immer noch sauer, aber ich kann nicht anders, als mich für sie zu freuen.

Sie studiert die Karte und stößt einen Seufzer aus. »Ich

bin so erleichtert, dass du endlich Bescheid weißt. Es war so ein Ding, das sich verselbstständigt hat, und ich fand einfach keinen Ausweg mehr. Er und ich haben Nummern ausgetauscht und angefangen, uns zu schreiben. Ich habe es nicht über mich gebracht, dir davon zu erzählen. Ich wollte dich nicht noch mehr stressen. Du hast eine Menge mitgemacht.«

Ich zucke mit den Schultern, als wäre alles halb so wild.

»Komm schon, Margot. Es stimmt. Du verdienst einen Heidenrespekt für alles, was du erreicht hast. Du bist in ein anderes Land gezogen, hast einen Job in einem unglaublichen Restaurant bekommen und bereits begonnen, die Karriereleiter hinaufzuklettern. Der New Yorker Traum erfüllt sich für dich! Ich wollte dir unbedingt von Ari erzählen, aber ich hatte solche Angst, dich zu verletzen.«

»Damit lagst du richtig. Ich bin verletzt.« Ich verstumme und atme tief durch.

Eine Kellnerin kommt an den Tisch, und wir bestellen frittierte Zucchinichips und das vegetarische Curry mit gegrilltem Halloumi als Beilage, alles zum Teilen. Mir läuft das Wasser im Mund zusammen.

»Aber wir vier hatten eine tolle Zeit zusammen, oder?«, sagt Luz, nachdem wir bestellt haben.

Ich kann nicht anders als zu lächeln. Die hatten wir wirklich. Es war eine der besten Erfahrungen, die ich bisher in New York gemacht habe. Auf der Heimfahrt jubelten und lachten wir in der U-Bahn mit Hunderten Fans, und mir standen Freudentränen in den Augen.

»Und die Hochzeit wird noch toller«, ergänzt Luz.

Vor wenigen Tagen war sie noch nicht sicher, ob sie

Ari einladen wollte, und jetzt hört es sich an, als habe das nie infrage gestanden. »Hast du es deiner Mom schon gesagt?«

Luz nimmt einen Schluck von ihrem Wasser und erwidert strahlend: »Ja. Wir gehen einen Tag vorher zu dritt zusammen essen.«

»Oooh!«, sage ich. »Du stellst ihn ihr offiziell vor. Das mit euch beiden ist also wirklich was Ernstes.«

Sie kichert. »Ich könnte dir nicht mal sagen, wer nervöser ist, Ari oder ich. Meine Mom ist die Sorte Mensch, der dir die Beine bricht, wenn du ihrer Tochter wehtust.«

»Ich glaube, sie wird einen Blick auf dein Gesicht werfen und wissen, was die Stunde geschlagen hat.«

Sie schienen so verliebt während des Spiels und auch danach. Sobald Luz fröstelte, gab Ari ihr seinen Schal und fragte, ob sie seinen Pulli haben wollte, und sobald sein Becher leer war, bot sie an, neue Getränke zu holen.

»Ich hoffe, du hast recht«, sagt Luz mit einer Spur von Sorge. »Aber da wir gerade über Jungs reden …« Sie wartet darauf, dass ich die Lücke fülle, aber ich schweige. Da wird sie sich schon mehr ins Zeug legen müssen. »Wie steht es um dich und Ben?«

»Alles wunderbar.« Ich sage es so, als sollte ihr das bekannt sein. Es erübrigt sich, darüber zu reden.

»Komm schon, Margot. Wenn du nicht möchtest, dass ich Geheimnisse vor dir habe, dann solltest du auch keine vor mir haben.«

»Ich habe keine Geheimnisse.« Sie starrt mich an, als nehme sie mir das nicht ab. »Na schön, Ben ist toll. Er ist supernett. Er ist besessen von allem Französischen, und ich habe anfangs gedacht, das würde mich irgendwann nerven, aber es ist im Grunde einfach nur schön. So wie er über alles spricht – das Essen, die Kultur –, weiß ich plötzlich alles sehr viel mehr zu schätzen, womit ich aufgewachsen bin und das für mich immer selbstverständlich war. Und er ist so witzig und unkompliziert. Er ist ein wirklich guter Freund.«

Luz grinst wissend. »Ja klar, ein Freund.«

»Stimmt genau. Wir sind Freunde und Kollegen und …«

»Und er begleitet dich außerdem zur Hochzeit deines Dads.«

»Das war deine Idee! Du warst diejenige, die gesagt hat, es sei total normal, einen Freund mit zu einer Hochzeit zu nehmen.«

»Stimmt.« Luz zuckt mit den Schultern. »Ich meine, ja, es gibt Leute, die das tun. Aber, Margot, siehst du nicht, dass ihr beide …«

Ich schneide ihren Satz ab. »Nicht.« Mein Magen verkrampft sich. »Zach ist irgendwo in dieser Stadt.«

Sie stößt einen tiefen, genervten Seufzer aus. In dem Moment kommt unser Essen, und sie fügt nichts mehr hinzu. Nachdem wir die Flyer angebracht hatten, hat Luz mich die ersten Tage ständig gefragt, ob ich schon etwas gehört hätte. Sie fügte meistens einen lachenden Emoji hinzu, als sei das alles nur ein Spaß gewesen, etwas, das wir an einem lustigen Tag zusammen unternommen hatten. Nach einer Weile hörte sie auf nachzuhaken, und ich verriet ihr nicht, dass ich jedes Mal zusammenfuhr, wenn mein Handy piepte oder läutete. Es war Ben, der mir zeigte, was er für seine Mitbewohner kochte, oder es war mein Freund Julien von zu Hause, der mir Bilder einer Party schickte, von der er gerade kam. Oder es war Maman, die anrief, um sicherzustellen, dass ich im Restaurant auch gut behandelt wurde. Aber es war niemals Zach. Natürlich hatte ich geahnt, dass die Flyer nichts bringen würden. Aber ich hatte es nicht mit Sicherheit gewusst.

»Du hoffst immer noch …« Sie verstummt, während ich mir etwas von dem Essen nehme.

Für sie ist es einfach, mich zu verdammen. Sie ist verliebt und glücklich. Für einige von uns ist die Sache ein wenig komplizierter.

»Ja, Luz.« Bestimmt hört man mir an, wie genervt ich bin. »Ich hoffe immer noch, ihn zu finden. Es ist mir egal, dass das unrealistisch ist. Dass es für niemanden Sinn ergibt außer für mich. Aber ich kann mir einfach nicht helfen, ich frage mich, was gewesen wäre, wenn ich nicht zu spät am Times Square gewesen wäre, was wenn, was wenn, was wenn …«

Die Worte bleiben mir im Halse stecken. Was beweist, dass ich noch nicht darüber hinweg bin. Über ihn.

Sie legt eine Hand auf meine. »Ich möchte nur nicht, dass du jemandem, der so wundervoll ist wie Ben, keine Chance gibst, weil du dich an etwas klammerst, das … gar nicht da ist.«

Ich hole tief Luft. Es spielt keine Rolle, wie oft ich es ihr oder jemand anderem erkläre. Es ist einfach ein Gefühl, das ich tief in meinem Innern trage. Sogar Ben hat aufgehört, die Mission Zach zu erwähnen, und ich möchte ihn da nicht länger mit reinziehen. Es ist meine Sache, nur ich verstehe es wirklich. Oder nicht? Vielleicht klammere ich mich auch nur an etwas, das vor einem Jahr nur wenige Stunden dauerte. Und mir sind die Anhaltspunkte ausgegangen, denen ich folgen könnte. Ich habe überall gesucht. Mir sind die Optionen ausgegangen. Hoffnung dagegen? Ich habe immer noch einen Hauch davon, auch wenn ich nicht erklären kann, wieso.

Wir reden über alles andere, während wir unser Dinner beenden. Dann bricht Luz auf, um sich mit Ari zu treffen. So wie ich wird er von morgen an jeden Tag arbeiten, damit er den Samstag der Hochzeit freinehmen kann. Die beiden haben Karten für eine Comedyshow im East Village. Ein weiteres Date der beiden Turteltauben. Na schön, ich bin eifersüchtig.

Was mich angeht, bin ich mir unsicher, was ich jetzt machen soll. Es ist noch nicht mal neun. Ben ist im *Nutrio.* Mein Dad und Miguel arbeiten bis spät in die Nacht, um alles so zu hinterlassen, dass sie mit gutem Gewissen in die Flitterwochen fahren können. Ohne darüber nachzudenken, laufe ich nach Westen und bemerke bald darauf die Menschen, die auf der Highline spazieren. Seit jenem Tag mit Luz, als so viel in der Schwebe war und alles möglich schien, war ich nicht mehr dort.

Es ist pechdunkel und ziemlich kalt, daher hülle ich mich enger in meinen Mantel, als ich die Treppenstufen hinaufgehe. Es ist so cool hier oben, wo einem die Stadt zu Füßen liegt. Ich wandere den Pfad in Gedanken versunken entlang. New York ist so strahlend und wundervoll, aber ich habe in meinem ganzen Leben noch nie so hart gearbeitet. Ich bin noch nicht allzu lange hier und komme mir zerschlagen und erledigt vor. Erschöpfung ist mein ständiger Begleiter. Maman spricht es jedes Mal an, wenn wir facetimen. *Du bist nicht du selbst*, sagte sie letztes Mal zu mir. *Du siehst abgekämpft aus. Das ist genau das, wovor ich*

Angst hatte. Und auch wenn dein Vater es dir nicht ins Gesicht sagt, sieht er es genauso.

Mir gefällt es ganz und gar nicht, wenn meine Eltern hinter meinem Rücken über mich reden, aber ich schätze, Papa hat mich ebenfalls gewarnt. New York ist heftig. Manche Menschen werden von dem hektischen Treiben zerrieben, dem atemberaubenden Tempo, der schieren Menschenmasse und dem wenigen Raum, der einem zum Leben zur Verfügung steht. Aber ich wollte das alles schon seit so langer Zeit. Was spielt es also für eine Rolle, wenn es herausfordernd ist und nicht ganz das, was ich mir vorgestellt hatte? So ist das Leben eben, oder etwa nicht?

Ich blicke auf den Hudson River, die Freiheitsstatue in der Ferne, als mein Handy klingelt. Ein paar Mal hat Raven mich an meinem freien Tag mitten in der Schicht angerufen und gebeten, sofort zu kommen, weil etwas passiert war: Ein Koch hatte sich mit Chef Boyd gestritten und gekündigt, war krank geworden oder hatte sich in den Finger geschnitten. Natürlich bin ich ins *Nutrio* gerast, so schnell ich konnte, sogar jenes Mal, als ich mit Papa auswärts essen war.

Aber das Display zeigt eine unbekannte Nummer an. Es könnte jemand anders aus dem Restaurant sein. Vielleicht ist Raven zu beschäftigt, um selbst anzurufen. Die Leute kommen und gehen ständig, ich kenne noch immer nicht alle und weiß nicht, ob es je dazu kommen wird.

»Hallo?«, sage ich fragend.

»Margot?« Es ist die Stimme eines Mannes. Ich erkenne sie nicht, aber mein Herz schlägt schneller.

»Ja, hier ist Margot.«

»Bist du es wirklich?«

Meine Beine zittern. In der Nähe steht eine Bank, und ich gehe hin und setze mich.

»Wer ist da?«, frage ich beinah atemlos.

»Hier ist der Typ, den du unter den glitzernden Lichtern des Eiffelturms kennengelernt hast.«

Mir rutscht das Herz in die Hose. Ich kann nicht länger denken oder sprechen. Denn das hier … kann nicht sein, oder? Nicht, nachdem ich es mir so lange gewünscht habe.

»Margot? Bist du noch dran?«

Ich nicke ein paar Sekunden wild, bis mein Verstand begreift, dass er mich ja nicht sehen kann. »Ja.«

Mehr kommt mir nicht über die Lippen.

»Also bist du tatsächlich nach New York gezogen? Du bist hier? In diesem Moment?« Der Typ – Zach? – klingt erstaunt, so als könne er kaum glauben, dass er mich am Hörer hat, obwohl er derjenige ist, der meine Nummer gewählt und mich angerufen hat.

Aber was ist, wenn das ein Scherz ist? Irgendein Kerl, der meinen Flyer gesehen hat und sich über mich lustig macht.

Meine Hände zittern. Ich muss ganz sicher sein. »Verrate mir, wo genau wir uns begegnet sind.«

Er antwortet wie aus der Pistole geschossen: »Auf einer Bank auf dem *Champ de Mars.*«

Ich halte den Atem an, weil ich mich frage, ob ich das hier so sehr hören wollte, dass ich träume.

»Margot, ich bin's, Zach. Ich bin es wirklich. Du hast mich gefunden.«

»Ich habe dich gefunden.« Es kommt mir vor, als würde meine Stimme jemand anderem gehören.

Eine Million Fragen kreisen in meinem Kopf, aber der Strom meiner Gedanken wird von einem vorbeifahrenden Feuerwehrauto unterbrochen. Die Sirene ist so laut, dass sie alles andere übertönt und es mir unmöglich macht zu sprechen. Nur wenige Augenblicke vergehen, aber sie sind die reinste Folter. Ich habe schon so lange gewartet. Ich halte es nicht mehr aus. Als ich kurz davor bin, den Verstand zu verlieren, entfernt sich das Feuerwehrauto endlich.

»Ich muss dich unbedingt sehen«, sagt Zach atemlos. »Wo bist du gerade?«

Aber ich kann nicht antworten, weil ein weiteres Feuerwehrauto vorbeifährt und mir seinen unmöglichen Soundtrack entgegenbläst.

Moment mal.

Da ist kein zweites Feuerwehrauto.

Der schrille Lärm kommt aus meinem Handy.

Zach wird es im selben Augenblick klar. »Bist du etwa hier?«

Es ist wahrscheinlich nicht der passende Zeitpunkt, ihm zu sagen, dass ich keine Idee habe, was er mit *hier* meint. Ich bin zweifellos hier, aber das hilft uns nicht weiter, oder?

»Ich bin auf der Highline«, sage ich und bemühe mich, ruhig zu klingen, während ich innerlich ausflippe.

»Wo?« Sein Atem kommt stoßweise, als würde er rennen.

Ich sehe mich um. Mir wird schwindelig. »Nahe Chelsea Market, gegenüber der Freiheitsstatue …« Ich versuche, mir die Straße in Erinnerung zu rufen, aber mein Kopf ist leer.

»Rühr dich nicht vom Fleck!«

Ich höre Fußtritte auf Metall, als steige er die Treppe hoch. Ich bin wie erstarrt. Leute gehen auf ihrem Abendspaziergang an mir vorbei, völlig im Unklaren darüber, dass meine Welt gerade Kopf steht. Ich umklammere mein Handy.

Mein Herz fährt Achterbahn. »Zach?«

»Margot!«

Ich höre meinen Namen, nicht durch das Handy, sondern irgendwo aus der Menge.

Und dann ist er da, er rennt auf mich zu. Genau so groß und blond und umwerfend gut aussehend, wie ich ihn in Erinnerung habe. Er ist hier, vor mir, und ich kann mich nicht vom Fleck rühren. Ich habe das hier so sehr gewollt, habe mich so sehr danach gesehnt. Mir fehlen die Worte. Mein Herz hüpft wie eine Flipperkugel. Ich bin mir nicht mal ganz sicher, ob ich noch lebe, oder vielleicht bin ich auch zu lebendig, denn Zach ist hier, und das glückliche Ende, das ich mir über ein Jahr lang in Gedanken ausgemalt habe, beginnt hier und jetzt.

»Margot!«, ruft Zach, als er mich entdeckt.

Das hier passiert gerade wirklich.

Ich renne zu ihm, und einen Moment später werfe ich mich in seine Arme. Er riecht wie die Nacht, erdig und nach Meeresbrise. Ich vergrabe meinen Kopf in seinem Nacken. Plötzlich sind wir wieder unter den funkelnden Lichtern des Eiffelturms. Es ist nicht bloß ein Traum. Träume fühlen sich nicht so gut an. Es ist Chemie. Es ist Schicksal. Eine große Liebesgeschichte.

»Hi«, hauche ich.

»*Bonjour*«, erwidert er. »Du bist hier.«

Ich blicke zu ihm auf. »Du bist hier.« Und jetzt kann ich endlich die Frage stellen, die mir seit Wochen auf der Seele brennt: »Warst du am Times Square? Am ersten August, um Mitternacht, unten rechts auf der Tribüne?«

Sein Lächeln verrutscht für einen kurzen Moment. »Natürlich war ich da.«

Ich war davon ausgegangen, dass ich mehr Fragen an ihn hätte, dass ich alles würde wissen wollen, was seit jener Nacht in Paris in seinem Leben passiert ist. Aber nichts davon spielt noch eine Rolle. Ich stelle mich auf die Zehenspitzen – er ist sogar noch größer, als ich ihn in Erinnerung hatte – und küsse ihn. Der Kuss, auf den ich ein Jahr gewartet habe, fährt wie ein Blitz durch meinen Körper, von Kopf bis Fuß und wieder zurück. Menschen streifen uns, stoßen gegen uns, aber für mich gibt es nur seine Lippen, seine starken Arme, die mich halten, und die Wärme seines Körpers. New York rückt in den Hintergrund.

Wir sind wieder zusammen. Endlich.

Kapitel Vierundzwanzig

Und von jetzt auf gleich sind wir wieder in Paris. Nur dass wir bekanntlich in New York sind.

»Du hast meinen Flyer gesehen«, sage ich.

Wir lehnen Stirn an Stirn, Haut an Haut, als wären wir unzertrennlich.

»Wenn man es genau nimmt, hab ich das gar nicht«, sagt er. »Ich war auf dem Heimweg und habe mich durch Instagram gescrollt, als ich ein Bild von deinem Flyer entdeckt habe. Jemand hatte es geteilt und mit so was wie *Oh, wie romantisch!* kommentiert. Ich habe es nur überflogen und war schon beim nächsten Post, aber etwas daran muss meine Aufmerksamkeit erregt haben, denn ein paar Sekunden später dachte ich: Warte mal, was stand da noch gleich? Ich muss übrigens zustimmen, es *ist* romantisch.«

Ich stoße ein Lachen aus, aber es droht, mir im Halse stecken zu bleiben. Wir hätten uns fast nicht wiedergefunden. Ich weiß, das Risiko bestand von Anfang an in einer Stadt mit acht Millionen Einwohnern, und wenn man die Telefonnummer des anderen nicht hat, aber *puh*, diesen Fehler mache ich nie wieder. Apropos …

»Gibst du mir dein Handy?«, bitte ich ihn und löse mich aus einem sehr guten Grund aus seiner Umarmung.

Er zieht eine Augenbraue hoch, kommt meiner Bitte aber nach, nachdem er es entsperrt hat.

»Ich gebe meine Kontaktdaten ein«, erläutere ich.

»Ich gehe nirgendwohin!«, sagt Zach lachend, während ich tippe. »Aber du hast recht, das war nicht besonders schlau von uns.«

Ich mustere ihn mit klopfendem Herzen. Die ganze Zeit über habe ich mich gefragt, ob es klug war, und hier ist sie, die Wahrheit. »Ja, wir hielten es für eine große Geste, aber …«

Zach unterbricht mich kopfschüttelnd. »Ich kannte nicht einmal deinen Nachnamen, geschweige denn die Region, aus der du kommst.«

»Er lautet Lambert und ich komme aus Tourraine.«

»Ich heiße Miller. Jedenfalls wusste ich, warum wir es so gemacht haben, aber …«

»Bei Licht betrachtet, ergab es keinen Sinn mehr«, beende ich den Satz für ihn.

Ich habe mir das bisher nie eingestanden, aber es ist die Wahrheit. Wir wurden vom Zauber der Nacht mitgerissen, von dem, was mit uns geschah. Es war zu schön, zu rein, um es monatelang nur auf einem Display zu betrachten.

»Aber jetzt sind wir ja zusammen.« Er küsst mich erneut.

Meine Lippen erinnern sich an seine, als wäre überhaupt keine Zeit vergangen. Auf das hier habe ich gewartet. Das hier war mir von Anfang an bestimmt.

»Jetzt hast du ja meine Nummer. Aber ich hoffe sehr, dass du sie eine ganze Weile nicht brauchen wirst.«

»Wie meinst du das?«

»Ich habe die ganze Nacht Zeit.«

Ich lächle. »Ich auch. Ich muss erst morgen Nachmittag zur Arbeit.«

»Arbeit, hm? Wir haben viel zu besprechen.« Er küsst mich wieder, ganz sanft. »Hast du Lust auf einen Spaziergang?«

»Ja, klar. Das ist doch unser Ding: die ganze Nacht in Städten herumlaufen.« Und uns zu küssen. Küssen ist besonders wichtig.

Wir gehen bis zum südlichen Ende der Highline und verlassen sie am Whitney Museum. Von allen Museen mag Luz es am liebsten. Dann laufen wir nach Süden, weg von der Hektik des Meatpacking District und die gepflasterten Straßen des West Village entlang, mit ihren Boutiquen und kleinen Restaurants, die um diese Zeit immer noch voll sind.

Ich erzähle ihm von meinen ersten Monaten in New York. Meine anfänglichen Erfahrungen als Tellerwäscherin erwähne ich nur am Rande und gebe stattdessen lieber damit an, wie ich nach wenigen Wochen schon eine eigene Station bekam. Zach wirkt angemessen beeindruckt.

»Stell dir vor, ich habe mich tatsächlich mal im *Nutrio* beworben«, sagt er auf unserem Weg hinüber zur Waterfront. »Aber ich habe mir sagen lassen, der Küchenchef sei ziemlich krass drauf.«

»Ich würde sagen, das entspricht zu hundert Prozent der Wahrheit. Aber trifft das nicht auf jeden in New York zu?«

»Wow«, sagt Zach lachend. »Du redest sogar schon wie eine New Yorkerin. Heißt das, du bleibst für immer?«

Es stellt sich heraus, dass sein Kontakt im *Le Bernardin*, wo er nach seiner Weltreise anfangen sollte, dort aufgehört hatte, bevor Zach zurückkam. Zach hat nie einen Fuß in das Restaurant gesetzt. In den letzten Monaten hat er einen Job nach dem anderen gemacht, angefangen in der Restaurantküche eines schicken Hotels in SoHo bis zu einem Retro-Burger-Laden in Harlem und allem dazwischen. Er ist immer noch auf der Suche, hat immer noch nicht den Ort gefunden, an den er gehört, aber die Vielfalt reizt ihn auch. Ich muss darüber lächeln, weil ich ihn total verstehen kann. Es ist die Zeit im Leben, um Abenteuer zu erleben, Spaß zu haben und Dinge auszuprobieren. Aus genau diesen Gründen bin ich nach New York gekommen.

»Was ist mit deiner Weltreise? Ich möchte alles darüber wissen! Und die Bilder sehen. Bitte, ich warte seit über einem Jahr darauf.«

Er gluckst. »Ich werde dir davon erzählen, aber wir haben Zeit. Immer mit der Ruhe.«

Er hat recht. Ich möchte einfach mit ihm zusammen sein. Keine Gedanken, nur Gefühle. »Ich kann nicht glauben, dass du heute Abend so nah warst, nur ein paar Minuten von mir entfernt. Wie wahrscheinlich ist so was?«

»Dass wir uns zufällig begegnen, in zwei verschiedenen Städten, mit einem Ozean und einem Jahr Abstand dazwischen?« Er lächelt und sieht dabei genauso aus wie in meinen Träumen.

»Ich nehme mal an, wir haben der Wahrscheinlichkeit ein Schnippchen geschlagen.«

»Und ich bin so froh darüber.« Er bleibt mitten auf der Straße stehen und küsst mich.

Es wird niemals genug Küsse geben.

Wir gehen weiter bis zum Washington Square Park und lassen uns auf eine Bank fallen, ohne uns abzusprechen. Ich habe keine Lust mehr zu reden, und nach Zachs Blick zu urteilen, sind wir da auf einer Wellenlänge.

Plötzlich liegen seine Hände unter meinem Mantel auf meinem Rücken, meine wühlen sich in seine dichten kurzen Haare. Wir küssen, küssen, küssen uns, bis uns die Luft ausgeht. Es ist kalt geworden, wir haben beinahe Mitternacht, aber ich friere kein bisschen. Stattdessen bin ich in die Wärme seines Körpers gehüllt, wie hypnotisiert davon, in seiner Nähe zu sein. Mir ist vage bewusst, dass die Rückenlehne der Bank sich in meinen Rücken gräbt und ein paar Leute an einem dieser Steintische in der Nähe Schach spielen, aber die Welt um mich herum spielt keine Rolle mehr.

»Du schmeckst so gut«, flüstert Zach in mein Ohr.

In mir brennt ein Feuer. Es ist, als wäre überhaupt keine Zeit vergangen. Ich nehme an, in unseren Herzen ist sie das auch nicht. »Es war es definitiv wert, auf das hier zu warten.«

Zach grinst – o mein Gott, er ist so sexy –, sein Blick bohrt sich in meinen. »Ach ja?«

»Ja.«

Ein Jahr habe ich auf ihn gewartet, denn mein Herz war von Zachs Berührung gezeichnet. Wir waren füreinander bestimmt, niemand sonst hielt dem Vergleich stand.

Schließlich entscheiden wir uns, Richtung Hudson River weiterzugehen. Wir halten uns dabei fest an den Händen.

»Erzählst du mir jetzt, wie du auf die Idee mit dem Flyer gekommen bist?«, fragt Zach, als wir am Wasser sind.

Ich winde mich innerlich. Ich habe dem Schicksal kaum eine Wahl gelassen. Darf es mich so sehr überraschen, dass mein Plan aufgegangen ist? Oder vielleicht hängt die Enge in meiner Brust nicht mit der Überraschung zusammen, sondern mit der Enttäuschung darüber, dass es so lange gedauert hat.

»Nachdem wir uns am Times Square verpasst hatten, musste ich einfach etwas tun. Ich dachte, dass ich dich vielleicht aufspüren könnte.«

Er hebt eine Augenbraue. Ich denke an die Suchaktionen zurück, die Ben und ich unternommen haben. An den ganzen Spaß, den wir hatten, und die Hoffnung, die mich erfüllte.

Ich werde jetzt aber keinen anderen Kerl erwähnen. Zach muss nicht alles wissen. Noch nicht. Vielleicht sogar nie?

»Und dann habe ich dich gesehen«, fahre ich fort. »Auf dem gegenüberliegenden Bahnsteig an der Bedford Avenue. Ich habe dir hinterhergerufen. Ich bin dir nachgerannt. Du warst das doch, oder? An einem Montagabend gegen dreiundzwanzig Uhr, Ende September?«

Zach überlegt einen Moment. »Ja, ein Freund von mir lebt in der Gegend, wir hängen oft montagabends zusammen ab, weil ich da frei habe.«

Die Bestätigung trifft mich härter als erwartet. Ich bin an jenem Abend nicht umsonst einfach losgerannt und habe es mir mit Ben versaut.

»Jedenfalls warst du weg«, sage ich. »Ich war dir so nahe gekommen, und dann …« Ich verstumme. Nichts davon spielt jetzt noch eine Rolle.

Ich lasse dem Schweigen Raum, doch mein Geist gibt einfach keine Ruhe. »Glaubst du, wir hätten alles anders machen sollen?«

Zach holt tief Luft. »Ja. Nein. Ich bin es in meinem Kopf immer wieder durchgegangen.«

Er erzählt mir von der Fahrt nach Berlin, der nächsten Station auf seiner Reise, und wie er die ganze Zeit über an mich gedacht hat.

»Hast du je daran gedacht, nach mir zu suchen, nachdem wir uns am Times Square verpasst hatten?« Meine Stimme ist ein Flüstern. Er war dort. Er hat gesagt, er wäre dort gewesen. Oder war er es nicht? Ich bin froh, dass es dunkel ist. Die Nacht bringt stets meine Tapferkeit zum Vorschein. Bei Tageslicht bin ich nicht so mutig.

Zach zuckt mit den Schultern und wendet den Blick ab. »Wie?«

»Ich weiß nicht«, erwidere ich, obwohl ich es sehr wohl weiß.

Ich habe das Restaurant angerufen, in dem er arbeiten wollte. Ich habe Instagram und TikTok auf der Suche nach ihm durchkämmt. Ich habe mich mit einem Freund zusammengetan, und wir haben eine Liste geschrieben, die uns durch die ganze Stadt geführt hat. Wenn ich all diese Dinge tun konnte, hätte Zach es auch gekonnt. Er hätte jedes Restaurant in einem Zwei-Stunden-Radius um Paris herum anrufen können. Er hätte *Le Tablier* kontaktieren und nach einer Schülerin fragen können. Und es hätte sicher noch andere Wege gegeben, die mir jetzt nicht einfallen. Aber andererseits entsprach das nicht unserer Abmachung. Das war nicht der Plan.

Allmählich wird es ganz schön kalt, besonders am Wasser, aber die Nacht darf nicht enden. Wir gehen hinüber auf die andere Seite, nach Manhattan, und erkunden die ruhigen Straßen von Chinatown mit all ihren bunten Schildern und Malereien auf den Gebäuden. Langsam schlendern wir die Bowery hinauf. Zach hat einen Arm um mich geschlungen und hält mich warm, und schon bald finden wir uns auf der Lower East Side wieder. Hier gibt es genug Bars und Clubs, dass wir fast an jeder Ecke Menschen sehen. Dennoch, es kommt mir vor, als gehöre die Stadt uns ganz allein. Jede Straßenecke von New York stellt sich als der perfekte Ort heraus, um Zach zu küssen.

»Wann sehen wir uns wieder?«, fragt Zach, als wir einen Diner betreten, der rund um die Uhr geöffnet hat. Die Nischen sind aus schwarzem Vinyl und quietschen, als wir uns auf derselben Bank aneinanderkuscheln.

Ich lächle. »Heute? Morgen? Jeden Tag?«

Ja, da ist noch die Arbeit. Aber ich kann mir gerade nichts anderes vorstellen, als mit Zach zusammen zu sein.

Ich bestelle Blaubeerpfannkuchen mit Ahornsirup, und Zach nimmt Pommes und Mac and Cheese. Natürlich will ich seins, und er beäugt meins, sobald das Essen kommt. Also teilen wir am Ende alles miteinander. Es schmeckt seltsam und lecker und wohltuend. Himmlisch.

»Was?«, fragt er, als ich ihn ein wenig zu lange anstarre.

»Ich kann nicht fassen, dass wir wieder zusammen sind.«

Er lacht und küsst mich. An seinen Lippen klebt Ahornsirup.

»Mein Dad heiratet am Samstag. Möchtest du mich begleiten?«

Ich bemühe mich darum, locker zu klingen, obwohl die Frage mich seit einer Stunde umtreibt. Ich weiß, es ist schnell. Luz würde es nicht gutheißen. Aber Zach ist Teil meines Lebens. Er ist es seit über einem Jahr.

»Natürlich möchte ich. Soll ich einen Anzug anziehen?«

Ich nicke. »Mit einem Schlips und deinen besten Tanzschuhen. Es wird fantastisch werden!«

»Ich kann es kaum erwarten.«

Mein Herz macht Freudensprünge. So sollte das Leben sein, *non?* Man macht Pläne und arbeitet hart und erlaubt sich zu träumen. Und dann, wenn man es am wenigsten erwartet, fügt sich alles genau so, wie man es sich vorgestellt hat.

Kapitel Fünfundzwanzig

Die Investoren kommen in ein paar Tagen zu einem ausgiebigen Essen, und Chef Boyd hat den Druck ins Unermessliche gesteigert. Außerhalb der regulären Schichten verbringen die Köche jede Minute damit, dem Weihnachtsmenü den letzten Schliff zu verleihen, damit es etwas ganz Besonderes wird. Wir probieren ständig neue Sachen mit den Zutaten aus, die Chef und Bertrand von unseren Lieferanten bekommen; mit sehr unterschiedlicher Erfolgsbilanz.

Gestern habe ich eine komplette Lieferung Rosenkohl angebrannt – ein Gemüse, das in Frankreich sehr unbeliebt ist und hauptsächlich benutzt wird, um ungezogenen Kindern zu drohen, hier aber unglaublich angesagt ist. Auf der Habenseite war ich sehr stolz auf die mit Granatapfelkernen und zerbröckeltem Blauschimmelkäse gefüllten Endivien, die ich gemacht habe. Chef Boyd fand mein Dressing zu balsamicolastig, aber man kann ihn sowieso nie ganz zufriedenstellen.

Heute bin ich wieder mit Ben eingeteilt. Es ist das erste Mal seit dem Yankee-Spiel, dass ich ihn sehe. Wir haben hin und her geschrieben, und ich habe darüber nachgedacht, ihm die große Neuigkeit zu verraten, aber es schien mir angebrachter, es ihm persönlich zu sagen. Zum einen das, und dann war ich auch ganz schön nervös deswegen. Ich weiß nicht mal genau, warum.

»Ich muss dir was erzählen«, sage ich, sobald Bertrand und Chef Boyd sich zurückziehen, um etwas zu besprechen. Der Rest der Mannschaft ist ebenfalls da und bereitet alles für das Abendessen vor, aber wir zwei stehen in der hintersten Ecke neben der Speisekammer, weit entfernt von allen anderen.

Ben hebt den Blick von den Schalotten, die er gerade kleinschneidet. »Was gibt's? Du strahlst ja übers ganze Gesicht.«

Mein Mund wird trocken. »Ich bin gerade so glücklich.«

Ben legt sein Messer ab und lächelt. »Ich auch. Wir hatten letztens so viel Spaß, und ich habe viel an die Hochzeit gedacht …«

Ich kann es nicht länger für mich behalten. »Ich habe Zach gefunden.«

»Du hast … was?«

Ich nicke schnell, und Bens Augen werden groß. »Wir haben es geschafft! Ich habe ihn gefunden!«

Ich springe auf und ab. Mir ist völlig egal, dass Chef Boyd jeden Augenblick zurückkommen könnte.

»Aber wie?«

Ich kann Bens Verwirrung nachvollziehen. Er kennt nicht die ganze Geschichte. Also fasse ich die wichtigsten Punkte für ihn zusammen: Luz' Idee, Flyer in der Gegend aufzuhängen, wo ich Zach gesehen habe, was sich als Geniestreich herausgestellt hat. Und dann der Anruf aus dem

Nichts. Ich lasse die Nacht, die darauf folgte, aus, denn es kommt mir seltsam vor, mein Intimleben vor Ben auszubreiten.

»Und Luz und du, ihr habt das vor ein paar Wochen gemacht?«, fragt Ben.

Ich nehme mal an, er hat die Plakate tatsächlich nicht gesehen. »Ja, tut mir leid. Vielleicht hätte ich dir davon erzählen sollen, aber die ganze Aktion kam mir ein bisschen albern vor, weißt du?«

Der Zwiebelduft hängt in der Luft, und in meiner Magengrube breitet sich ein komisches Gefühl aus. Ich hatte nur wenige Stunden, um mich an den Gedanken zu gewöhnen, dass ich in einer Stadt mit acht Millionen Einwohnern meine wahre Liebe gefunden habe. Wie soll es da erst Ben gehen?

Ben sieht mich ernst an. »Ich freue mich für dich, Margot.«

Mir wird leichter ums Herz. »Echt?«

»Aber klar! Es ist das, was du wolltest: Zach finden und mit ihm zusammen sein. Du hast es geschafft.« Er lächelt. »Sieh dich nur an! Nichts kann dich aufhalten.«

Ich grinse. »Ja, da hast du wahrscheinlich recht. Nimm dich ja in Acht, New York! Ich bekomme immer, was ich will. Aber das habe ich alles dir zu verdanken. Es war deine Idee zu versuchen, Zach zu finden. Allein hätte ich das nie geschafft.«

»Yep, was soll ich sagen, ich stecke voller toller Ideen. Es sollte eben genau so kommen.«

Ich schließe ihn freudig in die Arme, aber die Umarmung bleibt kurz und unpersönlich. Wir sind auf der Arbeit und haben noch so viel zu tun. Von draußen hört man es rumoren, Chef Boyd brüllt irgendetwas.

»Und jetzt gehen wir alle zusammen auf die Hochzeit!«, sage ich, da wir immer noch unter uns sind.

Ben weicht überrascht einen Schritt zurück. »Tun wir das?«

»Ja. Ich habe Zach ebenfalls eingeladen, und mein Dad freut sich total für mich. Er hat gesagt, je mehr, desto besser. Und wir werden alle ordentlich Paaarty machen.«

Ich vollführe einen kleinen Tanz. Wahrscheinlich bin ich völlig überdreht. Zach und ich waren den Großteil der Nacht unterwegs, und ich habe nur drei Stunden geschlafen.

Ben nimmt das Messer in die Hand und schneidet weiter Zwiebeln. »Äh ja, aber …«, beginnt er, ohne mich anzusehen.

»Aber was?«

Eine Weile konzentriert er sich ganz auf seine Arbeit, so als sei ich plötzlich unsichtbar geworden. Und dann sagt er: »Ich weiß nicht, ob ich noch zur Hochzeit kommen kann.«

Zuerst halte ich das Ganze für einen Scherz, aber Ben sieht nicht so aus, als mache er Witze. »Wieso?«

»Ich habe Raven endlich davon überzeugt, mir mehr Schichten zu geben, und sie hat gesagt, am Samstag wäre vielleicht etwas frei.«

Er wischt mit der Hand über das Schneidebrett, um alle Frühlingszwiebeln aufzunehmen, und schmeißt sie in eine Schüssel.

»Meinst du das ernst?«

Wie lange weiß er das schon?

»Ja, ich bin ehrlich gesagt erleichtert, dass Zach dich jetzt begleitet.«

»Aber du hast dir einen Anzug geliehen und so.«

Ich kann es nicht glauben. Es ist, als hätte sich die Luft um uns in Eis verwandelt. Ben sieht mir nicht einmal mehr ins Gesicht.

»Ich muss die Chance ergreifen, Margot. In dem Moment, in dem der Festtagstrubel vorbei ist, werde ich wieder um Schichten betteln müssen.«

»Okay«, sage ich mit dem Gefühl, die Schlacht verloren zu haben. »Aber ich fände es nach wie vor schön, wenn du mitkämst. Ich rede mit Raven, wenn du möchtest. Du hast dir einen freien Abend verdient.«

Er kehrt zu seiner Schneidetätigkeit zurück, aber ich lege ihm eine Hand auf den Arm, um ihn zu stoppen. »Ich muss meinem Plan folgen«, sagt er. »Nicht jeder kann es sich erlauben, zu träumen und Spaß zu haben.«

Autsch. Diese Unterhaltung wird ja immer schlimmer. »Stell dir mal vor, ich hätte aufgegeben und nicht mehr nach Zach gesucht. Was ich dann alles verpasst hätte!«

Ben nimmt meine Hand und schubst sie sanft beiseite, damit er weiterarbeiten kann. Ich sollte seinem Beispiel folgen, aber ich kann mich gerade nicht konzentrieren.

Er stößt einen tiefen, gequälten Seufzer aus. »Okay, weißt du was? Vergiss, was ich gesagt habe. Ich werde zur Hochzeit kommen. Ich möchte die Planung nicht durcheinanderbringen.«

Dann wendet er mir den Rücken zu und das Gespräch ist beendet.

Ich habe bekommen, was ich wollte. Ben hat zugestimmt zu kommen, und ich kann es kaum erwarten, dass wir alle zusammen feiern werden.

Aber als ich zu meiner Station gehe und meine Zutaten aus dem Untertischkühlschrank hole, habe ich ganz und gar nicht den Eindruck, einen Sieg davongetragen zu haben. Ganz im Gegenteil. Es kommt mir vor, als hätte ich verloren. Oder etwas zerbrochen. Ich weiß nur nicht genau, was.

Kapitel Sechsundzwanzig

Es ist ein Event, das die ganze Familie zusammenbringt. Papas Eltern sind aus der Normandie angereist und wohnen ein paar Wochen bei Freunden aus ihrer New Yorker Zeit. Ihr anderer Sohn, mein Onkel, kommt mit seiner Frau und den drei Kindern mit dem Flugzeug aus Chicago. Mamans Mutter war auch eingeladen, aber sie wurde gerade an den Augen operiert und traute sich den langen Flug nicht zu. Miguels Verwandte sind ebenfalls nach und nach eingetrudelt, aber wir sehen die meisten von ihnen erst auf der Hochzeit.

Maman und ihr Lebensgefährte Jacques übernachten in einem Airbnb ein paar Straßen entfernt, sodass wir Frauen uns am großen Tag zusammen fertig machen können. Maman hat einen extragroßen Koffer mitgebracht, in dem die ganzen Sachen sind, um die ich sie gebeten habe: Mäntel, Stiefel, Kochbücher und andere Dinge, an die ich bei meiner Abreise nicht gedacht habe, die ich jetzt aber brauche, da der Winter naht. Sie hat sich noch nicht einmal darüber beschwert, dass sie die ganzen Sachen mitbringen sollte. Ich glaube, sie hat angefangen, meinen

Umzug nach New York zu akzeptieren. Die Idee war eben doch nicht so schlecht.

Ich verpasse das erste Essen mit meiner Familie, weil ich arbeiten muss. Aber als ich nach Mitternacht aus dem Restaurant komme, warten meine Eltern und ihre Partner draußen auf mich.

»Wir waren gerade im *ABC Kitchen* essen«, erklärt Papa. Das Restaurant ist nur ein paar Minuten entfernt und gehört zu seinen absoluten Favoriten.

»Und wir leiden an Jetlag«, fügt Maman hinzu und meint damit sich und Jacques. »Ich kann noch nicht schlafen gehen.«

Papa spielt mit seinem Schlüssel herum, und Maman hat verquollene Augen vom Flug, deshalb werde ich das Gefühl nicht los, dass es noch einen anderen Grund gibt, warum mich meine Eltern abholen, als wäre ich ein Schulkind, das den Weg nach Hause nicht kennt.

Wir gehen Richtung Broadway, ich zwischen Papa und Maman, Jacques und Miguel hinter uns. Maman zwingt mich, ihr alles über meine Schicht zu erzählen. Welches Gericht das beliebteste war – der gebackene Camembert, auf den Chef Boyd besonders stolz ist – und wann es am hektischsten war – zwischen 18.30 und 21.00 Uhr. Unter der Woche kommen viele Geschäftsleute, die ihre Klienten zum Essen ausführen. In Frankreich würde niemand auf die Idee kommen, um 18.30 Uhr zu essen, insbesondere wenn sie hoffen, einen Geschäftsabschluss zu tätigen.

»Es gibt da etwas, das ich mit dir besprechen möchte«, sagt Papa endlich, als wir die Fifth Avenue erreichen. »Miguel und ich haben das mit der Stelle besprochen. Es ist eine großartige Chance für ihn.«

»Es klingt ganz danach«, sagt Maman mit einem Seitenblick auf mich.

Papa hat die Sache seit jenem Wochenende in den Hamptons nicht mehr erwähnt, aber Maman und ich haben ununterbrochen darüber geredet. Wir konnten nicht so tun, als hätte es nichts mit uns als Familie zu tun. Wir waren schon immer auf die eine oder andere Weise voneinander getrennt, aber wir waren noch nie dermaßen weit verstreut.

»Ich habe Gespräche mit ein paar Firmen da unten geführt …«

Er verstummt, aber keine von uns greift den Faden auf.

Stattdessen lassen wir die Geräusche der Stadt die Stille zwischen uns füllen. Leute, die laut in ihre Handys sprechen, Musik, die im vor uns liegenden Washington Square Park erklingt, ein hupendes Auto.

»Ich habe schon immer gedacht, dass es schön wäre, ein Haus und ein Auto zu haben«, fügt Papa hinzu.

Maman wirft mir einen Blick zu, um meine Reaktion abzuschätzen.

»Ich weiß, für dich muss es langweilig klingen«, sagt Papa und wendet sich mir zu. »Aber das sind die Dinge, über die man in meinem Alter nachdenkt. New York ist toll, aber es bietet einem nicht alles.«

»Und … *les palmiers*«, sagt Maman. »Ich würde eines Tages auch gern am Strand leben.«

»Also wirst du uns mit Palmen betrügen?«, sage ich zu Papa. Es ist ein Witz, aber mal ehrlich, er soll es einfach hinter sich bringen. Es fällt mir schwer, so zu tun, als hätte ich mich vor diesem Moment nicht gefürchtet.

»Genau«, sagt Papa angespannt. »Ich werde es tun. Wir ziehen nach Miami.«

Maman schlingt einen Arm um meine Schulter. »Und wir freuen uns für dich, nicht wahr, Margot?

»Ja, natürlich.« Meine Stimme bricht, und die Worte sind ein leises Krächzen.

»Margot«, sagt Papa.

»Das tue ich wirklich.« Aber ich weiß, dass es sich nicht danach anhört.

Klar, ich wusste, dass ich nicht ewig bei Papa und Miguel wohnen würde. Das wollte ich ja auch gar nicht. Aber ich war davon ausgegangen, dass alles zu meinen eigenen Bedingungen passieren würde. Ich würde herkommen, Zach wiedersehen, einen Job finden und dann eine Wohnung. Einer der Kellner hat mir eine Website empfohlen, auf der man nach Mitbewohnern suchen kann, und ich habe immer wieder mal einen Blick darauf geworfen, aber jetzt gerät mein Gefüge ganz schön ins Wanken. Ich fange langsam an, mich auf der Arbeit zurechtzufinden – ich muss ständig auf der Hut sein, je nachdem, wie Chef Boyd drauf ist –, und ich habe Zach gerade erst gefunden. Aber es ist das, was ich wollte, und am Ende wird sich alles fügen. Ich muss nur fest daran glauben.

Wir sind fast zu Hause, als ich meine Stimme wiederfinde. »Wann werdet ihr umziehen?«

»Miguel wird erst im Januar dort anfangen, und ich muss mir noch einen Job suchen. Wir werden das Appartement frühstens Ende des Winters aufgeben. Und selbst dann könnten wir es noch ein paar Monate behalten«, sagt Papa.

»Ihr braucht das nicht für mich zu tun. Ich freue mich

wirklich sehr für Miguel und dich. Ich komme schon klar. Ich werde so was von klarkommen!«

»Dafür werden wir sorgen«, sagt Papa und wendet sich Miguel zu, der zu uns aufgeschlossen hat.

»Es tut mir leid, dass ich dir deinen Dad wegnehme«, sagt Miguel. »Aber denk an all die fantastischen Strandurlaube, die auf dich warten. Wir zahlen dir den Flug, wann immer dir danach ist.«

Hm, so hatte ich das noch gar nicht betrachtet.

»Glaub mir, Margot«, fährt er fort, »Mitte Februar, wenn die Sonne um vier untergeht und der vereiste Schnee, der schon drei Wochen zuvor gefallen ist, einfach nicht schmelzen will, wirst du auch nach Miami ziehen wollen.«

»Aber bevor es so weit ist«, sagt Papa, »gibt es da noch etwas, das ich dich fragen möchte.«

Unsere kleine Gruppe hat sich auf dem Bürgersteig vor dem Haus versammelt, und ich werfe einen Blick zur Seite, um sicherzustellen, dass wir niemandem den Weg blockieren. Luz wäre stolz auf mich. Ich habe so viel gelernt, seit ich hierhergezogen bin, darunter auch, mich niemals einem New Yorker in den Weg zu stellen.

»Was denn?«

»Wirst du mich zum Altar führen?«

Damit habe ich nicht gerechnet. »Ich? Was ist mit Grandma?«

»Ich habe mit ihr darüber gesprochen. Sie möchte dir die Ehre überlassen.«

»Aber ich bin doch Brautjungfer!« Ich wende mich Miguel zu, der genau weiß, was ich gerade denke. So gehört sich das nicht. Luz wird nicht damit einverstanden sein.

»Ich habe mit Luz gesprochen«, sagt Miguel. »Dein Dad möchte dich auf jedem Schritt des Weges an seiner Seite haben, und sie wird ebenfalls an meiner Seite sein. Es würde uns beide sehr glücklich machen.«

»Also?«, fragt Papa.

Ich nicke stumm, die Worte bleiben mir im Halse stecken. Und dann liegen wir uns in den Armen und halten uns ganz fest. Diese Umarmung kommt mir vor wie der sicherste Ort der Welt.

Als ich mich von Papa löse, habe ich meine Stimme wiedergefunden. »Ich muss unbedingt meine neuen Schuhe einlaufen. Ich kann es mir nicht erlauben, mich der Länge nach hinzulegen.«

*

Maman und ich haben für den Hochzeitsmorgen einen minutiösen Ablauf geplant. Luz macht sich mit ihrer Familie fertig. Die Bräutigame sind schon im Wythe Hotel in Brooklyn, wo sie die vergangene Nacht verbracht haben und später auch heiraten werden, und Jacques freut sich darüber, ausschlafen zu können.

Wir beginnen den Morgen mit Kaffee und einer Mani- und Pediküre im örtlichen Nagelstudio. Dann haben wir unsere Frisörtermine bei Drybar – Mamans Haare werden professionell geföhnt und meine locker hochgesteckt. Das ist so was von New York! In Frankreich würden wir alles selbst machen.

Wir haben uns Fotos unserer Kleider geschickt, aber Maman gibt trotzdem bewundernde Laute von sich, als ich die rosafarbene Schönheit überstreife, die geduldig in meinem Kleiderschrank ausgeharrt hat. Die Seide gleitet kühl über meine Haut und schmiegt sich sanft um meine Hüften. Es ist nicht übertrieben sexy, aber zweifellos eine andere Version meiner selbst, eine elegantere und glamourösere. Maman mustert mich einen Moment schweigend von Kopf bis Fuß, ehe sie etwas sagt.

»*Ma fille*«, sagt sie dann mit rauer Stimme, »*tu as changé depuis que tu es ici.*« Mein Mädchen, du hast dich verändert, seit du hier bist.

Mein Mund will protestieren, doch mein Verstand hindert ihn daran. Denn ich habe mich verändert, wenn ich so darüber nachdenke. Ich bin in ein fremdes Land gezogen. Ich habe einen stressigen Job. Und ich habe einen Freund, einen echten, nicht nur einen, von dem ich über ein Jahr lang geträumt habe. Bei dem Gedanken an ihn habe ich Schmetterlinge im Bauch.

»*Qu'est-ce que tu penses?*«, sage ich und drehe mich einmal im Kreis. Was hältst du davon?

Maman bemüht sich zu lächeln. »*Tu es magnifique.*« Ich sehe wirklich fantastisch aus in diesem Kleid.

»*Bon, ce garçon alors?*« Also, was ist nun mit diesem Jungen?

Mein Kopf ist plötzlich wie leergefegt.

Ich weiß nicht, ob es daran liegt, dass sie mir die Verwirrung ansieht, aber Maman hakt noch etwas genauer nach: »*Comment il s'appelle déjà, celui que tu as invité au mariage?*« Wie heißt er noch gleich? Derjenige, den du zur Hochzeit eingeladen hast?

»Ben, äh, Zach«, sage ich hilflos.

Sie guckt irritiert. Ich habe ihr alles über Ben erzählt und den Plan, zusammen mit Luz und Ari zur Hochzeit zu gehen. Das würde so ein Spaß werden! Natürlich weiß Maman bereits, wie ich Zach kennengelernt habe, aber wie alle anderen ist sie davon ausgegangen, es würde nicht mehr daraus werden als ein romantischer Abend in Paris. Ehrlich gesagt bin ich immer noch ziemlich stolz darauf, ihnen allen das Gegenteil bewiesen zu haben. Aber weil ich so viel gearbeitet habe und Maman sich auf ihre Reise nach New York vorbereitet hat, hatte ich noch keine Gelegenheit, ihr in allen Einzelheiten zu erzählen, was sich in den letzten Tagen in meinem Leben abgespielt hat. Wie zum Beispiel die Tatsache, dass ich nun zwei Verabredungen für die Hochzeit habe, die mich beide hier treffen sollen. Es ist gar nicht so seltsam, wie es klingt. Ich möchte, dass sie sich vor der Zeremonie kennenlernen. Nach meiner unangenehmen Unterhaltung mit Ben würde ich die Sache lieber früher als später klären. Ich bin sicher, sie werden sich gut verstehen. Oh Mann, ich *hoffe*, sie werden sich gut verstehen.

Ich erläutere, warum ich zwei Verabredungen habe, und erzähle Maman von Zach, während wir unser Make-up auflegen. Dass ihn wiederzufinden um so vieles besser war, als ich es mir in meinen Träumen ausgemalt hatte, und dass es all den Herzschmerz wert war. Wir haben uns bei jeder sich bietenden Gelegenheit geschrieben, was nicht so oft war, wie wir uns gewünscht hätten, wenn man bedenkt, wie viel wir arbeiten. Aber ich weiß, dass am Ende alles gut werden wird, weil wir füreinander bestimmt sind. Wir sind es seit jener Nacht in Paris.

»*Il a l'air parfait*«, sagt Maman mit einem seltsamen Lächeln, als ich verstumme. Er scheint perfekt.

Und er hat auch das perfekte Timing. Ich streife gerade

meine Sandalen über, als ich eine Nachricht von Zach bekomme.

Ich bin unten

Komm rauf

erwidere ich und drücke auf den Türöffner.

Ich blicke ein letztes Mal in den Spiegel, bevor ich die Tür öffne. Ich habe ihm ein Bild des Kleides gezeigt, aber das hier ist der vollständige Look. Haare, Make-up, hochhackige Schuhe, ich bin so aufgebrezelt wie noch nie.

Mein Herz macht einen Hüpfer in der Brust, als ich die Tür öffne.

Auf der anderen Seite steht Zach in einem dunkelgrauen Anzug, der ihm gerade so eben passt, mit einer passenden Seidenkrawatte, einem steif gebügelten weißen Hemd und blank geputzten schwarzen Schuhen. Ich habe Zach schon immer zum Niederknien gefunden, aber das hier ist ein völlig neues Level. Er sieht verboten heiß aus. Soll meinen: *Bonjour*, nimm mich in den Arm, wirble mich herum und küss mich gefälligst.

»Hi«, sagt er, und seine Stimme klingt dabei total sexy. »Du siehst toll aus … *absolument resplendissante.*« Absolut hinreißend.

Und er hat etwas Französisch gelernt! Er weiß, wie man die richtigen Knöpfe drückt, hm?

»*Merci.* Und du siehst heiß aus. Wenn meine Mutter nicht da hinten wäre …«

Ich deute auf das andere Ende des Appartements, aber

er lässt mich meinen Satz gar nicht beenden, sondern nimmt mich einfach in den Arm und küsst mich. Er duftet nach Seife und Rasierschaum. Er ist wirklich perfekt. Womit habe ich jemanden wie ihn verdient?

Kapitel Siebenundzwanzig

Tränen verschleiern meine Sicht, noch bevor wir den ersten Schritt auf den Altar zugemacht haben. Zu viele Gefühle toben in mir. Das liegt zum einen daran, meinen Vater so glücklich zu sehen und von so vielen Familienmitgliedern umgeben zu sein, und zum anderen, weil ich endlich Luz' Mom Amelia getroffen habe, die genau so viel über mich gehört hat wie ich über sie. Hinzu kommt der atemberaubende Blick von der Dachterrasse des Hotels oberhalb von Manhattan, wo die Zeremonie stattfindet. Die Dekoration aus funkelnden Lichterketten und üppigem Blumenschmuck ist exquisit.

Meine Hände zittern, als ich mich bei Papa einhake, und nicht, weil es zu kühl für eine Zeremonie unter freiem Himmel ist. Der tolle Ausblick macht alles wett. Auch Papa ist etwas aufgeregt. Monatelang hat er immer wieder gesagt, dass die Hochzeit für ihn keine so große Bedeutung hat, dass er einfach mit Miguel zusammen sein will. Das ganze Drum und Dran sei schön, aber nicht das, worum es bei einer Hochzeit gehe. Aber ich wette, er überdenkt seinen Standpunkt gerade noch einmal, so wie seine

Brust sich unter seinem schicken maßgeschneiderten Anzug hebt und senkt.

Ich versuche, Zachs Aufmerksamkeit auf mich zu lenken, als wir an ihm vorbeigehen, aber er starrt das Display seines Handys an. Ich hoffe, es ist alles okay. Er sitzt hinter Ari und Ben, und ich kann nicht erkennen, ob sie sich schon kennengelernt haben. Nachdem Zach in der Wohnung eingetroffen war, hat Ben mir geschrieben, dass er spät dran sei und uns im Hotel treffen würde. Von dem Moment an, als wir dort eintrafen, war ich mit meinen Brautjungfernpflichten beschäftigt und hatte keine Gelegenheit, sie einander vorzustellen.

Miguels Hochzeitsschwur ist unglaublich bewegend. Er spricht von ihrer ersten Begegnung und darüber, wie er tief in seinem Herzen spürte, dass er sich in der Gegenwart eines ganz besonderen Menschen befand, nicht bloß *des Einen*, sondern *seines Einen*, wie er sagt, und wie sehr er sich darum bemühte, seine Erwartungen nach den Enttäuschungen vorangegangener Beziehungen im Zaum zu halten. Er beschreibt, wie er sich die gemeinsame Zukunft vorstellt, ein Leben unter der Sonne Floridas und Reisen nach Frankreich, damit sein Ehemann mit seinen Wurzeln verbunden bleibt, und wie sie zusammen alt werden und ihre Liebe dabei immer weiter wächst.

Die Bräutigame haben einen Dolmetscher engagiert, damit den französischen Gästen nichts entgeht, und es bleibt kein Auge trocken, als Miguel das Mikrofon an Papa weiterreicht. Sein eigener Schwur ist unbeschwert und witzig. Er beschreibt, wie er zehn Minuten vor seinem ersten Date mit dem superstylischen Miguel in einen Laden wetzte, weil er seinem Outfit misstraute und den

Drang verspürte, es noch etwas aufzupeppen. Es gibt Seitenhiebe auf Miguels wiederholte Versuche, Französisch zu lernen, etwas, von dem er schwört, dass er es will, das er aber jedes Mal aufgibt, sobald er zwei, drei Sätze spricht.

Es ist alles unglaublich *fantastique,* und ich war noch nie verliebter in die Liebe. Es ist das, was ich mir für mich wünsche. Keine Hochzeit, dafür bin ich viel zu jung. Aber so reine, wunderbare, ungefilterte Gefühle. *L'amour, l'amour, l'amour.* Und ich bin auf dem Weg dorthin.

*

Wir schießen eine Menge Familienfotos mit der Skyline von Manhattan im Hintergrund und dann auf den Straßen von Brooklyn, bevor wir die Bräutigame für die Hochzeitsportraits allein lassen. Maman und ich laufen zur Location zurück, wo die Kellner begonnen haben, mit Tabletts voller Getränke und Häppchen herumzugehen. Maman nimmt sich mit einem Augenzwinkern zwei Champagnerflöten. Sie kennt die Altersgrenze für Alkohol in den Staaten, aber ich bin zu drei Vierteln Französin, und das hier ist die Hochzeit meines Vaters. Sie reicht mir ein Glas, sobald uns der Kellner den Rücken zudreht.

»Der beste Tag aller Zeiten!«, sage ich, als wir anstoßen.

»*Un marriage vraiment magnifique!*«, erwidert Maman und hebt ihr Glas an die Lippen.

»Siehst du?«, sage ich auf Französisch zu ihr. »Alles hat sich ganz wunderbar gefunden.«

»Ja, sie haben alles wirklich gut geplant«, sagt Maman ebenfalls auf Französisch und betrachtet den Blumenschmuck, der uns umgibt. »Die Musik ist auch ganz wunderbar.«

Da bin ich ihrer Meinung, aber darauf wollte ich gar nicht hinaus. »Ich sprach von meinem Umzug nach New York. Du hast dir deswegen so große Sorgen gemacht, aber am Ende hat sich alles gefunden. Und ja, es war nicht immer einfach, aber ich bin so froh, dass ich es gemacht habe.«

Maman nickt langsam, als überlege sie nicht, was sie sagen soll, sondern wie.

Ich stelle mein Glas auf einem Tisch in der Nähe ab. »Was ist?«

»*Comment il te traite, Franklin?*« Wie behandelt dich Franklin?

Vor ein paar Minuten waren wir noch gelöst und glücklich, doch nun umklammern ihre Finger ihre schmale Clutch.

Ich stoße einen Seufzer aus. Müssen wir diese Unterhaltung wirklich gerade jetzt führen? »Nun, ich nenne ihn zum Beispiel nicht Franklin. Es geht den ganzen Tag lang: *Chef, oui, Chef.* Und ja, er ist schwer zufriedenzustellen, aber …« Ich verstumme mit einem Achselzucken.

Ich bin nicht in der Stimmung, genauer zu beschreiben, wie hart es ist, für Chef Boyd zu arbeiten. Die Stimmung dieses Mannes wechselt Schneller, als ich ein Ei pochieren kann.

»Ist er wenigstens nett?«, fragt Maman auf Französisch.

Mir platzt die Hutschnur. »Ich bin kein Kind mehr. Mich muss man nicht mit Samthandschuhen anfassen.«

»Hm«, macht Maman mit aufeinandergepressten Lippen.

Einen Moment lang sagt keine von uns etwas. Ich bin versucht, mich aus dem Staub zu machen und meine Freunde zu suchen, aber ich habe ein komisches Gefühl in der Magengrube, und mir wird klar, dass ich ihr etwas zu sagen habe.

»Du hast dieses Leben geführt, Maman. Du bist nach New York gegangen und hast Karriere im Restaurantgeschäft gemacht. Und als es dir nicht mehr gefiel, hast du entschieden, dass wir nach Hause zurückkehren. Es war deine Entscheidung, und du bist offensichtlich glücklich damit. Aber ich bin inzwischen erwachsen und kann meine eigenen Entscheidungen darüber treffen, wo ich wohne und wie viel ich arbeite.«

»Ich möchte nicht, dass du dieselben Fehler machst wie ich«, sagt Maman mit gesenkter Stimme.

»Wer sagt, dass ich einen Fehler mache?« Sie wendet den Blick ab, was mich nur noch mehr aufbringt. »Warum denkst du, ich würde es hier nicht schaffen?«

»Darum geht es gar nicht. Ich bin diesen Weg nur schon gegangen. Es wird niemals leichter.«

»Das muss es auch gar nicht!« Das ist eine Lüge, wie mir klar wird, als ich die Worte ausspreche. Ich weiß nicht, wie lange ich noch so weitermachen kann. Irgendwann muss es einfacher werden. Sobald die Investoren da waren, ich mein Können unter Beweis gestellt habe, im neuen Jahr vielleicht …

Maman schaut über meine Schulter hinweg, und ich drehe mich um und entdecke meine Großeltern, Papas Eltern, die breit lächelnd mit ihren halb vollen Champagnerflöten auf uns zukommen.

»*On ne devrait pas parler de ça aujourd'hui*«, sagt Maman rasch. Wir sollten nicht heute darüber sprechen.

Sie wechselt das Thema gerade noch rechtzeitig, aber mir gelingt es nicht so einfach loszulassen. Sie versteht mich nicht, und ich muss akzeptieren, dass sie es vielleicht niemals tun wird. Sie will mich nicht hier haben. Sie glaubt nicht, dass ich genug Durchhaltevermögen habe. Obwohl ich all das geschafft habe. Nachdem ich schon so weit gekommen bin. Ich kann es nicht fassen, nach allem, was ich schon erreicht habe. Maman blickt immer noch darauf herab, wie ich mein Leben führe, und wartet nur darauf, dass ich scheitere, damit sie sagen kann: Ich habe es dir ja gleich gesagt.

Kapitel Achtundzwanzig

Ein Essen, ein fabelhaftes Festmahl erwartet uns.

»Hattest du je den Eindruck, deine Arbeit als Koch hindere dich daran, feines Essen noch richtig zu genießen?«, sage ich nach der Vorspeise zu Zach. Luz, Ari und Ben sitzen auch an unserem Tisch, zusammen mit ein paar Cousins und Cousinen von Luz. Ari wirft Ben einen kurzen Blick zu. Ich nehme an, die Frage betrifft die beiden gleichermaßen.

»Eigentlich nicht«, erwidert Zach. »Das Thunfischtartar war zum Niederknien. Alles hier ist der Hammer. Danke für die Einladung.« Sein warmes Lächeln ist einem Grinsen gewichen, das in mir den Wunsch nach einem Kuss weckt. Und genau den gibt er mir im nächsten Augenblick auch. *Hach!*

»Was gibt es als Hauptgericht?«, fragt er mit einem Blick auf die Menükarte, die auf dem Tisch liegt. »Seebarsch mit Misoglasur? Treffer!«

Ich kichere. »Das klingt fast so, als wärst du nur wegen des Essens hier.«

Zach lässt den Raum auf sich wirken, die gedämpfte

Beleuchtung, das DJ-Pult und das Nachtischbüfett im Hintergrund.

»Und für die Party im Anschluss!«, sagt er, ohne zu kapieren, dass meine Bemerkung als Scherz gedacht war. »Was für ein Glück, dass wir uns gerade rechtzeitig über den Weg gelaufen sind.«

»Damit du was von der Hochzeitstorte abbekommst?«

Zach zuckt mit den Schultern. »Ich bin eben von der genießerischen Sorte.«

Am Tisch herrscht kurz peinlich berührte Stille, aber ich lächele weiter. Es war vielleicht ein bisschen übertrieben, zusammen zur Hochzeit meines Vaters zu gehen, wo wir uns gerade erst wiedergefunden haben. Es wird leichter sein, wenn wir zu zweit sind. Oder? Dann können wir uns so richtig kennenlernen.

»Tja, es kommt nicht besonders oft vor, dass wir etwas zu essen bekommen, was wir nicht selbst gekocht haben«, sagt Ari. »Aber einige von uns sind ziemlich gut darin, mal hier und mal dort zu probieren.« Er wirft Zach einen schrägen Blick zu, den dieser ignoriert.

»Was ist mit Ari los?«, flüstere ich Luz zu. »Das hier ist eine Hochzeit. Wir sollten Spaß haben. Warum benimmt er sich so griesgrämig wie früher?«

Das geht schon so, seit wir uns an den Tisch gesetzt haben. Nach der Trauung und während des Sektempfangs haben Luz, Ari und Ben die meiste Zeit bei Luz' Familie gestanden. Ich habe Zach nach meinem Gespräch mit Maman wiedergefunden, er unterhielt sich an der Bar mit einem Mädchen von Miguels Seite der Familie. Aber seit wir an unserem Tisch sind, hat Ari höhnische Bemerkungen in Zachs Richtung gemacht, der sich stattdessen ganz auf mich konzentriert hat. Ich weiß, ich habe Luz versprochen, Verständnis für Ari zu zeigen, aber seine Art passt mir ganz und gar nicht. Nicht heute.

»Keine Ahnung«, erwidert sie leise. »Er und Ben tuscheln die ganze Zeit über Zach, aber als ich sie vorhin darauf angesprochen habe, haben sie behauptet, es sei nichts.«

Sie guckt entschuldigend. Ich hatte erwartet, sie würde mich bitten, nett zu ihrem Freund zu sein, und ihre Antwort löst eine ungute Empfindung bei mir aus.

Zach nimmt sich ein Stück Brot und zerpflückt es. »Ich denke eben, man sollte das Leben genießen, solange man dazu in der Lage ist.«

»Ja, davon sind wir überzeugt«, gibt Ari sofort zurück.

Ich sehe zu Ben hinüber, dessen Anspannung spürbar ist. *Alles klar bei dir?*, frage ich ihn stumm.

Und bei dir?, gibt er ebenso lautlos zurück. Seine Miene spiegelt seine tiefe Besorgnis.

Mein Bauchgefühl sagt mir, dass etwas nicht stimmt. Ich würde gern mehr mit Ben reden, aber er beginnt eine Unterhaltung mit Luz' Cousine, die neben ihm sitzt, und ich möchte mich nicht quer über den Tisch um seine Aufmerksamkeit bemühen.

»Komm, wir mischen uns etwas unters Volk«, sagte ich und nehme Zachs Hand.

Er guckt schon wieder auf sein Handy, und es dauert einen Moment, bis er seinen Blick vom Display gelöst hat und mir folgt. Ich kann es kaum erwarten, dass die Bräutigame die Tanzfläche mit ihrem Hochzeitstanz eröffnen. Der DJ spielt genau meine Musik, und jede Minute, die ich in Zachs Armen verbringe, ist eine himmlische Minute. Aber jetzt gehen wir uns erst einmal mein Meisterwerk ansehen, das in einer Ecke des Raumes aufgebaut worden ist: das Nachtischbüfett. Es sieht so perfekt und köstlich aus, wie ich es mir ausgemalt habe. Mir läuft beim Anblick des traditionellen *pièce montée*, des Erdbeervanillekuchens mit Blumenschmuck, den verschiedenen Cupcakes in allen möglichen Geschmacksvariationen und Farben, dem Turm aus Macarons in Rose, Pistazie und Passionsfrucht das Wasser im Mund zusammen. Aber bevor es so weit ist, müssen wir uns erst noch ein paar Gängen stellen.

»Das hast du großartig hinbekommen«, sagt Zach. Er schießt ein Foto von mir vor dem farbenfrohen Arrangement.

Dann nimmt er mich in seine Arme und küsst mich. Einige Selfies folgen, weitere Erinnerungen an unser erstes offizielles Date. Ich weiß nicht, wie wir das hier bei unserer nächsten Verabredung toppen sollen, aber ich bin überzeugt, es wird uns irgendwie gelingen. Die Male, die wir zusammen verbracht haben, waren eines aufregender als das andere.

Die Euphorie erstirbt langsam, als wir an unseren Tisch zurückkehren. Ari und Ben vermeiden es, in unsere Richtung zu gucken, und Luz scheint zwischen ihnen gefangen und wirft mir entschuldigende Blicke zu. Ich versuche, mich während des Hauptganges ganz auf Zach zu konzentrieren, und auch, während die Käseplatte serviert wird. Papa hat auf dieser französischen Tradition bestanden, von der das Catering-Unternehmen erst noch überzeugt werden musste. Aber hier kommt sie mit einem ganzen Camembert, einem Stück Roquefort, einem Ossau-Iraty – einem mittelfesten Käse aus Schafsmilch – und einem

Reblochon. Dazu gibt es Chutney, Honig und Trauben. Und nicht zu vergessen, das Baguette. Man sollte niemals das Baguette vergessen.

Als ich ein Stück davon abreiße, ist Ari dazu übergegangen, uns tödliche Blicke zuzuwerfen. Ich weiß, dass Luz ihn liebt, aber der Kerl ist wirklich eine Zumutung.

»Amüsierst du dich?«, fragt Ari Zach schneidend.

»Auf jeden Fall«, erwidert Zach, dreht sich zu mir und drückt mir einen schnellen Kuss auf die Lippen.

»Klar tust du das. Wieder und wieder«, gibt Ari zurück.

»Ari«, sagt Luz warnend.

»Was ist hier los?«, frage ich.

Luz antwortet ein bisschen zu schnell. »Nichts!« Sie klingt übertrieben gut gelaunt.

»Aber …«, beginne ich. Doch Luz lächelt so seltsam, dass ich verstumme. Komisch.

Schweigend befüllen wir unsere Teller.

»Ich kann es kaum erwarten, mit dir zu tanzen«, sagt Zach und dreht mich dabei so, dass Ari und Ben der Blick verstellt wird.

Aber er war nicht leise genug. »Ja, du kannst nichts erwarten!«, sagt Ari laut.

Jetzt wird es mir zu viel. »Kennt ihr beiden euch?«, frage ich.

Ich sehe zu Luz hinüber, die ganz unschuldig tut. Ben dagegen hat den Blick auf seinen Teller gesenkt.

»Ja«, antwortet Ari, während Zach gleichzeitig »Nein« sagt.

Äh, okay?

»Es ist keine große Sache«, sagt Luz. »Wir sollten uns heute Abend deswegen keinen Kopf machen. Wir sind hier, um diese wunderschöne Hochzeit zu feiern und Spaß zu haben, stimmt's?« Sie zupft an Aris Ärmel, aber der kocht inzwischen vor Wut.

»Tut mir leid, aber ich kann das nicht länger mitansehen«, sagt Ben plötzlich.

»Wir wollen doch nicht den Abend kaputtmachen«, sagt Luz leise.

»Könnte mir bitte mal jemand erklären, was hier los ist?« Ich habe das Gefühl, als wüssten alle Bescheid, nur ich nicht.

Stattdessen steht Ben auf. Sein Stuhl schrammt dabei über den Boden. Er wirft mir einen letzten Blick zu, dann geht er davon.

Ich folge ihm. Ich renne praktisch hinter ihm her, so schnell meine hochhackigen Schuhe es mir erlauben. Als ich nach ihm auf die Terrasse hinausspringe, befürchte ich schon, mir den Knöchel zu verstauchen. Der Blick auf das hell erleuchtete Manhattan ist atemberaubend, eine märchenhafte Kulisse für einen traumhaften Abend. Doch ich habe so eine Ahnung, dass sich dieser hier in eine andere Richtung entwickeln wird.

»Ich wusste, dass es ein Fehler war«, sagt Ben und umschlingt den Oberkörper mit beiden Armen. Er hat sein Jackett drinnen gelassen. »Ich hätte nicht zur Hochzeit deines Vaters kommen sollen.«

Abgesehen von uns ist niemand auf der Terrasse. Dafür ist es zu kalt.

»Geht es um die Schicht, die Raven dir versprochen hat?«

»Ich mag dich, Margot. Ich kann nicht glauben, dass ich das laut aussprechen muss. Ich hatte das Gefühl, wir wären … Ich dachte, es wäre … Egal. Als du mich zur Hochzeit eingeladen hast, dachte ich, das hätte etwas zu bedeuten. Wir sind uns immer näher gekommen und ja, vielleicht hätte ich es dir früher sagen sollen, aber ich hatte den Eindruck, es wäre gegenseitig, selbst wenn du noch etwas Zeit bräuchtest, um dorthin zu gelangen.«

»Wir haben nach Zach gesucht!«

Schon bevor Bens Miene sich verdüstert, weiß ich, dass ich eigentlich etwas anderes sagen wollte. Aber was? Ben mag mich. Es ist ein großer Schock und dabei so offensichtlich. Ich habe mir nie erlaubt, es in Erwägung zu ziehen, wegen … Zach. Ben wusste von Anfang an, dass mein Herz jemand anderem gehörte.

»Ich weiß, Margot. Aber ich kann meine Gefühle nicht kontrollieren.«

»Darum bitte ich dich doch gar nicht. Es ist nur, dass … ich damit nicht gerechnet hatte.«

»Wirklich?«

Ich weiß nicht, was ich sagen soll. Wir sind auf der Hochzeit meines Dads. Ich bin endlich mit Zach zusammen. Ich hatte in den vergangenen Monaten die Zeit meines Lebens mit Ben. Darüber nachzudenken ist viel zu viel für einen Abend.

»Es tut mir leid, Ben. Ich kann nicht …«

»Verstehe schon«, unterbricht er mich. Er hat noch nie so kurz angebunden geklungen. »Ich hoffe, ihr werdet glücklich miteinander. Aber ich muss jetzt gehen.«

»Bitte, geh nicht! Es tut mir leid, dass wir heute Abend kaum Zeit miteinander verbracht haben. Ich war dir eine schlechte Freundin.«

Ich mache einen Schritt auf ihn zu, aber er schüttelt

den Kopf. »Ich kann nicht dasitzen und euch beiden zusehen. Bitte, Margot. Das musst du verstehen. Wenn du meine Freundin bist, dann lässt du mich jetzt gehen.«

Meine Kehle ist so zugeschnürt, dass ich kein Wort herausbekomme. Stattdessen nicke ich.

»Tschüss, Margot.«

»Tschüss, Ben.«

Bis die Worte über meine Lippen kommen, ist er längst fort.

Als ich an den Tisch zurückkehre, komme ich mir vor wie ein Ballon, aus dem man die Luft gelassen hat. Ben hat sich bereits sein Jackett geschnappt und ist abgehauen. Zach ist auch nicht da.

Luz errät, was ich denke. »Er hat eine Nachricht bekommen und ist irgendwohin gegangen.«

Ich sehe mich suchend im Raum nach ihm um, aber Luz lenkt mit dem, was sie als Nächstes sagt, meine Aufmerksamkeit zu sich zurück. »Wir müssen dir etwas erzählen.« Mit *wir* meint sie Ari und sich. Luz sieht ihren Freund abwartend an.

»Mach du es«, sagt er. »Margot hasst mich jetzt schon.«

»Sie hasst dich nicht.« Luz erwartet offenbar, dass ich ihre Beteuerung bestätige, aber ich bin viel zu aufgewühlt für solche Spielchen.

»Ich werde euch beide hassen, wenn ihr so weitermacht.«

Schließlich holt Luz tief Luft und verrät mir alles. »Ari und Zach kennen sich. Sie haben einen gemeinsamen Freund und haben schon zusammen abgehangen.«

»Und?«

»Als du Zach wiedergefunden hast, habe ich mich so

für dich gefreut, dass ich Ari die ganze Geschichte erzählt habe. Wie ihr euch zu Beginn seiner Weltreise in Paris begegnet seid und wie ihr euch am Times Square verpasst habt, es aber geschafft habt, wieder zusammenzufinden. Er fand es echt schön. Doch als ihr dann hier eingetroffen seid, hat er zwei und zwei zusammengezählt: Dein Zach war der Zach, den er kannte.«

Zach hat mir nicht erzählt, dass er Ari kennt, aber ich schätze, es war einfach ziemlich viel los heute.

Luz schluckt schwer, ehe sie fortfährt. »Sie sind sich nur ein paarmal begegnet, aber Zach ist sehr gut mit Aris Kumpel befreundet, woher er auch weiß, dass Zach ...«

»Dass er was?«

»Es ist schrecklich, dass ich diejenige sein soll, die dir das sagt. Und noch dazu an diesem Abend. Aber als Zach und du vorhin weg wart, musste ich Ari einfach fragen, was los ist. Ich wollte nicht, dass es noch schlimmer an unserem Tisch zugeht, also habe ich Ari gezwungen, mir alles zu verraten. Ich wusste es bis vorhin nicht, Margot, ehrlich! Sonst hätte ich es dir erzählt.«

Sie guckt ernst.

»Mir was erzählt?« Mein Herz schlägt eine Million Mal die Minute, und meine Zehen werden in meinen Sandalen zerquetscht. Das hier muss enden. Und zwar auf der Stelle.

Ari schaltet sich ein. »Erstens hat seine Weltreise nur vier Wochen gedauert. Ihm ist das Geld ausgegangen, und er ist hierher zurückgekehrt und hat wieder begonnen zu arbeiten.«

Das würde erklären, warum Zach so ausweichend geantwortet hat, als ich ihn nach seinen Reisen gefragt habe.

Er hat mir ein paar Bilder von Berlin gezeigt, aber das war's.

Genau genommen hat er nicht mal gelogen. »Wir haben uns gerade erst wiedergefunden. Er hatte noch keine Gelegenheit, mir das zu erzählen.«

Aber Luz hat noch mehr zu berichten. »Zach hat nicht auf dich gewartet, so wie du auf ihn. Ari sagt, er habe ihn auf jeder Party, auf der sie waren, mit einem neuen Mädchen gesehen. Er ist nicht der, für den du ihn hältst.«

Ich wende mich an Ari, in der Hoffnung, dass er eine Erklärung dafür hat. Vielleicht ist das alles nur ein großes Missverständnis.

»Es tut mir echt leid, Margot. Ich weiß, du wirst mir vielleicht nicht glauben, aber ich möchte nicht, dass du verletzt wirst. Deshalb habe ich mich bemüht, den Abend über den Mund zu halten. Der Typ ist ein totaler Aufreißer. Du hast was Besseres verdient als den.«

Momentan habe ich das Gefühl, als hätte ich es verdient, den ganzen Tag noch einmal neu zu beginnen.

Kapitel Neunundzwanzig

Luz versucht, mich zu umarmen, aber mir bleibt keine Zeit für Selbstmitleid. Zach kehrt in dem Moment an seinen Platz neben mir zurück, als Miguels Dad aufsteht, um seine Rede zu halten. Er klopft mit dem Messer an sein Champagnerglas. Ich sitze innerlich kochend da und tue so, als wäre Zach Luft. Er benimmt sich, als wäre alles in bester Ordnung, während mein Gesicht wahrscheinlich in Flammen steht.

Die nächste Viertelstunde lang muss ich mir diverse Storys über die große Liebe anhören, erst von den Bräutigamen und dann von meiner Großmutter. Alle schwärmen davon, wie wundervoll dieser Moment für uns alle ist, während ich beginne, alles infrage zu stellen, was ich über die Liebe zu wissen glaubte. Um mir die Zeit zu vertreiben, tippe ich Brotkrumen mit der Spitze meines Zeigefingers an. Das Gedankenkarussell dreht sich schneller und schneller.

Als Mamie, meine Großmutter, ihre Ansprache beendet hat, heben wir alle die Gläser und stoßen auf das glückliche Paar an. Ich halte die Tränen zurück, von denen ich mir wünschte, es wären Freudentränen. Zach hatte mehrere Freundinnen? Wir waren uns an jenem Abend in Paris einig, dass wir füreinander bestimmt waren. Falls all das wahr ist, was ich gerade erfahren habe, hat Zach mir nicht nur jene Nacht genommen, sondern das ganze letzte Lebensjahr.

»Können wir reden?«, sage ich, nachdem ich an meinem Glas genippt habe. Ich bin nicht in Feierlaune, aber es bringt Unglück, das Glas abzusetzen, ohne einen Schluck getrunken zu haben.

Kurz darauf stehe ich erneut auf der Terrasse. Diesmal mit Zach. Der Ausblick ist nach wie vor atemberaubend, als wolle er mich verspotten.

»Was ist los?«, fragt Zach völlig ahnungslos.

Sieht er denn den Schmerz in meinem Gesicht nicht?

»Bist du an jenem Tag zum Times Square gekommen, wie wir es in Paris verabredet hatten?«

»Das hast du mich doch schon gefragt.«

»Ich frage dich noch einmal. Warst du da?«

»Ach, komm schon, Margot.«

Er macht einen Schritt auf mich zu, die Arme weit geöffnet, bereit, mich darin einzuhüllen. Ich wünschte so sehr, ich könnte einfach den Kopf auf seine Schulter legen und seinen Geruch einatmen.

»Ich muss es wissen.«

Er seufzt. »Warst du da?«

Ich kann nicht glauben, dass wir das bisher noch nicht richtig besprochen haben. Als wir uns an jenem Abend auf der Highline wiederfanden, kam mir alles so perfekt vor. Das ist tatsächlich passiert, oder? Ich habe mir das nicht nur eingebildet? Das Funkeln in seinen Augen, als er mich in der Menge entdeckte? Wie wir einander in die Arme gefallen sind. Wie kann das nicht echt gewesen sein?

»Natürlich war ich dort!«, sage ich. »Am ersten August um Mitternacht, auf der Tribüne am Times Square, unten rechts. Das war unser Plan. Wir wollten zusammen sein.«

»Ich weiß, was wir gesagt haben.« Zach klingt müde, beinah genervt. Er beginnt, zwischen mir und dem Rand der Terrasse hin und her zu tigern. »Aber kam es dir bei Licht betrachtet nicht verrückt vor? Wir würden uns ein ganzes Jahr lang nicht sehen!«

»Du hast die Weltreise ja nicht einmal gemacht. Worüber hast du noch gelogen?«

»Wer hat dir das erzählt?«

Ich schüttle den Kopf. Was für eine Rolle spielt das jetzt noch?

»Wir hatten keine Nummern ausgetauscht«, fährt Zach fort.

»Weil du das so wolltest!«, schreie ich. »Wir haben beide entschieden, es sei besser so, romantischer.«

Eine Erinnerung blitzt in meinem Kopf auf, an jenen ersten Abend mit Ben und den anderen vom Restaurant. Als ich ihm von dem Pakt erzählt habe, den Zach und ich geschlossen hatten, hat Ben gelacht. Es war nicht böse gemeint, er konnte es nur nicht verstehen. Wer würde jemanden gehen lassen, für den er so viel empfindet, ohne ihm seine Nummer zu geben? Wozu brauchten wir einen so ausgeklügelten Plan, wenn wir füreinander bestimmt waren? Ben hatte recht. Er hatte sofort begriffen, was ich nicht sehen konnte, weil ich so geblendet von Zach war. Oder von dem Zach, den ich zu kennen glaubte.

»Es war an jenem Abend romantisch«, sagt Zach. »Und

mir ging es genau wie dir. Aber dann, nachdem ich dich zurückgelassen hatte und während der nächsten paar Tage … da ergab es keinen Sinn mehr. So viele Dinge hätten schiefgehen können. Du hättest deine Pläne bezüglich New York ändern können. Du hättest jemand anderen kennenlernen können. Du hättest es nicht zum Times Square schaffen können.«

Diese letzte Bemerkung trifft mich härter als der Rest. Ich hatte an jenem Tag solche Panik, war vollkommen aufgelöst, weil so vieles auf einmal auf mich einprasselte: meine ersten zwei Tage in New York, ein brandneuer Job, mich in dieser wilden Stadt zurechtzufinden. Ich habe wirklich alles für uns getan, und Zach? Nichts.

»Also hattest du nie vor, mich dort zu treffen?«

Zach seufzt. Er lehnt sich an die Balustrade und sieht mich an. Die Distanz zwischen uns ist unerträglich, aber andererseits ertrage ich es gerade auch nicht, ihm nahe zu sein.

»Wenn du es unbedingt wissen willst«, sagt Zach mit vor der Brust verschränkten Armen. »Ich hatte den Termin immer noch in meinem Handy gespeichert. Manchmal habe ich darüber nachgedacht. Im Grunde habe ich nie wirklich eine Entscheidung deswegen getroffen. Jene Nacht in Paris kam mir wie ein Traum vor. Von Zeit zu Zeit habe ich mich sogar gefragt, ob das alles tatsächlich passiert ist.«

»Es ist passiert!«

Ich verabscheue, dass ich das Bedürfnis verspüre, es laut auszusprechen, aber es stimmt. Er kann mir das nicht nehmen, uns das nicht nehmen. Wir haben jenen Plan geschmiedet, wir waren uns einig. Und wir haben all das gemacht, weil wir etwas fühlten, tief in uns. Ich habe mir das nicht ausgedacht.

»Ich weiß. Das will ich damit doch gar nicht sagen. Nur dass es eine Nacht wie keine andere war. Es war wie eine andere Wirklichkeit. Jedenfalls war ich in jener Augustwoche zwischen zwei Jobs, und als ich in meinen Kalender guckte, brachte dein Name mich dazu, über das ganze Gesicht zu lächeln. All die Erinnerungen an die vielen Stunden, die wir durch Paris spaziert waren, kamen zurück, und ich fragte mich, was wäre wenn. Doch dann rief ein Kumpel wegen eines Jobs an, und ich verbot mir den Gedanken daran absichtlich.

Ich dachte, du könntest unmöglich tatsächlich dort …«

»Ich war dort«, unterbreche ich ihn flüsternd. »Ich war zwanzig Minuten zu spät, aber ich war da. Und ich habe überall nach dir gesucht. Ich bin beim Absuchen der Menge fast verrückt geworden, weil ich sicher war, dass es alles meine Schuld war, dass ich der Grund war, warum wir uns verpasst hatten.«

Tränen rollen über meine Wangen. Ich bin eine totale Idiotin, es ist einfach nur peinlich.

Zach stößt sich vom Geländer ab und stürzt auf mich zu. »Hey, Margot, jetzt wein doch nicht.«

Ich strecke abwehrend den Arm aus, weil ich nicht möchte, dass er noch näher kommt. Tränen strömen weiter mein Gesicht hinunter. Wie konnte ich nur so naiv sein?

»Wir haben uns wiedergefunden!«, fügt Zach hinzu. Er respektiert meinen Wunsch und hält gebührenden Abstand. »Wir sind jetzt zusammen.«

»Nein, sind wir nicht«, entgegne ich, ohne nachzudenken. »Du hattest Freundinnen, du hast dein Leben gelebt …«

»Genau wie du!«, sagt Zach. »Okay, du hast dich vielleicht nicht mit anderen Männern getroffen, aber was spielt das für eine Rolle? Ich habe dich nicht betrogen. Ich habe einfach nicht geglaubt, dass ich dich jemals wiedersehen würde.«

Ich schlucke schwer. Und genau das ist das Problem, nicht wahr? Während des vergangenen Jahres sind wir zu zwei völlig anderen Menschen geworden. Ich war so sicher, dass das Universum Zach für mich bestimmt hatte, weil er so perfekt in meine Zukunftspläne passte. Ich blieb diesem Traum treu, tat alles, damit er sich erfüllte, war nach wie vor verliebt. In einen Geist, der sein Leben lebte, als würde ich nicht existieren, als ginge er davon aus, mich niemals wiederzusehen.

»Dann sollten wir das auch nicht. Uns wiedersehen, meine ich.« Die Worte, die aus meinem Mund kommen, überraschen mich selbst, aber nicht genug, um sie zurückzunehmen.

Das hier ist alles falsch.

»Margot, bitte! Du hast recht behalten, wir haben uns wiedergefunden. Ist das nicht großartig?« Er deutet erst auf sich und dann auf mich.

Aber es war nur so lang großartig, bis ich herausfand, dass er mich belogen hatte. Dass alles zwischen uns unecht war, diese himmlische Romanze, die ich mir in meinem Kopf ausgemalt hatte, dem einzigen Ort, an dem sie je wirklich stattgefunden hatte. Ich bringe es nicht einmal mehr über mich, Zach anzugucken. Er ist ein Fremder für mich.

Und Maman hatte recht. Ich habe mich verändert, seit ich hierhergekommen bin. Ich war davon ausgegangen, alles würde rasch passieren, sich perfekt fügen und absolut glatt laufen. Aber so war es ganz und gar nicht. Stattdessen war es ein langsamer, stetiger Prozess, der mir den Job als Stationsköchin verschafft hat. Ich bin jeden Tag zur Arbeit erschienen und habe mein Bestes gegeben. Und in diesem Moment wird mir noch etwas klar: Es sind die Beziehungen, die man sich Tag für Tag aufbaut, die wirklich zählen, nicht diejenigen, die man sich in seinem Kopf ausmalt. Nehmen wir zum Beispiel Luz und mich. Bevor ich nach New York kam und unsere Beziehung nur aus WhatsApp-Nachrichten bestand, die wir über den Ozean hin und her schickten, war alles wunderbar rosig und lustig. Doch inzwischen ist sie sehr innig und wundervoll. Wir hatten unsere Höhen und Tiefen und sind uns dadurch sehr viel näher gekommen.

Und dann ist da noch Ben. Er ist der Grund, warum New York so gut zu mir war. Ich habe mir selbst etwas vorgemacht. Wir sind nicht nur Freunde. Und wir wären vielleicht mehr als nur Freunde, wenn ich nicht so viel Energie darauf verschwendet hätte, einem Phantom nachzujagen.

»Es tut mir leid, Zach, das hier ist nicht länger das, was ich will.« Zu meiner Überraschung fühle ich nichts, als ich die Worte ausspreche. Es ist, als hätte Zach mit den Fingern geschnipst und ich würde ihn plötzlich als den erkennen, der er ist. Und der er nicht ist.

»Ist das dein Ernst?« Er wirkt verletzt, aber das ist mir inzwischen egal. »Warum können wir nicht zusammen sein und alles andere hinter uns lassen? Du bist die, die ich will, Margot.«

Mir ist nicht mehr nach Weinen. In meinem Kopf ergeben die Puzzlestücke plötzlich ein Bild, und mein Herz hüpft. Ich weiß, was ich will. Wen ich will. Und es ist nicht Zach.

»Du hast recht. Innerhalb eines Jahres kann sich eine Menge verändern. Denn während der ganzen Zeit, in der ich nach dir suchte, habe ich mich in jemand anderen verliebt.«

Zach reißt die Augen auf. »Wie bitte?«

»Es tut mir leid. Wobei, nein, im Grunde tut es mir nicht leid. Du bist nicht derjenige, mit dem ich zusammen sein möchte.«

Ich versuche nicht, ihm wehzutun. Es geht mir nicht darum, mich zu rächen. Die Wahrheit ist ans Licht gekommen, und ich kann sie nicht zurück in die Dunkelheit verbannen. Ich muss Ben unbedingt sagen, was ich für ihn empfinde. Und zwar auf der Stelle.

Kapitel Dreißig

Es ist vorbei. Nicht die Hochzeit: Die Gäste tanzen, der Alkohol fließt, und die Cupcakes sind vom Nachtischbüffet verschwunden. Luz hat mir einen aufgehoben. Aber ich bin nicht hungrig. Zach ist gegangen. Er hat mich auf der Terrasse noch weiter angefleht, aber ich konnte weder vergessen, was ich über ihn erfahren habe, noch ignorieren, was ich fühle.

Während der nächsten Stunden lasse ich mein Handy kaum aus der Hand. Ich schreibe Ben. Ich rufe ihn an. Ich hinterlasse Nachrichten auf seiner Mailbox, in denen ich mich bei ihm entschuldige und sage, dass ich mit ihm reden muss. Dass Zach und ich nie füreinander bestimmt waren und ich mich getäuscht habe. Ich bitte ihn, mich zurückzurufen. Dabei ist es mir völlig egal, wie mitleiderregend ich klinge. Ich möchte, nein ich muss das heute noch loswerden. Die Antwort ist Schweigen.

Als Maman gefragt hat, habe ich ihr erzählt, Ben und Zach hätten sich beide nicht gut gefühlt und seien nach Hause gegangen. Die größte Lüge aller Zeiten, aber ich konnte noch nicht darüber reden. Nur Luz und Ari kennen die Wahrheit. Obwohl es mir den Abend versaut hat, bin ich Ari irgendwie dankbar. Wenn er nichts gesagt hätte, hätte ich weiter an Zach geglaubt. Und wer weiß für wie lange? Wie lange hätte es gedauert, bis ich den wahren Zach erkannt hätte?

»Wir könnten uns vor sein Haus stellen, bis er herauskommt. Es ist gar nicht so weit weg«, schlägt Luz vor, als sie von der Tanzfläche zurückkommt und mich über mein Handy gebeugt dasitzen sieht. »Dann muss er mit dir reden.«

Ich ziehe es einen Moment oder zwei in Erwägung. »Da käme ich mir vor wie eine Stalkerin.«

»Vielleicht fände er es romantisch. Ich glaube an euch zwei.«

Erst da wird mir etwas klar. »Du wusstest schon lange, dass da etwas zwischen uns war, auch als ich es mir selbst noch nicht eingestehen wollte.«

Sie nickt. »Und darf ich dir jetzt sagen, dass ich schon immer fand, dass Zach nicht gut genug für dich ist?«

»Das hast du hiermit getan.«

Luz lächelt in dem Versuch, mich aufzuheitern. »Der Typ hat Paris verlassen, ohne sich deine Nummer geben zu lassen. Was für ein Idiot. Ich bin froh, dass er weg ist.«

»Ich auch«, sage ich traurig.

Es fühlt sich an, als wäre ein Gewicht von meinen Schultern genommen worden. Ein ganzes Jahr Hoffen, Bangen, Warten und Träumen. Ein Jahr, in dem das wahre Leben an mir vorbeigezogen ist. Und in dem ich dem Menschen wehgetan habe, der direkt vor mir war.

»Du musst das wieder in Ordnung bringen, Margot.«

»Mann, bist du nervig, wenn du verliebt bist.«

»Schon möglich, aber ich habe recht.« Sie nimmt meine

Hand und zwingt mich, von meinem Platz aufzustehen. Dann schnappt sie sich mein Handy und legt es auf den Tisch. »Aber vielleicht gibst du den Dingen auch etwas Zeit, sich zu beruhigen, und versuchst, dich ein bisschen zu amüsieren. Du hattest einen harten Abend. Komm schon, ich liebe dieses Lied. Lass uns tanzen.«

*

Ich weiß, Ben wird irgendwann mit mir reden müssen, weil wir schon am nächsten Tag gemeinsam eingeteilt sind. Ich hatte nur zwei Tage frei, aber mir kommt es viel länger vor, als ich das Restaurant betrete. Es gibt zwei neue Leute im Team, eine Spülkraft und einen Dessertkoch, und Raven ist nirgends zu finden, selbst als es auf das Familienessen zugeht. Ben ist da, aber er weigert sich, in meine Richtung zu gucken. Es sollte mich nicht überraschen, doch seine Gleichgültigkeit verletzt mich sehr. Die Schicht hat noch nicht einmal begonnen und ich muss mir schon eingestehen: Ich werde es auf gar keinen Fall schaffen, das mitzumachen. Ich kann nicht so tun, als sei Ben ein Fremder. Ich kann nicht alles ignorieren, was zwischen uns vorgefallen ist. Ich muss ihn dazu bringen, mit mir zu reden. Auf der Stelle.

Mir bietet sich eine Gelegenheit, als alle die Küche verlassen, um zum Essen zu kommen. Heute ist es Bens Aufgabe, für alle zu kochen, daher ist er noch in der Küche, während die anderen schon den Tisch decken. Ich brauche nur wenige Sekunden, um den Mut zu fassen, ihn dort aufzusuchen, aber ich bin trotzdem ein nervliches Wrack, als ich die Tür zur Küche aufstoße.

»Hi«, sage ich.

Ben wischt seinen Arbeitsbereich sauber und bereitet seine Station vor, aber ich glaube nicht, dass er aus diesem Grund den Blick nicht hebt.

»Ben«, versuche ich es erneut.

Jeden Moment wird jemand in die Küche platzen, und ich werde bis zum Abend warten müssen, ehe ich wieder mit ihm sprechen kann.

»Hey«, sagt er endlich. Es klingt trocken, ungerührt.

»Ich kann dir gar nicht sagen, wie leid es mir tut«, beginne ich und mache einen Schritt auf ihn zu. Sein Körper wird starr, ein subtiles Zeichen, das mir einen Stich versetzt. »Ich habe mir die letzten Monate etwas vorgemacht. Ich hatte wirklich das Gefühl, Zach unbedingt finden zu müssen. Über einen so langen Zeitraum war es das Einzige, das für mich Sinn ergab. Ich dachte, wir wären füreinander bestimmt, und deshalb sah ich nichts anderes mehr, sah dich nicht.«

Ben schnaubt. Er drückt auf die Plastikbehälter, die Deckel schließen sich mit einem Klicken, das durch den ganzen Raum hallt.

»Es stimmt! Tief im Innern wusste ich, dass ich Gefühle für dich entwickelt hatte. Ich war so weit, ihn aufzugeben, doch dann rief er an jenem Abend an und ich musste …«

Ben hebt den Blick, seine Lippen sind zu einer dünnen Linie gepresst. Er ist stinkwütend. »Du hast nicht eine Sekunde gezögert, ihn zur Hochzeit einzuladen.«

»Ich habe Mist gebaut, okay? Ich war in dem Märchen gefangen, das nur in meinem Kopf existierte.«

»Vor ein paar Tagen hätte ich alles darum gegeben, genau das von dir zu hören, aber es ist vorbei, Margot. Spar dir deine Entschuldigungen.«

»Lass es mich erklären. Ich möchte mit dir zusammen sein. Wenn du mich willst.«

»Du willst mich doch nur, weil du die Wahrheit über den Typen herausgefunden hast.«

»Es tut mir leid!« Meine Stimme wird von ganz allein lauter. Es ist mir so wichtig, dass Ben versteht. Ich weiß, was ich getan habe, aber ich kann das wieder in Ordnung bringen. Es wird alles gut werden, wenn er mir einfach mal zuhört. »Ich musste es mit Zach versuchen. Wie hätte ich das nicht tun sollen, wo ich doch so verzweifelt nach ihm gesucht hatte?«

»Ich weiß es nicht, Margot! Es ist schließlich nicht mein Problem, oder?«, sagt Ben, so laut, dass seine Stimme von den ganzen Flächen aus rostfreiem Stahl widerhallt. So habe ich ihn noch nie erlebt. »Hör zu, mir ist bewusst, dass das Ganze meine Idee war. Ich fand dich lustig und du klangst so traurig, als du dachtest, du würdest ihn nicht wiederfinden. Ich mochte dich und wollte dir helfen. Doch dann … änderten sich meine Gefühle für dich. Ich hatte keine Lust mehr auf das Suchspiel, und ich hoffte, auch für dich hätte sich etwas geändert. Dass dir klar werden würde, was zwischen uns entstanden war.«

»Damit hattest du recht!«

»Ich fürchte nicht. Es kommt mir vor, als wolltest du bloß einen Freund, weil es zu deinem Traum gehört: nach New York ziehen, sich verlieben, ein großes Abenteuer erleben …

Seine Stimme verliert sich, und seine Miene verrät mir, dass er auf eine Reaktion von mir wartet. Aber ich gebe ihm keine. Ich kann nicht. Denn es steckt ein Funken Wahrheit in dem, was er gesagt hat. Ben ist der eine Mensch, der mich vollkommen durchschaut. Und zwar jedes Mal. Aber ich kann ihn nicht zwingen, mit mir zusammen zu sein, wenn er nicht möchte. Nur dass mein Schweigen ihn noch wütender macht.

»Als du mich zur Hochzeit deines Vaters eingeladen hast, hat mir das echt was bedeutet.«

»Ich wollte mit dir zusammen sein«, beginne ich. Seine Augenbrauen schießen nach oben, er schüttelt schon den Kopf, dabei habe ich noch nicht zu Ende gesprochen. »Ich habe mich selbst belogen, als ich mir eingeredet habe, wir wären bloß Freunde.«

Ich mochte Ben von dem Moment an, als er aufstand, um meine Hand zu schütteln, nachdem ich mich vor versammelter Mannschaft zum Narren gemacht hatte. Ich bin ziemlich sicher, dass ich schon damals anfing, mich in ihn zu verlieben. Ich war nur noch nicht so weit, es zu akzeptieren.

»Wir waren Freunde, aber du hast diese Freundschaft kaputt gemacht. Ich bin mehr als ein bisschen Spaß, den du mit mir haben kannst.«

Er dreht mir den Rücken zu und fährt fort, Behälter und Gläser zu arrangieren. Ich weiß nicht, was ich noch sagen soll, nur dass es das noch nicht gewesen sein kann. Ich muss mich mehr anstrengen. Ben zwängt sich an mir vorbei, um sich ein paar Grillzangen und eine Bratpfanne zu holen. Mir fällt auf, wie er sich von mir weg lehnt, um mich nicht berühren zu müssen. Abgesehen von Luz war er in den letzten Monaten mein bester Freund. Jetzt widert ihn die Vorstellung an, mich zu berühren. Dafür bin ich verantwortlich. Es ist alles meine Schuld.

»Wenigstens erlaube ich mir zu träumen«, sage ich. Ich weiß nicht, was über mich gekommen ist, aber wo wir schon mal dabei sind, alles rauszulassen … »Im Gegensatz zu dir.«

Er atmet hörbar aus, eine stille Warnung an mich.

Aber ich bin noch nicht fertig. Ich bin bei Weitem nicht perfekt, aber auch ich muss ein paar Dinge loswerden. »Warum hast du solche Angst davor zu träumen? Du hast diesen großen Plan, einen Haken nach dem anderen auf deiner Restaurantcheckliste zu machen, weil du glaubst, so vorgehen zu müssen, aber erlaubst du dir auch mal, darüber nachzudenken, was du wirklich willst? Du hast mir davon erzählt, wie sehr es dich reizt, auf die französische Art kochen zu lernen, aber du hältst dich immer noch an deinen Plan, dich bei einem seelenlosen amerikanischen Franchise zu bewerben. Denkst du nicht, dass es dich unglücklich machen wird?«

Während ich rede, holt er ein paar Soßentöpfe aus den Regalen und stapelt sie auf dem Herd. Der oberste schwankt etwas, ehe er sich beruhigt.

»Sagt das Mädchen, das ein ganzes Jahr lang von einem Typen geträumt hat, den es kaum kannte. Wie hat sich das für dich ausgezahlt?«

Dann stellt er sich auf die Zehenspitzen, um sich ein Sieb zu greifen, und fügt es dem Stapel hinzu. Ich mache einen Schritt vor, um ihm zu helfen, aber Ben hebt abwehrend die Hand.

»Nicht!«, sagt er, und seine Stimme dröhnt durch den ganzen Raum.

Ich deute auf den viel zu hohen Stapel. »Der wird jeden Moment …«

Und da ist es auch schon so weit. Alle Töpfe krachen mit einem solchen Getöse und Geschepper zu Boden, dass ich zusammenzucke und zurückspringe, wobei ich eine Flasche Olivenöl umstoße. Der Deckel war nicht ganz zugeschraubt, und die goldene Flüssigkeit tropft neben Ben auf die Fliesen.

Ich renne los, um ein Handtuch zu holen, aber Ben wirft mir einen vernichtenden Blick zu. »Ich brauche dich nicht, verstanden?«

Er tritt gegen einen der Töpfe.

Und dann explodiert er. »Verrate mir mal was, und sei ehrlich. Wenn du nicht herausgefunden hättest, dass Zach nicht derjenige ist, für den du ihn gehalten hast, wärst du dann zu mir zurückgekommen? Oder hättest du dich für ihn entschieden? Für denjenigen, den du von Anfang an gewollt hast? Hm?«

Ich antworte nicht. Jemand anders ist schneller.

»Was zum Teufel glaubt ihr, was ihr hier macht?«

Ben und ich fahren gleichzeitig zu der Stimme herum, die von der Küchentür her erschallt. Dort steht Chef Boyd mit verschränkten Armen. Er wird von drei Anzugträgern flankiert, zwei Männern und einer Frau. Seinen Investoren. Die er unbedingt beeindrucken wollte. Ich wusste nicht mal, dass das Abendessen heute stattfinden sollte. Das Datum wurde andauernd geändert, und dann war ich so beschäftigt mit der Hochzeit, dass ich ihm keine Aufmerksamkeit mehr gewidmet habe.

Ich muss zugeben, das Ganze sieht nicht gut aus. Überall sind Töpfe verteilt, Olivenöl tropft von der Anrichte, verschmiert den Boden und meine Hose. Bens Gesicht ist hochrot nach seinem Wutgebrüll, und ich bin kurz davor, in Tränen auszubrechen. Okay, vielleicht bin ich nicht nur kurz davor.

»Das ist alles meine Schuld«, stammle ich. »Ich kann das erklären.«

»Es ist mir egal, wessen Schuld das ist!«, schnaubt Chef Boyd. Ich werfe Ben einen raschen Blick zu, dessen Augen vor Furcht weit aufgerissen sind. »Niemand benimmt sich so in meiner Küche. Was glaubt ihr, wo wir hier sind? Niemand streitet sich hier. Jemals. Raus hier. Beide!«

Er wendet sich seinen Gästen zu. »Ich muss mich bei Ihnen entschuldigen. Das hier ist unter dem Niveau des *Nutrio* und wird nicht wieder vorkommen.«

Ich weiß nicht, was ich tun soll, aber da Ben wie erstarrt dasteht, entscheide ich mich, seinem Beispiel zu folgen. Doch dann hole ich tief Luft. Ich muss das wieder in Ordnung bringen. Der Tag kann nicht schlimmer werden, als er ohnehin schon ist.

»Wir machen auf der Stelle alles sauber«, sage ich so ruhig ich kann. »Die Schicht beginnt gleich …«

»Nicht für euch. Raus hier. Und zwar beide!«, brüllt Chef Boyd. »Ihr seid gefeuert.«

Kapitel Einunddreißig

Ich laufe eine ganze Weile durch die Straßen von New York. Total verheult, zutiefst geschockt. Ich weiß nicht, was mich am meisten aufregt: dass mein Märchenprinz sich in einen Frosch verwandelt hat, dass Ben mich so entschieden zurückgewiesen hat oder dass ich gerade zum ersten Mal in meinem Leben gefeuert wurde. Ich bin brüllend davongejagt worden wie eine Aussätzige. Der Bauernmarkt findet heute am Union Square statt. Die vielen Stände haben buntes Gemüse, selbst gebackene Köstlichkeiten, Gläser mit ausgefallenen Marmeladen und Bio-Eier im Angebot. Die Leute gehen ihren Aufgaben nach. New York macht weiter in seinem Takt. Hier sieht man stets nach vorn und nie zurück. Ich dachte, hierherzukommen sei der Beginn eines großen Abenteuers, aber es wird von Tag zu Tag schwerer. Ich bin nicht sicher, ob ich tapfer genug für einen Ort wie diesen bin.

Ich bin in Richtung Washington Square Park unterwegs, als mir klar wird, dass ich mich in der Nähe der Parsons befinde, auf die Luz geht. Ich gehe noch ein paar Blocks weiter und ziehe mein Handy hervor, als ich den Torbogen erreiche.

Hey, bist du in der Nähe?

schreibe ich ihr.

Ich brauche sie, damit sie mich an den Schultern packt und schüttelt und mir sagt, dass nichts von alldem gerade passiert ist. Dass mir nicht gerade das Leben um die Ohren geflogen ist, von dem ich so lange geträumt habe.

Im Unterricht ... 😎

Ich starre auf das Display, Tränen rinnen meine Wangen hinab.

Tut mir leid, Bella. Ich melde mich, sobald ich kann

fügt sie hinzu, als könne sie mich sehen.

Sie weiß immer, was ich brauche, noch ehe es mir bewusst ist. Ich liebe Luz, aber sie ist neuerdings schrecklich beschäftigt. Das Semester befindet sich auf dem Höhepunkt. Sie verbringt viel Zeit mit den Leuten von der Uni, schließt neue Freundschaften, und dann gibt es da natürlich noch Ari. Ihr Leben ist rund und prall. Ich dachte, meines würde es auch bald sein, aber nun komme ich mir unvollständig vor, wie ein Haufen roher Zutaten, mit denen sich nicht viel anstellen lässt.

Ich schreibe Julien, meinem besten Freund aus der Schule, aber er antwortet nicht. In Frankreich ist schon Abend und er ist bestimmt unterwegs, sich amüsieren. Ohne mich.

Ich weiß nicht wohin. Meine Eltern, Miguel und Jacques haben für heute Abend im *Nutrio* reserviert. Es war – ist – als letztes Event geplant, bevor die Frischvermählten morgen zu ihrer Hochzeitsreise aufbrechen. Obwohl sie gemischte Gefühle hat, was das *Nutrio* angeht, hat Maman sich darauf gefreut zu sehen, wo ich arbeite. Sie war gespannt auf dieses berühmte aufstrebende New Yorker Restaurant. Sie hat die Karte ausgekundschaftet und mich gebeten, ihr Tipps für ihre Bestellung zu geben. Ich schäme mich nicht nur in Grund und Boden, ich bin praktisch innerlich tot. Wie soll ich ihnen nur erklären, dass mein großer Traum in sich zusammengestürzt ist? Was soll ich bloß sagen? *Du hattest recht, Maman. Ich bringe doch nicht mit, was man für den Job braucht.*

Eine ganze Weile ist eine Parkbank mein Zuhause, die unweit der Stelle steht, an der Zach und ich vor wenigen Tagen rumgeknutscht haben. Rollschuhfahrer drehen direkt vor meiner Nase endlose Achten. Neben mir bietet ein Typ an, Gedichte aufzusagen. Für zwei Dollar das Stück. Ich sitze unter dem weiten Himmel, völlig planlos. Mein Leben ist leer.

Wie die meisten einsamen Menschen starre ich in der Hoffnung auf mein Handy, dass es Antworten für mich bereithält, selbst wenn ich nicht weiß, wie die Fragen lauten. Es gibt jedoch eine Sache, die ich sofort erledigen will, und es kann mir gar nicht schnell genug gehen. Ich suche meine Unterhaltung mit Zach heraus. Ein tiefer Atemzug und sie ist gelöscht. Einen Moment später ist seine Nummer Geschichte, zusammen mit unserer kurzen gemeinsamen Vergangenheit. Ich weiß nicht, wo er wohnt, wo er nächste Woche arbeiten wird oder wie ich ihn wiederfinden soll. Das ist okay für mich. Denn wenn ich seine Nummer noch hätte, wäre ich versucht, ihm in diesem Moment zu schreiben. Ich würde mir wünschen, dass er für mich da wäre, mich in die Arme nähme und mein Herz in seinen Händen hielte. Ich würde mir wünschen, dass er Ben wäre.

Natürlich denke ich an Ben. Ich habe seit der Hochzeit ständig an ihn gedacht und jede Sekunde, seit Chef Boyd uns aus dem Restaurant geworfen hat. Ich habe draußen auf ihn gewartet, nachdem ich mir meine Sachen gegriffen und mit gesenktem Kopf davongeschlichen bin. Ich weiß nicht, wer mich dabei beobachtet hat oder was sie gehört haben, ich war nicht in der Lage, jemandem gegenüberzutreten. Nachdem ich eine halbe Stunde auf der gegenüberliegenden Straßenseite gewartet hatte, habe ich aufgegeben. Ben muss den Hinterausgang benutzt haben. Er wollte nicht hören, was ich zu sagen hatte, wollte mich nicht sehen. Und warum sollte er? Ich habe ihm wehgetan, und zwar mehr als nur einmal. Ich bin schuld daran, dass er gefeuert wurde. Das werde ich mir niemals verzeihen.

Ich war mir so sicher, dass es das war, was ich wollte. Das große Abenteuer in der wilden Großstadt. Eine romantische Liebesgeschichte. Ein Leben mit Ausrufezeichen. Was kommt jetzt, da ich alles verloren habe? Soll ich einfach weitergehen, egal wie steinig und schmerzhaft der Weg geworden ist? Weitere Tränen fließen, und ich wische sie nicht weg. Tatsächlich schluchze ich los, was das Zeug hält, laut und unschön. Menschen gehen an mir vorbei, einige beachten mich nicht, andere sehen mich freundlich an. Einer fragt sogar, ob alles in Ordnung ist.

Ich nicke, obwohl es nicht der Wahrheit entspricht.

Was hat New York nur an sich, dass man seine Gefühle hier so offen zeigen kann, dass man in der Öffentlichkeit weinen kann und es sich auch noch so richtig anfühlt? Noch vor wenigen Monaten war es mir megapeinlich, als ich am Times Square in Tränen ausgebrochen bin. Aber jetzt ist es okay, weil ich kein Problem mehr damit habe zu zeigen, wie es in mir aussieht. Siehst du, New York, du bist zu mir durchgedrungen. Ich dachte, ich packe dich bei den Hörnern und drücke dir meinen Stempel auf. Aber so funktioniert das nicht mit dir, oder? Du machst keine Zugeständnisse. Du rechtfertigst dich für nichts. Und doch bietest du uns den Raum, unsere Verletzlichkeit ganz offen zu zeigen, so als wäre jede Parkbank, jede Straßenecke unser Zuhause. Was das angeht, bist du wundervoll und schrecklich zugleich.

Es dauert eine ganze Weile, bis ich beschließe, mich von der Bank aufzuraffen. Die noch viel größere Blamage, die mir sonst droht, bringt mich dazu. Ich kann nicht zulassen, dass meine Eltern zum Restaurant gehen und mit Chef Boyd sprechen. Sie müssen es von mir erfahren.

Als ich nach Hause komme, liegen Papas und Miguels Koffer halb voll auf dem Wohnzimmerboden. Auf der Couch stapeln sich Sommersachen und Schuhe.

»Hallo?«, rufe ich.

»Margot?« Papa kommt mit drei Badehosen in der Hand aus dem Schlafzimmer. »Müsstest du nicht auf der Arbeit sein?«

»Was ist passiert?« Das war Miguel, der im Badezimmer seinen Waschbeutel füllt.

Ich bekomme keine Luft. Ausreden und Lügen steigen in mir empor und versuchen, einen Weg nach draußen zu finden. Keine von ihnen wird mir helfen. Keine von ihnen kann etwas an der Tatsache ändern, dass ich mein Leben grandios versaut habe.

»Ich bin gefeuert worden.« Ich lasse es so nüchtern stehen.

»Dieser Chef«, sagt Papa kopfschüttelnd. Er schiebt ein paar Kleiderhaufen zusammen, damit wir uns auf die Couch setzen können. »Du hattest recht. Er ist ein harter Hund.«

»Nein.« Ich halte den Blick in den Schoß gesenkt. »Das habe ich mir ganz allein zuzuschreiben.«

»Möchtest du es mir erzählen?«

Bevor ich das mache, schreiben wir Maman, die in Windeseile mit Jacques vor der Tür steht. Aus ihrem Mund sprudeln eine Menge französischer Schimpfwörter. Ich erzähle ihnen den Großteil der Geschichte. Von dem Streit mit Ben, aber nicht den ganzen Grund dafür. Ich beschreibe das Gebrüll, das Geschepper der Töpfe, das überall verteilte Olivenöl. Und die Investoren, die im Gegensatz zu Chef Boyd das Spektakel zu genießen schienen.

Am Ende sehen sich meine Eltern an und stoßen beide einen tiefen Seufzer aus.

»Soll ich es ihr sagen oder willst du es tun?«, fragt Papa.

Maman scheint darüber nachzudenken, und sie wechseln einen weiteren Blick. Ich rechne mit einer langen Standpauke, die mir nicht gefallen wird, umso überraschter bin ich, als sie nur sagt: »Du gehst zu hart mit dir ins Gericht.«

»Aber das stimmt doch nicht! Ich habe meinen Job verloren. Papa und Miguel ziehen in ein paar Wochen nach Miami. Ich werde keine Wohnung finden, solange ich keine Arbeit habe, und ich kann nicht …« Ich weiß nicht einmal mehr, was ich noch sagen wollte. »Ich kann nicht, ich kann nicht, ich kann nicht.«

»Margot«, sagt Maman bedächtig.

»Bitte sag jetzt nicht, ich hab's dir ja gleich gesagt.«

»Das hatte ich gar nicht vor. Ich verstehe, wie niederschmetternd das alles ist.«

»Aber lass ein paar Tage ins Land gehen und du wirst schon sehen. Eine Tür schließt sich und eine andere öffnet sich«, sagt Papa.

Ich sehe überrascht von einem zum anderen. So viel Vertrauen in mich scheint mir etwas weit hergeholt.

Ich stehe auf, weil mich die Unruhe packt. »Habt ihr nicht gehört, was ich erzählt habe? Ich bin gefeuert worden. Chef Boyd ist praktisch Rauch aus den Ohren gekommen. Und Ben hat meinetwegen ebenfalls seinen Job verloren!«

Ich setze mich auf einen Esszimmerstuhl, weit weg von ihnen.

Meine Augen sind ganz verquollen von den vielen Tränen, die ich geweint habe. Jacques steht auf und holt mir ein Glas Wasser. Ich bin überzeugt, auf seiner To-do-Liste für New York stand nicht *Riesendrama erleben*. Alle starren mich an, während ich ein paar Schlucke trinke.

»Ich habe mein Leben zerstört«, sage ich leise.

»Margot«, erwidert Papa gelassen. »Du hast uns nicht zugehört. Du hast dir den Tag ruiniert, zweifellos sogar die ganze Woche. Aber dein ganzes Leben? Nicht mal annähernd.«

»In deinem Alter ist es ganz normal, Fehler zu machen. Es …«, fügt Maman hinzu.

»Es gehört praktisch dazu«, fällt Papa ihr ins Wort.

Meine Eltern benehmen sich immer wie ein altes Ehepaar. Sie wissen instinktiv, was der andere sagen will, und beenden gegenseitig ihre Sätze.

Normalerweise finde ich das süß, aber ich glaube, sie begreifen den Ernst der Lage nicht. »Wo soll ich leben? Womit soll ich mein Geld verdienen?«

Papa: »Du kannst so lange hier wohnen, wie es nötig ist.«

Jacques: »Ich habe gegessen, was du gekocht hast. Es war eine Offenbarung.«

Miguel: »Du wirst in null Komma nix einen neuen Job haben.«

Ich breche in Tränen aus und vergrabe den Kopf in meinem Schoß.

»Ich weiß, mein Rat wird dir nicht gefallen«, sagt Maman, »aber vielleicht ist es an der Zeit, zum klassischen Rezept zurückzukehren.«

Ich hebe gebannt den Blick. »Was meinst du damit?«

»Erinnerst du dich noch an den *mi-cuit au chocolat?*«, fragt Maman. Bei der Erwähnung des Schokoladenvulkankuchens nickt Papa begeistert. »Du musst ungefähr zehn gewesen sein, vielleicht auch elf. Du hast Stunden damit verbracht, ein neues Rezept zu kreieren. Du wolltest ihm deine eigene Note verleihen und hast mit sämtlichen Aspekten experimentiert. In einer Variante hast du Olivenöl benutzt, in einer anderen hast du eine Prise Cayennepfeffer hinzugefügt. Einmal hast du die Backzeit so sehr reduziert, dass es praktisch Schokosauce war.«

»Die Variante war nicht mal schlecht«, sagt Papa.

Mir fällt es wieder ein. Es war in den Sommerferien,

und Papa war zu Besuch gekommen. Ich kann bis heute den Frust nachempfinden, der mich erfüllte, als ich trotz meiner großen Bemühungen immer wieder scheiterte. »Ich dachte wirklich, ich könnte es anders machen.«

Meine Augen füllen sich bei der Erinnerung daran erneut mit Tränen.

»Und dann, nachdem du dich ausreichend darum bemüht hattest, die Welt neu zu erfinden, nahmst du meine Rezeptkarte, diejenige, die ich benutze, seit ich in deinem Alter war«, sagt Maman.

»Und ich habe ihm meine eigene Note verliehen!«

Ich habe Mamans idiotensicheres Rezept benutzt, aber eine Pistaziensoße dazu gemacht statt der klassischen *crème anglaise.*

»Ganz genau«, sagt Papa.

»Manche Dinge entwickeln sich nicht so, wie man es sich vorgestellt hat, aber was soll's?«, sagt Maman.

»Man kann sich stets rückbesinnen und zum Grundrezept zurückkehren«, ergänzt Papa.

»Für die meisten von uns macht das das Erwachsenenleben aus. Wir versuchen neue Dinge und experimentieren, und irgendwann, nach vielen Fehlversuchen, finden wir heraus, was für uns wirklich zählt: Das sind die Grundzutaten des Rezepts. Und dann, wenn wir sie kennen und uns kennen, können wir noch unsere ganz persönliche Sauce hinzufügen.«

Ich denke lange darüber nach, eingehüllt in ihr wohlwollendes Schweigen.

Und dann kommt mir eine Idee. Sie zaubert das erste Lächeln an diesem Tag auf mein Gesicht.

Kapitel Zweiunddreißig

Ich verbringe den ganzen Tag in der Küche. Nur ich, meine Gedanken und absolute Stille. Nun ja, so viel Stille, wie ein Appartement in New York einem bieten kann. Sirenen heulen an meinem Fenster vorbei, jemand schreit in sein Handy, unverständliche Ausrufe schallen bis hinauf zu meinem kleinen Ausschnitt der Stadt. Die Bräutigame sind abgereist. Luz ist in der Schule. Maman und Jacques sind aufgebrochen, um mehr vom Big Apple zu erkunden. Auf der heutigen Agenda steht alles von der berühmten Statue *Fearless Girl* an der Wall Street bis hin zum Guggenheim Museum auf der Upper East Side.

Es ist schön, allein zu sein. Womöglich habe ich seit meiner Ankunft in New York nicht genug Zeit mit mir selbst verbracht. Ich war die ganze Zeit in Bewegung – entweder auf meinen Touren durch die Stadt mit Luz und Ben oder in der Restaurantküche, wo ich alles tat, um nicht angebrüllt zu werden. Jetzt lasse ich meine Gedanken schweifen, während meine Hände die einstudierten Bewegungen ausführen: *la danse de la soupe à l'oignon.*

Ich finde eine Tupperschüssel in der Schublade und fülle die Mixtur ein. Ich habe seit Jahren keine Zwiebelsuppe mehr gekocht. Genau genommen erinnere ich mich nicht, wann ich sie das letzte Mal gegessen hatte, ehe ich Bens gekostet habe. Ich war so eingerostet bei der Zubereitung der Suppe, dass ich Maman schrieb, um meiner Erinnerung auf die Sprünge zu helfen. Zum Beispiel, was den Schuss Rotwein angeht, den sie hinzufügt, oder die Käsemischung, die sie benutzt. Aber ich habe mir immer wieder gesagt, dass es hierbei zur Abwechslung einmal nicht um das Essen geht. Ich weiß noch nicht, worum es stattdessen geht, ich werde einfach abwarten müssen, dann wird es sich schon zeigen.

Mit meinem kostbaren Paket in der Hand trete ich zur Tür hinaus in die kalte Novemberluft. Seit der Hochzeit ist weniger als eine Woche vergangen, aber es kommt mir vor, als habe sie in einem anderen Leben stattgefunden, in einer anderen Stadt. Innerhalb weniger Tage hat sich so viel verändert.

»Das ist der New-York-Effekt«, verkündete Luz, nachdem sie erfahren hatte, was passiert ist. »In der einen Minute liegt dir die Welt zu Füßen, und in der nächsten …«

Sie wartete auf eine Reaktion von mir, dass ich begreifen und ihr zustimmen würde, aber ich hing bloß an ihren Lippen, in der Hoffnung auf Antworten, die mir eine neue Richtung weisen würden.

»Ich weiß, für dich sieht es wahrscheinlich gerade nicht danach aus, aber genau das ist das Spannende daran.«

So habe ich in den vergangenen drei Monaten von New York gedacht. Wie aufregend! Was für ein Spektakel! Aber mal ehrlich, raubt einem das nach einer Weile nicht alle Kräfte?

Ich gehe zur Achten Straße, um die Bahn zu nehmen.

Auf dem Bahnsteig lausche ich einem älteren Mann, der Jazz spielt, bis der nächste Zug nach Brooklyn kommt. Ein paar Haltestellen später steige ich an der Bedford Avenue in Williamsburg aus. Während ich die Straße entlanglaufe, fällt mir auf, dass noch ein paar meiner Flyer an den Laternenmasten kleben. Vielleicht bin ich einfach nur nervös und versucht, langsamer zu machen, aber ich verspüre den Drang, stehen zu bleiben. Mit den Fingernägeln kratze ich so lange, bis ich alle entfernt habe und dieser Teil meines Traumes Geschichte ist, entsorgt in einem New Yorker Mülleimer.

Niemand antwortet, als ich auf den Hörer der Lautsprecheranlage drücke, es ertönt nur das Summen des Türöffners. Während ich die Stufen hinaufgehe, bemühe ich mich, die Erinnerung an das letzte Mal wegzuschieben, als ich Ben gesehen habe, den Ausdruck auf seinem Gesicht, als Chef Boyd uns befahl, aus seiner Küche zu verschwinden. Erneut ist es Karim, der die Tür auf mein Klopfen hin öffnet. Er sieht mich fragend an, als würde er mich nicht wiedererkennen. Es ist kein guter Anfang, aber ich kämpfe mich durch.

»Ich erwarte eine Lieferung«, sagt er als Erklärung.

»Ich bin hier, um etwas abzuliefern.« Ich zeige auf die Tüte in meiner Hand. »Ist Ben da?«

Karim schüttelt den Kopf. »Er hat ein Vorstellungsgespräch.«

»Bei welchem Restaurant?«, fragte ich hoffnungsvoll. Es war so kurzsichtig von Chef Boyd, ihn gehen zu lassen. Jemand mit weniger Jähzorn und mehr Voraussicht wird Ben im Nu engagieren.

»Ich weiß nicht, ob er möchte, dass ich dir das verrate …«, sagt Karim seufzend.

Anscheinend hat es sich wie ein Lauffeuer verbreitet, was für eine schreckliche Person ich bin.

»Ich schwöre, ich möchte nur das Beste für ihn. Sag mir wenigstens, ob es irgendwas Gutes ist.«

Karim wendet den Blick ab.

»Oder sag mir wenigstens, dass es nicht so ein Steakhouse-Franchise ist, von dem er gesprochen hat.«

Karim verzieht das Gesicht. »Ich habe ihm gesagt, dass er etwas Besseres verdient, als sich für die Touristen am Times Square an den Bräter zu stellen.« Er muss die Verzweiflung in meinem Blick bemerkt haben, denn er fügt hinzu: »Ich werde noch mal mit ihm reden, aber er braucht einen neuen Job.«

»Meinst du, ich könnte auf ihn warten? Ich würde wirklich gern mit ihm reden.«

»Er ist gerade gegangen, und ich muss auch bald los.«

»Oh, na gut, könntest du ihm dann das hier geben?« Ich reiche ihm die Tüte. »Und könntest du ihm sagen …« Aber es sind zu viele Dinge, noch dazu sehr private. »Nein, warte, hättest du vielleicht ein Blatt Papier und einen Stift?«

Nachdem Karim mir beides gebracht hat, setze ich mich auf die oberste Treppenstufe. Karim hat mir angeboten, meine Nachricht drinnen zu schreiben, aber seine Miene hat mir verraten, dass er seinen Kumpel nicht hintergehen will. Das geht schon in Ordnung. Ich brauche eh Zeit zum Denken.

Nachdem ich tief in mich hineingehorcht habe, schreibe ich Folgendes:

Lieber Ben,
ich glaube, es wird mir für immer leidtun, wie das mit uns zu Ende ging. Du warst der erste Freund, den ich in New York fand, der einzige Freund, abgesehen von Luz. Viele meiner Lieblingsmomente hier habe ich mit dir erlebt. Ich habe sie deinetwegen erlebt. Du bist so warmherzig und gut, ein wundervoller Mensch, innerlich wie äußerlich. Ich wollte von dem Moment unserer ersten Begegnung an in deiner Nähe sein. Ich war nur zu sehr auf meine Fantasievorstellung fixiert, um zu begreifen, was das bedeutete.
In meinen wenigen Monaten hier habe ich so viel gelernt, doch eine der wichtigsten Lektionen war, dass die tollsten Pläne völlig nutzlos sind, wenn sie dem Leben im Weg stehen. Ich hatte so eine genaue Vorstellung davon, wie mein New-York-Abenteuer ablaufen sollte, dass ich versäumte, mich von der Stadt überraschen zu lassen. Deswegen habe ich nicht nur mir selbst, sondern auch dir wehgetan, dem Menschen, der mir seit meiner Ankunft am meisten bedeutet.
Ich weiß, ich habe deine Freundschaft verloren – neben allem anderen –, aber ich möchte dir noch sagen: Bitte hör auf dein Herz. Mach nicht den gleichen Fehler wie ich. Du verdienst alles, was du dir erträumst, und mehr. Selbst, wenn es keinen Sinn ergibt oder nicht Teil eines großen Planes ist. Ich glaube an dich. Das werde ich immer.

In Liebe
Margot

PS: Du wirst schnell merken, dass deine Zwiebelsuppe besser ist als meine. Es ging nie darum, dir etwas anderes zu beweisen, nur darum, dir zu zeigen, dass ich bereit bin, alles zu geben.

Sobald ich über die Schwelle des *Nutrio* getreten bin, fällt mein Blick auf die absolut letzte Person, die ich hier erwartet hätte. Ari sitzt mit dem Großteil der Mannschaft zum gemeinsamen Essen am Tisch. Ich bin überrascht, aber ich brauche nicht lange, um zu begreifen, dass er nicht einfach nur mit ihnen abhängt.

Er spricht mich als Erster an. »Hey, Margot.«

Sein Lächeln ist freundlich, wenn nicht sogar ein wenig zerknirscht. Ihn und mich verbindet etwas, Gutes wie Schlechtes. Aber ich nehme es ihm nicht übel, dass er hierher zurückgekehrt ist. Wir alle müssen die Entscheidungen treffen, die gut für uns sind. Jedenfalls in dem Moment, in dem wir sie treffen.

Ich muss das Unbehagen zur Seite schieben. Ich bin aus einem Grund hier. »Hallo zusammen. Ich bin vorbeigekommen, um mich zu verabschieden. Es tut mir leid, wie ich hier abgehauen bin … ihr wisst schon, an jenem Tag.«

Da kommt Raven aus der Küche, und ich atme erleichtert auf, weil Chef Boyd nicht an ihrer Seite ist. Ich bin noch nicht bereit, ihm gegenüberzutreten.

»Es ist schön, dich zu sehen«, sagt Raven mit unverhofft sanfter Stimme. Dann fügt sie leiser hinzu: »Ich wünschte, du könntest bleiben. Du bist eine der Guten.«

Mir schnürt sich die Kehle zu. »Danke.«

Noch vor nicht allzu langer Zeit war sie bereit, mit Ari zu wetten, wie lange ich durchhalten würde. Es gefiel mir schon damals nicht, wie schnell Dinge kommen und gehen. An einem Ort wie diesem ist der Wandel unausweichlich. Und damit meine ich sowohl das *Nutrio* als auch New York.

Raven umarmt mich, und dann stehen nacheinander

alle meine ehemaligen Kollegen und Kolleginnen auf, um es ihr gleichzutun, inklusive Ari. Ich schaffe es gerade so, alle Umarmungen hinter mich zu bringen, ohne in Tränen auszubrechen.

»Chef Boyd wird jeden Moment aus der Küche kommen«, sagt Raven, nachdem ich die letzte Person umarmt habe. Sie wirft mir einen Blick zu, mit dem sie prüft, ob ich verstanden habe, was sie mir damit sagen will. Das tue ich, aber ich muss auch mit ihm reden.

Ohne um Erlaubnis zu bitten, gehe ich durch die Schwingtüren in den hinteren Restaurantbereich und finde ihn in seinem Büro. Die Tür steht offen, und ich betrete den Raum nach einem kurzen Klopfen. Es kann sein, dass er mich jeden Moment rauswirft, wer weiß schon, in welcher Stimmung er gerade ist, also muss ich mich kurzfassen.

»*Bonj…*« Ich unterbreche mich selbst. Ich muss ihn nicht länger beeindrucken. Das möchte ich auch gar nicht mehr. »Hi.«

Er hebt den Kopf und runzelt die Stirn, doch dann verzieht sich sein Gesicht zu einem Lächeln. »Margot! Ich bin froh, dich zu sehen.«

»Wie bitte?« Ich muss mich verhört haben.

»Bitte nimm Platz. Ich möchte mit dir reden.«

Ich leiste seiner Aufforderung Folge, werfe aber einen raschen Blick zur Tür, als bräuchte ich einen Fluchtweg, weil hier gerade irgendetwas furchtbar falsch läuft.

»Ich mache mir schon sehr lange Vorwürfe deswegen, wie deine Mutter und ich damals auseinandergegangen sind. Ich hatte gehofft, mir ihr reden zu können, wenn sie zum Essen kommt, aber sie haben die Reservierung in letzter Minute abgesagt.«

»Äh, ja, das liegt daran, dass Sie mich an dem Tag rausgeschmissen haben.«

»Das hatte ich mir schon gedacht«, sagt er seufzend. »Und es ist nicht schön, mir eingestehen zu müssen, dass ich immer wieder dieselben Fehler mache.«

»Haben Sie meine Mom etwa auch rausgeschmissen?«, frage ich scherzend.

Er hebt eine Augenbraue. »Du kennst die Geschichte nicht?«

»Welche Geschichte?«

Er erzählt sie mir.

Maman und Chef Boyd waren nicht nur Kollegen. Sie waren Geschäftspartner, die kurz davorstanden, ihr erstes gemeinsames Restaurant zu eröffnen. Sie hatten zu dem Zeitpunkt schon einige Jahre für verschiedene New Yorker Restaurants gearbeitet und den Eindruck, den Absprung wagen zu können. Sie arbeiteten ununterbrochen an ihrem großen Vorhaben, und dann bekam Maman mich. Nachdem ich geboren war, wechselte sie wegen der flexibleren Arbeitszeiten zu einem Caterer.

»Nach und nach fügten sich die Dinge«, fährt Chef Boyd fort. »Wir einigten uns auf ein Konzept und ein Geschäftsviertel und begannen, Rezepte zu tippen, während du in einer Ecke des Zimmers schliefst. Wir waren so verschieden: Nadia hing an ihren klassischen französischen Rezepten, ich dagegen war viel experimentierfreudiger. Aber aus genau diesem Grund funktionierte es. Wir ergänzten einander.

Als es Zeit war, Investoren zu umgarnen, warst du ein

Kleinkind, und deine Mutter hatte seit drei Jahren in keinem Restaurant gearbeitet.« Er macht eine Pause. Den nächsten Teil würde er am liebsten für sich behalten. Sein Blick ist schamerfüllt. »Tja, den Anzugträgern gefiel das nicht. Sie ignorierten sie bei den Treffen oder fragten, wie sie es als Alleinerziehende anstellen wollte, ein Restaurant zu führen. Ihre Hinweise darauf, wie eingebunden dein Vater in alles war, beachteten sie nicht. Sie benahmen sich total frauenfeindlich. Aber ich sagte nichts. Ich wollte ihr Geld, ich hatte schon so lange von diesem Restaurant

geträumt.«

»Nach langem Hin und Her boten sie uns das Kapital unter einer Bedingung an: Ich sollte die Führung übernehmen, deine Mom nur Souschefin werden.« Bei diesen Worten wendet Chef Boyd schamerfüllt den Blick ab. »Ich stimmte dem Deal zu. Nadia buchte daraufhin einen Flug zurück nach Frankreich.«

Ich bin sprachlos. Und dann trifft mich die Erkenntnis: Mamans mangelndes Vertrauen galt die ganze Zeit über nicht mir, sondern New York! Sie hatte am eigenen Leib erlebt, wie leicht man hier zum Teufel gejagt werden kann, besonders als Frau und Mutter in einer Männerwelt. Sie wünschte sich etwas anderes für mich, weil sie mich liebt, und nicht, weil sie glaubte, ich hätte nicht das Zeug dazu.

Ich denke an Papa, der ihre Entscheidung, nach Frankreich zurückzugehen, unterstützt hat, obwohl es hieß, dass er mich viel weniger sehen würde. Er wollte kein weiterer Mann sein, der ihren Zielen im Weg stand. Wenn New York nicht zuließ, dass sie Chefköchin wurde, dann würde sie New York nicht erlauben, sie davon abzuhalten.

»Jenes Restaurant, mein erstes, ging innerhalb von zwei

Jahren pleite«, fährt Chef Boyd fort. »Ihm fehlte der besondere Touch deiner Mutter, und ich war nicht gut genug organisiert, um es alleine zu führen. Und dann, als ich versuchte, mein nächstes zu eröffnen, war es doppelt so schwer, das Geld dafür aufzutreiben.«

»Soll ich Sie jetzt etwa bemitleiden?«

Er lacht. »Nein. Was ich damit sagen will, ist, dass ich eine weitere Chance bekommen habe, und ich möchte dir ebenfalls eine geben. Ich hätte dich nicht rauswerfen dürfen, und ich hätte mir nicht so viele Gedanken darüber machen sollen, was die Geldgeber denken würden. Der Job als Stationsköchin gehört dir. Hol dir eine Jacke und starte heute Abend neu.«

Der Mann steckt voller Überraschungen, aber sie betreffen mich nicht länger. Ich möchte nicht für ihn arbeiten, jetzt nicht und auch in Zukunft nicht.

Ich nicke und stehe auf. »Nein, danke. Und ehrlich gesagt ist Ihr gebackener Camembert nicht halb so gut, wie Sie meinen. Ich habe in Frankreich schon so viel besseren gegessen. Man muss nicht alles neu erfinden, was schon perfekt ist, wie es ist.«

Der Chef guckt verblüfft, scheint aber nicht sauer zu sein, eher beeindruckt. »Was wirst du jetzt tun? Egal, in welchem Restaurant der Stadt du landen wirst, leicht wird es nirgendwo.«

Ich zucke mit den Schultern. »Ich habe in den vergangenen Monaten so viel gelernt. Es war eine unglaubliche Erfahrung, und dafür werde ich immer dankbar sein. Und obwohl ich nicht wollte, dass es auf diese Weise endet, hat es mich etwas Wertvolles gelehrt: Niemand hat nur die eine perfekte Zukunft oder den einen Traum. Ich habe das hier für meinen gehalten, und vielleicht lag ich damit falsch. Oder es war einfach nicht der richtige Zeitpunkt. Aber es ist, wie Sie gesagt haben: Ich verdiene eine weitere Chance. Nur eben nicht hier.«

Und damit meine ich nicht nur die Arbeit. Wenn Zach mich nicht so enttäuscht hätte, wäre mir niemals klar geworden, dass wir nicht füreinander bestimmt sind. Anscheinend gibt es keine Traummänner. Insbesondere dann nicht, wenn man seine Zukunft für sie auf Eis legen muss.

Chef Boyd nickt. »Ich wünsche dir viel Glück.«

»Das wünsche ich Ihnen auch.«

Als ich zurück in den Speisesaal komme, wartet Ari dort auf mich.

»Ich begleite dich noch nach draußen«, sagt er.

Ich winke den anderen ein letztes Adieu zu und trete zum letzten Mal über die Schwelle des *Nutrio* nach draußen.

»Chef Boyd hat mich angerufen«, erzählt Ari, sobald wir auf der Straße sind. »Mein neuer Job war nicht besonders toll, daher habe ich entschieden, es noch mal hier zu versuchen. Ich bin nicht zurückgekommen, um Ben den Job wegzunehmen.«

»Das habe ich auch gar nicht angenommen. Es ist nicht deine Schuld, dass er gefeuert wurde. Es ist meine.«

»Chef Boyd hat Ben gefeuert. Er ist impulsiv und launisch, aber er weiß Talent und die richtige Arbeitseinstellung zu schätzen. Er hat mich wieder eingestellt. Er ließ sich einfach nicht abwimmeln, bis ich zustimmte. Er klang verzweifelt.« Ari bemerkt mein spöttisches Grinsen. *Irgendwie dreht sich immer alles um dich, Ari.* »Egal, was ich eigentlich sagen wollte, ist, dass ich mit Chef Boyd gesprochen habe. Er hat es nicht zugegeben, aber ich denke, er weiß, wie gut Ben seiner Küche täte. Es gibt viele Stationsköche da draußen. Aber talentierte ohne Starallüren? Das ist ungewöhnlich. Ben wird in null Komma nix wieder hier arbeiten.«

»Echt?« Das ist das Beste, was ich den ganzen Tag gehört habe. »Ich konnte die Vorstellung nicht ertragen, New York zu verlassen, ohne wenigstens versucht zu haben, ein paar meiner Fehler wiedergutzumachen.«

»Du gehst fort?«

Ich habe es noch niemandem gegenüber laut ausgesprochen, aber ich weiß es schon seit ein paar Tagen. Ich brauche eine Auszeit von Plänen und Träumen. Ich möchte die Pausetaste drücken und erst mal tief durchatmen. Und eine New Yorker Minute würde dafür nicht ausreichen.

Ari wirft einen Blick zum Restaurant zurück. Die anderen warten auf ihn. Die Show beginnt bald, alle Darsteller müssen auf ihre Plätze.

»Hey, Ari«, sage ich, weil ich spüre, dass mir seine Aufmerksamkeit entgleitet. »Da ich bald weg sein werde, musst du extragut auf Luz aufpassen, okay? Und falls du ihr jemals wehtust und ihr das Herz brichst, werde ich hierher zurückkommen und dich in so viele Stücke filetieren, dass du nicht einmal mehr auf einer Sushiplatte Platz findest. Hast du mich verstanden?«

»Ja«, sagt er mit einem Lächeln. »Laut und deutlich.«

Dann ist jetzt der Zeitpunkt gekommen. Ich bin hier fertig.

Kapitel Dreiunddreißig

Luz und ich sitzen auf der Tribüne am Times Square, unten rechts, obwohl es mich einige Mühe gekostet hat, sie dazu zu überreden. Ja, ich weiß, es ist supertouristisch – die Essensstände, die dicht an dicht stehen, die vielen Zeichentrickcharaktere, die hier herumspazieren, und die Neonlichter, die vom Boden bis in den Himmel reichen –, aber das bin ich jetzt nun mal. Eine Touristin. Wenn man sich vorstellt, dass ich je dachte, dies sei der romantischste Ort, um die Liebe meines Lebens zu treffen. Damit lagst du völlig daneben, Margot.

»Ich kann nicht fassen, dass du mich verlässt«, sagt Luz, den Blick vor sich auf einen Woody aus *Toy Story* in Menschengröße gerichtet.

»Hey«, sage ich gespielt gekränkt. »Du hast mich zuerst verlassen. Mit deinem neuen Freund und allem.«

»Gib es zu, inzwischen magst du ihn.«

Ich lache. Wir lachen beide. Ich bin nicht sicher, ob ich schon genug geweint habe, aber ich möchte mir meine letzten Momente mit Luz nicht durch zu viel Traurigkeit verderben.

»Ich bin nicht bereit, irgendetwas zuzugeben«, erwidere ich.

Wir brechen erneut beide in Gelächter aus.

»Ich bin so froh, dass wir Zeit zusammen verbringen konnten«, sagt Luz. Sie schlingt einen Arm um meine Schulter. »Und das ist alles, was zählt.«

Ich seufze. Der Teil schmerzt. »Ich werde dich so sehr vermissen.«

»Nicht so sehr wie ich dich. Versprich mir, dass du wiederkommst.«

Ich hebe die Hand. »Ich schwöre! Es gibt immer noch so viel, das ich nicht gesehen oder getan habe. Ein Mädchen, das ich lieb habe, hat mir gesagt, dass in New York nichts für immer ist. Allein der Moment zählt. Dies ist ein Abschied … für den Moment.«

»Dieses Mädchen klingt unglaublich klug und schön«, sagt Luz todernst.

»Und unglaublich von sich eingenommen«, ergänze ich.

»Es gibt noch etwas, das ich dir erzählen wollte, bevor du abreist«, sagt sie verlegen.

»Über New York?«

»Nein, über Ari. Das mit uns ist inzwischen noch ernster geworden.«

Ich warte darauf, dass mehr von ihr kommt, aber sie wendet nur den Blick ab und … *Ding, ding, ding*, der Groschen fällt.

»Ihr habt es tatsächlich getan?«

Ein Grinsen breitet sich auf ihrem Gesicht aus.

»Ich brauche mehr Details als das. Wann? Wo? Und wie?«

Sie hebt eine Augenbraue? »Willst du wirklich darüber reden?«

»Äh, ja?«

»Aber du …«

»Aber mein Liebesleben ist ein komplettes Desaster? Stimmt.«

Ich erwidere ihren Blick ungerührt und verlange schweigend Antworten.

»Na schön«, sagt sie übertrieben dramatisch. »Gestern Abend, in seinem Zimmer, und ich weiß nicht mal, was die letzte Frage soll. Du weißt schon, wie es geht, oder?«

Ich schnaube, da ich nicht in der Stimmung für Seitenhiebe bin. Ari ist nicht der Erste für Luz, aber etwas in ihrem Blick verrät mir, dass es diesmal anders ist. Nicht, dass ich mich da auskennen würde. Woran sich so schnell bestimmt nichts ändern wird, wenn man meine derzeitige Lage in Betracht zieht.

Mit einem Seufzer gibt sie nach. »Es war sehr, sehr schön. Weitere Fragen werde ich zum jetzigen Zeitpunkt nicht beantworten.«

»Du hast ihn durch mich kennengelernt. Behalte das für die Hochzeit im Gedächtnis.«

Sie verdreht die Augen, und wir wechseln das Thema. Uns bleibt nur noch so wenig Zeit zusammen, und es gibt noch so viel zu sagen. Luz bringt mich auf den neusten Stand, was ihre Kurse und die Studenten angeht, die sie immer besser kennenlernt. Ihr Lieblingsfach ist die Architektur der Siebziger. Alle sind so kreativ und zielstrebig. Sie machen Kunst, entwerfen ihre eigene Kleidung und sind auf Social Media aktiv. Bereits jetzt formen sie ihre zukünftigen Karrieren.

»Dir macht es doch nichts aus, dass ich dir das erzähle?«, fragt Luz, nachdem sie eine Weile geredet hat.

»Warum sollte es? Ich freue mich für dich. Tatsächlich ist es mehr als das. Ich bin stolz auf dich. Ich kann es kaum erwarten, allen zu erzählen, dass ich diese supertalentierte Innenarchitektin kenne, die überall in der Stadt die Heime der Reichen und Schönen einrichtet.«

»Und ich kann es kaum erwarten, allen von dieser unglaublich talentierten französischen Chefköchin zu erzählen, die dieses unglaubliche Restaurant leitet, wo auch immer du einmal landen wirst.«

»In der Küche meiner Mom«, sagte ich lachend. »Genau dort, wo ich angefangen habe.«

Ich kehre nach Hause zurück. Sobald mir die Idee kam, wusste ich, dass es die richtige Entscheidung war. Ich habe Mamans Restaurant nie wirklich zu schätzen gewusst, die Rezepte, die von einer Generation zur nächsten weitergegeben wurden, den Garten, den sie angelegt hat, damit sie stets über frische Zutaten verfügt. Sie wollte mir schon immer alles beibringen, was sie wusste, aber ich war zu abgelenkt von all dem Neuen und Aufregenden, um zu begreifen, was sie zu tun versuchte: die Tradition ehren, Tag ein, Tag aus in der Küche stehen, der Schönheit und der Perfektion verschrieben. Es ist die französische Art. Ben hat mir auf mehr als eine Weise geholfen, das zu verstehen.

Vielleicht werde ich eines Tages ein ganzes Jahr am *Le Tablier* studieren. Oder vielleicht komme ich auch nach New York zurück und versuche mein Glück erneut. Aber eines weiß ich genau: Ich werde nicht mehr verpassen, was der Moment für mich bereithält, weil ich zu beschäftigt damit bin, auf etwas Besseres zu warten. Und es dann nicht sehen, wenn es mir ins Gesicht starrt.

»Margot!«, sagt Luz stirnrunzelnd. Sie mag es nicht, wenn ich mit mir selbst ins Gericht gehe.

»Luz!«

Wir lachen. Wir müssen lachen, sonst wäre es zu herzzerreißend, sie hier zurückzulassen. Sie hat mir versprochen, mich besuchen zu kommen, aber wir haben noch keine Ahnung, wann und wie.

»Was hast du heute noch vor?«, fragt sie schließlich, um das Thema zu ändern.

Luz hat am Nachmittag noch Unterricht, und ich werde in zwei Tagen zusammen mit Maman und Jacques den Flieger nehmen. Es war meine Entscheidung, aber der baldige Abreisetermin ist irgendwie niederschmetternd. Nur noch eine Handvoll Stunden und alles wird vorbei sein.

»Ich habe eine wichtige Verabredung«, sage ich und stehe auf. »Die Stadt wartet auf mich.«

*

Ich verbringe den Rest des Tages damit, die Stadt ein letztes Mal auf mich wirken zu lassen. Ich spaziere eine Weile im Central Park herum, dann mache ich einen kurzen Halt beim *Levain*, um mir meinen Mittagsimbiss zu besorgen: ein Chocolate-Chip-Cookie mit Walnüssen, das ich auf derselben blauen Bank esse, auf der Ben und ich vor so vielen Wochen gesessen haben. Anschließend kehre ich nach Downtown zurück, um durch die entzückenden kleinen Straßen des West Village zu schlendern, dann durch die Läden von SoHo und sogar noch weiter bis Tribeca. Ich bewundere gerade die Schaufenster am Broadway, als mein Handy klingelt.

»Jacques möchte sich eine Yankee-Kappe kaufen, obwohl er noch nie in seinem Leben bei einem Baseballspiel war«, sagt Maman. »Ist das nicht Quatsch?«

»Nein, es ist New York. Hier darf man sein, wer man sein möchte.«

»*D'accord, vous avez gagné.*« Ich meine, vor mir zu sehen, wie sie die Augen verdreht, als sie sich ihm geschlagen gibt. »Wirst du heute mit uns zu Abend essen?«

»*Oui.* Ich werde bald zu Hause sein.«

Als ich Maman nach meinem Gespräch mit Chef Boyd wiedersah, waren meine Beine wie Wackelpudding. Ich war immer noch ganz außer mir wegen dem, was ihr widerfahren war, und dennoch verstand ich, warum sie es mir nie erzählt hat. Die Welt kann hart zu Mädchen – Frauen! – sein, die es wagen, ihren Träumen zu folgen. Vielleicht wollte sie mich noch eine Weile vor der Erkenntnis schützen, wie hart genau. An jenem Abend erzählte sie mir von ihrem Leben in New York, die ganze Geschichte: von tollen Rezepten bis hin zu miesen Dates und von seltsamen Erlebnissen auf der Arbeit bis hin zu euphorisierenden Erfolgen. Ich wusste zu dem Zeitpunkt noch nicht, was ich tun würde, aber ich erkannte, wie viel ich noch von ihr lernen konnte.

Wir legen auf, als ich das One World Trade Center erreiche, den auffälligsten Wolkenkratzer von Manhattan. Davor ist keine Schlange. Spontan kaufe ich eine Eintrittskarte und fahre hinauf ins hundertste Stockwerk zur Aussichtsplattform.

Mir ist noch ein wenig schwindelig von der rasanten

Aufzugfahrt, und ich drehe langsam meine Runde. Im Stillen kreische ich jedes Mal, wenn ich ein Wahrzeichen erkenne. Das Empire State Building! Das Chrysler Building! Die Brooklyn Bridge! Ich kenne diese Stadt. Ich war hier. Ich gehörte dazu, selbst wenn es nicht lang war. Und dann, als ich meine Runde um die Aussichtsplattform beende, entdecke ich sie, die französische Lieblingslady der New Yorker. Ich kann nicht fortgehen, ohne ihr *au revoir* zu sagen.

Wieder unten auf der Straße angekommen, wende ich mich in westliche Richtung, zum Hudson River, und gehe am Ufer entlang, den ganzen Weg bis zum Terminal der Staten Island Ferry. Meinem Herzen versetzt es einen Stich, als ich die Fähre allein betrete. Nein, nicht allein. Ben ist nicht bei mir, aber die Stadt ist es, immer. Die Freuden, die Ängste, die Aufregungen, die Enttäuschungen. Vielleicht ist das meine große New Yorker Liebe. Nicht irgendein Typ, den ich eines Abends traf, sondern dieser wahnsinnig faszinierende Ort, der einen in Atem hält und ständig seine Regeln ändert.

Das Boot nähert sich der Statue, und ich schlinge den Schal enger um meinen Hals, um den Novemberwind abzuwehren. Und als sie in den Blick kommt, mache ich das, was jeder tun würde, dem mit einem Mal die Magie bewusst wird, die New York hervorbringt: Ich kreische so laut, dass meine Stimme bis über das Wasser hinausschallt.

Bis zum nächsten Mal, *Liberté*. Ich hoffe sehr, ich werde dein helles Licht bis hinüber auf die andere Seite des Atlantiks spüren.

Kapitel Vierunddreißig

Mein letzter Tag in New York vergeht ähnlich wie all die anderen, die ich in den letzten Monaten im Big Apple verbracht habe. Ich hetze gestresst von einer Tätigkeit zur nächsten, und mir bleibt nur wenig Zeit zum Atemholen. Ich facetime mit Papa und Miguel, die meinen Videoanruf auf gemütlichen Liegen mit Mojitos in der Hand und Strohhut auf dem Kopf entgegennehmen. Ich packe meine Koffer, was keine leichte Aufgabe ist. Nicht nur, dass Maman mir jede Menge Sachen mitgebracht hat, die ich jetzt postwendend wieder mit zurücknehme, es könnte auch sein, dass ich es bei meinen Shoppingtouren mit Luz etwas übertrieben habe. Und Maman kann mir nicht helfen, was das angeht. Sie kehrt ebenfalls mit einem Koffer nach Hause zurück, der zum Bersten gefüllt ist, mit Converse Sneakern, vintage Levis und haufenweise Oreokeksen in abgefahrenen Geschmacksrichtungen, ihrer Achillesferse.

Stück für Stück arbeite ich meine To-do-Liste ab. Mir gelingt es, Luz während ihrer Mittagspause einen kurzen Besuch abzustatten, um mir eine letzte Umarmung abzuholen. Ich schaue bei einem meiner Lieblingscafés vorbei und bestelle das inzwischen Übliche – einen Chai Latte und eine Acai-Bowl mit Bananen und Mandelbutter. Ich habe bis heute keinen Pumpkin Spice Latte probiert, ich habe es einfach nicht über mich gebracht. Tatsächlich verlasse ich New York ohne die geringste Spur von Pumpkin-Spice in meinem Körper, was laut Luz eine enorme Leistung ist.

Ich räume mein Zimmer und die ganze Wohnung auf, was Maman dazu bringt, mich damit aufzuziehen, dass ich in den Staaten sehr viel ordentlicher bin. Und als hätte ich nicht eh schon mehr als genug zu tun, probiere ich ein neues Plätzchenrezept aus, von dem ich gelesen habe, und packe den Teig in den Tiefkühlschrank, damit Papa und Miguel eine Leckerei haben, auf die sie sich freuen können, ein Abschiedsgeschenk von ihrer Tochter.

Auf dem Weg zum Flughafen drücke ich mein Gesicht an die Fensterscheibe des Taxis und bemühe mich, auch noch den letzten Tropfen New York in mich aufzusaugen. Das hier wird nicht das letzte Mal sein, dass ich New York sehe. Davon bin ich überzeugt. Aber ich blicke mit Spannung auf mein nächstes Abenteuer: nach Hause zurückzukehren und mich richtig darüber zu freuen. Ich werde meine Wurzeln neu entdecken, anstatt mir einzubilden, es gäbe da draußen etwas viel Besseres.

»*Ça va aller?*«, fragt Maman, nachdem wir den Check-in hinter uns haben und durch die Sicherheitsschleuse gegangen sind. Kommst du klar?

Sie hat mir schon den ganzen Tag über komische Blicke zugeworfen. Ich glaube, sie macht sich Sorgen, dass das hier zu viel und zu schnell ist. Aber nichts ist für die Ewigkeit. Was zählt, ist das Hier und Jetzt.

»Maman, du wirst gerade mal zehn Reihen von mir

entfernt sitzen. Ich werde im Flugzeug nicht verloren gehen. Ehrenwort.«

Sie sieht zu mir zurück, als sie an Bord geht. Weil ich mein Ticket in letzter Minute gebucht habe, gehöre ich zur letzten Gruppe, die ins Flugzeug steigt. Ich bin fast an der Reihe, als mein Handy piept.

Salut

Die Nachricht ist von Ben.

Ich erstarre und bekomme fast einen Herzstillstand. Ich war so sicher, dass ich nie wieder etwas von ihm hören würde, dass ich nicht darüber nachgedacht habe, dass ich auch ihn zurücklassen würde. Einen verrückten Moment lang frage ich mich, ob es zu spät ist umzukehren. Ein Wort von ihm ist alles, was ich brauche. Mein Blick klebt am Display, mein Atem geht unregelmäßig. Was soll ich tun?

Sieh her

Ich kann nicht. Ich bin zu verwirrt, habe zu viel Angst. Er hat meinen Brief nicht beantwortet. Wer weiß, ob er meine Zwiebelsuppe überhaupt probiert hat. Nicht, dass das jetzt noch eine Rolle spielen würde, aber ich kann auch nichts daran ändern, dass ich ständig ans Essen denken muss.

»Margot.«

Es ist seine Stimme. Seine sanfte, melodische Stimme, die vor mir ertönt. Ich hebe endlich den Blick, und Ben steht direkt neben dem Gate des Flugzeugs, das mich nach

Frankreich zurückbringen wird. Und lächelt sein wunderschönes Lächeln.

»Ich habe deinen Brief gelesen«, sagt er, während ich versuche zu begreifen, was zur Hölle hier los ist. »Und dann habe ich gedacht, warum folge ich meinem Traum nicht? Was hindert mich daran? Abgesehen von der praktischen Umsetzung und dem Geld und meinen sorgfältig ausgearbeiteten Plänen.«

»Was machst du hier?«, frage ich, als ich endlich wieder in der Lage bin, Worte hervorzubringen. Ich meine, es ist ziemlich offensichtlich. Sie lassen die Leute nicht einfach so in die Abflughalle. Aber ich brauche Einzelheiten, will alles darüber wissen, was uns die letzten Wochen voneinander getrennt hat.

»Nachdem ich deinen Brief bekommen hatte, rief ich im *Le Tablier* an. Ich hatte mir das Bewerbungsformular angesehen und noch ein paar Fragen. Ich glaube, ich wollte einfach mit jemandem von dort sprechen, um zu begreifen, dass es wirklich eine Möglichkeit für mich sein könnte.

»Und?«, frage ich atemlos.

»Sie sagten, es hätte gerade jemand für den Winterkurs abgesagt.«

»Du gehst ans *Le Tablier?*«

Er schürzt die Lippen, seine Augen funkeln, als würde er ein Lächeln unterdrücken. »Ich habe ihnen abgesagt. Ich konnte nicht. Es war zu schnell, zu überstürzt. Ich versuchte sogar, höflich zu sein, *merci, mais non merci.* Und dann, direkt nachdem ich aufgelegt hatte, schrieb mir Luz. Sie sagte, du würdest New York vorerst den Rücken kehren. Nur für den Fall, dass mich das interessierte. Ich konnte es erst nicht glauben. Und dann erkannte ich, was das bedeutete: Es war ein Zeichen.«

»Solche Zeichen mag ich«, sage ich. Mein Herz hämmert in meiner Brust.

»Alles geschah so schnell. Es tut mir leid, dass ich nicht auf deine Nachrichten geantwortet habe. Ich hatte über eine Menge nachzudenken.«

Das ist nicht mehr wichtig für mich. »Wo wirst du wohnen?«

»Freunde von Freunden meiner Eltern vermieten mir für ein paar Wochen ein Zimmer, während ich etwas auf die Beine stelle. Ich mache den Kurs in Teilzeit, damit ich nebenher arbeiten kann.«

»Du wirst total begeistert sein.«

»Ich weiß. Ich kann es kaum erwarten.« Er senkt einen Moment den Blick. Dann holte er tief Luft, ehe er mich erneut ansieht. »Ich freue mich auf dieses neue Abenteuer, aber ich habe auch Angst.«

»Ich könnte dir meine französische Telefonnummer geben«, sage ich. »Für den Fall, dass du etwas Gesellschaft möchtest. Ich werde nur zwei Zugstunden entfernt sein.«

Ben tritt näher und greift nach meiner Hand. Ich überlasse sie ihm. Natürlich tue ich das. »Willst du es mir wirklich so einfach machen, dich zu erreichen? Margot, das ist ja so was von unromantisch von dir.«

Ich zucke mit den Schultern. »Romantik wird überbewertet. Genauso wie …«

Aber ich komme nicht dazu, meinen Satz zu beenden, denn Ben zieht mich an sich, und dann küsst er mich.

Ich weiß, ich habe gesagt, ich wäre fertig mit wilden Träumen, aber ich habe so eine Ahnung, womit ich den

Rest des Fluges verbringen werde. Und all die Tage danach.

Auf Wiedersehen, New York. Und danke für das beste Geschenk aller Zeiten. Denn dies, liebe Leute, ist die ganz große Liebe.

Nachwort

Ich habe Ende 2019 angefangen, über diesen Roman nachzudenken, als New York noch die quirlige, aufregende Stadt war, die mich seit jeher ins Staunen versetzte. Während der Schreibphase, die hauptsächlich 2020 und 2021 stattfand, wurde mir klar, dass ich Margot die magische Erfahrung nicht nehmen konnte, zum ersten Mal in New York zu leben, auch wenn ich zu dem Zeitpunkt nicht wusste, wie die Pandemie den Big Apple verändern würde – und ob die Pandemie überhaupt je enden würde. Betrachtet diese Geschichte also als eine Liebeserklärung an die coolste Stadt, die mir je untergekommen ist. Möge sie nach ihrem Comeback noch umwerfender und strahlender sein, als sie es ohnehin schon war. Falls das überhaupt möglich ist.